河南省教育厅2020年度河南省高等学校哲学社会科学优秀著作资助项目

（教社科〔2019〕481号）

【学者文库】

精神的喘息

当代文化生态中的学人散文研究

王庆杰◎著

华龄出版社
HUALING PRESS

责任编辑： 董　巍
责任印刷： 李未圻

图书在版编目（CIP）数据

精神的喘息：当代文化生态中的学人散文研究 / 王庆杰著. -- 北京：华龄出版社，2019.12
ISBN 978-7-5169-1605-6

Ⅰ.①精… Ⅱ.①王… Ⅲ.①散文—文学研究—中国—当代 Ⅳ.①I207.67

中国版本图书馆 CIP 数据核字（2019）第 298223 号

书名： 精神的喘息：当代文化生态中的学人散文研究
作者： 王庆杰 著

出 版 人： 胡福君
出版发行： 华龄出版社
地　　址： 北京市东城区安定门外大街甲 57 号　**邮编：** 100011
电　　话： 010—58122241　**传真：** 010—84049572
网　　址： http://www.hualingpress.com

印　　刷： 三河市华东印刷有限公司
版　　次： 2020 年 5 月第 1 版　2020 年 5 月第 1 次印刷
开　　本： 710×1000　1/16　**印张：** 16.5
字　　数： 221 千字
定　　价： 95.00 元

边界开放与学者散文

刘　军

1963 年，余光中写出了《剪掉散文的辫子》一文，伸张散文的“弹性”“密度”“质料”这三大要素。毋庸置疑，余光中在写作此文之际大概率上经历了散文沉闷的语境，基于对文体停滞的不满，方振臂呼之。也是在这一篇文章中，余光中给出了学者散文、花花公子的散文、浣衣妇散文、现代散文的四大分类。所谓学者散文的名目由此而滥觞。在余光中看来，学者散文的具体分类包括抒情小品、幽默小品、游记、传记、序文、书评、论文等等，尤以融合情趣、智慧和学问的文章为主。他指出：“这种散文，功力深厚，且为性格、修养和才情的自然流露，完全无法作伪。学得不到家，往往沦幽默为滑稽，讽刺为骂街，博学为炫耀。”

而在大陆，学者散文的名目只有到了 1990 年代方得以彰显。随着散文热拉开序幕，散文园地里各种体式、各种类型的散文纷纷登台亮相。美国批评家布鲁姆著有《影响的焦虑》一书，直面作家在写作时面临的危机与焦虑意识，如何克服前辈作家作品的规约，建构自我写作的独立性与超越性，就成了他笔下“焦虑”的主体内容。

1990 年代的散文热潮中，命名的焦虑一直作为显性的要素存在，也是理论指认过于紧贴创作实践的一种必然结果。王虹艳在《20 世纪 90 年代散文理论的争议和局限》一文中将命名的焦虑归因于批评家的急迫心境，因为缺少必要的理论沉淀才导致了命名的纷杂与随意。这一看法其实并不完整，1990 年代散文现象纷呈下的命名的焦虑，实际上是市场力量、批评介入、媒介、受众辨认等多方力量合谋的结果。王光明曾于 1999 年在福建师范大学中文系主导了一次关于 1990 年代散文的对话，参与者有王光明、袁勇麟、席扬、黄科安、姚春树、汪文顶、荒林等批评家和散文研究专家，对话成果后来刊于《文艺评论》2000 年第 5 期，总题为《公共空间的散文写作》。在这场对话中，荒林就曾指出，1990 年代散文热的背后有着市场运作这一隐性力量的存在，图书出版市场上，以“构造系列”的形式，推介某一类型或者主题集中的散文作品。像余秋雨的文化散文系列，就以“文化消费”的标签加以预置，生产与消费作为市场化的浪潮进入到散文场域，营造了部分散文概念风行一时的文化景观。“文化大散文”、“小女子散文”、“青春美文”、“哲理散文”这四种命名概念的背后，皆有市场这只看不见的手在推动。精英文化系统中的知识分子式写作被艺术生产所取代，流行的散文概念催生了大批的生产者和消费者，又进一步生产了模仿者。

除了市场力量的塑造之外，传统的力量即学术批评也占据一极，发出自己的声音。1990 年代思想随笔的崛起以及学者散文的蔚为大观，从某种程度上，来源于人文精神大讨论及所形成的话语成果，推动着一批学者走出书斋，将学术底蕴转化为文学表达。而思想随笔与学者散文两种散文类型的喷发之势，也离不开出版媒介的助力，如辽宁教育出版社的《书趣文丛》系列对学者散文的推动，“草原部落”丛书与《读书》杂志对思想随笔的推动，即为其例。之后，再经过学者的研究阐释，这些概念逐渐落定，成为命名之一种。黄科安、喻大翔两位学者，有相关学者散文的研究专著出版。1990 年代，随着女性文学研究成为学术话语构建的新潮，“女性散文”的提名顺理成章地在文学研究界内部生产，并指认了一批代表作家和作品，并将这一类别的散文的特征加以归类。这种命名的背后，可见独立的批评话语生产的过程。此外，文化大散文的热潮还催生了历史散文题材写作的热潮，而《美文》杂志适时出击，推出了“报人散文”的概念，并设立“报人散文奖”，将颁奖场所固定在西安这座老城。1998 年，云南的《大家》杂志则策划了“新散文”专辑，既推发了于坚、王小妮、钟鸣、宁肯等人的散文作品，又配以批评文章，其概念生产的方式与现代文学史颇为接近。

综上所述，1990 年代推出了文化大散文、历史散文、青春美文、小女子散文、哲理散文、新艺术散文、思想随笔、学者散文、女性散文、新散文等风行一时的散文概念。某些电光石火般一闪而逝的概念尚不计算在内，足以见出这个时期散文命名的纷繁，正是因为多方力量的介入，使得概念的命名缺乏统一性。这其中，小女子散文、女性散文、学者散文三种概念，出于性别或者身份，文化大散文与历史散文则指向题材区域，青春美文、哲理散文、新艺术散文主要出于风格上的辨识，思想随笔与新散文的命名与内容的书写有关。文学史的经验告诉人们，文学思潮及概念的命名，大多是后来追认的某种结果，而 1990 年代的散文热的背景下，众多命名皆是同一时期就得以完成，这也带来了两个问题：一方面，命名的草率与论证的欠缺使得概念的指向性并不明晰，不能有效建立理论的边界。就拿学者散文来说，身份的辨识并不能解决体式、风格、审美特性上的驳杂情况，学者散文从范式上还有成立的逻辑依据，而在具体体式上，学者散文就很难构成独立的体式。学者散文本身包容性就很强，有回忆往事的叙事散文，季羡林、赵园、张中行三位学者的作品中，皆有这一类别的存在。也有学理性突出的小品或者札记，也有学术随笔，还有杂文式的写作，比如陈四益犀利的短章。另一方面，这一时期的散文命名在准确性上也存在缺憾，对于从事多种范式写作的散文作家而言，就会出现命名的尴尬问题。林贤治是思想随笔的代表性作家，同时，他也是鲁迅研究专家，如果对林贤治的散文创作加以指认，归类于散文随笔作家或者学者散文的行列，皆不够准确。史铁生散文是1990年代散文的重要收获之一，他在小说中建构的“过程”哲学，在散文中同样有其踪影，如果将他的作品归入哲理散文，与周国平、林清玄等人作品并列，显然是不合适的，如果不归入，那么，史铁生作品中的哲思品格又非常突出。以史铁生散文为案例，可以看出这一时期概念命名的无力与尴尬。当然，越是难以归类的作家作品，其丰富性和立体性在审美价值的认定上愈发突出。

新世纪之后，大众文化兴起，文学进一步边缘化，散文背后的市场力量和媒介力量不断减弱。再加上高校和科研机构的调整，学者散文整体上进入下落通道，然而随着时间距离的拉长，相关学者散文的研究却走向纵深和多元。2020年初，在庚子大疫的背景之下，《中国文学批评》杂志推出学者散文专栏，分别刊发了陈剑晖、王兆胜、吴周文的论文成果，分别从文体自觉、启蒙性、价值重建三个层面切入，解析学者散文的生成机制和价值指向。而来自中原的学者王庆杰则推出了其个人的研究专著《精神的喘息》，副标题为“当代文化生态中的学人散文研究”。从副标题可知，这本书的观照机制侧重于当代的文化生态和精神演进路线之上。通览全书，在两个方向上有别于之前的学者散文研究：一方面，在方法论和研究视角上，这本专著采取了知识分子话语研究的视角，进而避开了传统的学院生产的模式。所谓知识分子话语研究的范式或者说视角，指的是作者侧重于学者散文背后的文化人格结构分析和思想分析，这一研究范式与林贤治《五十年：散文与自由的一种观察》有相通之处。思想的贫乏与文化人格的欠缺，乃当代中国文学的基本病灶，而散文文体尤甚。基于思想的现代性，在专著中，作者有了新颖的洞见，将学者的民国主题散文推至高处，这在当下的学者散文研究中，无疑提供了颇具冲击力的结论。一般来说，提及学者散文，人们往往会想到季羡林、张中行、金克木等人，范围再收窄的话，就是北大红楼的书斋富余品。而人们的通常之识，往往掩藏着从众、从俗的审美判断路径。实际上，刘小枫、李零、孙郁、林贤治等学者的散文，在笔力、见识、思想深度上要高于上述提及的三人。

另外一方面，在体式研究层面，王庆杰的这本专著拥有独特的结构。他将学者散文具体划分为民国风散文、学人书话、演讲体散文三个体式。民国风散文在学者散文研究中多有阐发，而学人书话却是一个小众的话题，除了个别学者的现代书话研究之外，相关当代的书话研究，缺乏系统性。这本专著对学者书话有细致而深入地阐述，可谓查缺补漏。另外，演讲体散文虽然历经孙绍振的推举，但在学界，地位始终得不到承认，依照学院的门户之见，又电视学术明星推出的图书，当然应该归入大众畅销类读物里面。虽然在这本书里，依然存在归类粗放的问题，但作者已经意识到学者散文边界的拓宽问题，鲍鹏山、易中天等人的闲话文章，在思想的穿透力和深度上，并不逊色于思想随笔之作。因此，这本学者散文研究专著，在体例上既拥有明晰地划分，又拥有开放边界的视野。

本雅明有一句话，谁在这个时代恢复批评的尊严，就必须创建一种批评的文体。这句话是摆在所有批评从业者头上的标尺，类似康德所言的，在我头顶处的灿烂星空。批评的原野足够宏阔，批评的天空更是接近无限，行走其中的人应该保持足够的敬畏，批评者的自律是捍卫批评尊严的必经之途，而尊严总是眷顾那些纯粹之人，因为他们的心中藏着深爱二字，恰如巴尔加斯·略萨所言："生活在地球上的人们需要在内心深处建构一个属于自己的奇幻美妙的精神王国，使之与残酷的现实生活并行，以此填补空虚的心灵，驱除苦难。"

刘军　文学博士　散文批评家
2020年4月29日

自 序

这是一本探讨当代学人散文的书。写这本书的时候，我正陷入身体、家庭、事业都频频亮红灯的中年危机之中，故很多复杂婉曲的情愫也就自觉不自觉地浸透到文字里了；很多焦灼、焦躁的情绪也就自然而然地弥漫于字里行间。每每重读这些文字，我能够真切地感受到有些文字仿佛是我咬着牙皱着眉头写出来的，有些文字好像是我在愤懑愤激中歇斯底里吼出来的。这也是人生无可奈何的事情。由此，我也在思考，一代代学人何尝不是时时处于内外交困的生命窘境中的人：生活起起伏伏，思想挣扎徘徊，精神迷茫惆怅，就如鲁迅先生的诗句所言“心事浩茫连广宇，于无声处听惊雷”。我分明能感觉到，步入散文化的中年以后，心情散淡，心绪复杂。虽然，一个个炸雷时不时地在心空炸响，一个个闷雷突然在头顶爆响，也早已处事不惊临危不乱，自自然然，司空见惯。因为所谓顺境、逆境的迭乘，也就构成了人生的窘境，这也是人生必须置身的场景。作为学人，较常人会有更多“苦大仇深”般的生命情怀，会有更多“舍我其谁”的社会担当，会有更多“唯我独尊”般的清高自恋。这是学人的毛病，也是学人不可或缺的人格操守。所谓缺点就是优点的延长线。学人散文，正是学人种种“毛病”的集中呈现，故学人散文本身不但是一种文体，也是一种文化身份的隐喻。

这是一本探寻当代学人心境的书。写这本书的时候，我也正处于事业未成、生活一地鸡毛的中年焦虑中。焦虑，既是一种清醒的生活状态，也是一种抗拒生活的形式。就如舒婷的诗句，“也许我们歌唱太阳/反被太阳烧灼/也许泪水流尽/土地更加肥沃”。学人散文，也是缓解心灵焦虑的手段，其实也是与现实生活达成妥协的产物。散文，散去了萦绕在学人心头的雾霾，卸去了学人原本挥之不去的思想沉重，自愿离开了那些原本情感相依、精神皈依的家园，就如当代学人纷纷回到民国、回到书斋、回到讲堂、回到乡野、回到庙堂，各自分散在了不同的精神宿营地，早没有了东坡先生所谓的“拣尽寒枝不肯栖，寂寞沙洲冷”的生命彷徨，变得如羔羊般温顺，如教徒般信从，如小学生对老师般的言听计从，再也没有了思想激变中撞击出的电光石火，再也没有了精神历练中发出的痛苦呻吟。似乎一切都是玩爽后的放肆锐叫，一切都变成了酒醉饭饱后的打嗝剔牙，一切都变成了文化消费中的打折返券。当学人慢慢变得心平气和，焦虑渐渐消散的时候，学人已经走向了反动，成为一群精神无骨的软体爬行动物。故我在写这本书的时候，文字里就往往无意间流淌出一种悲凉的色调、悲悯的情绪，因为喜欢从悲观的视角来审视一切，这是我人到中年后发生的最大变化，就如人生这场大戏最后都是以悲剧散场。

这是一本探究文化生态的书。写这本书的时候，我也正处于思想枯竭、精神萎靡的中年困境中。从这种困境中突围出去，似乎只是愿景。虽然，心中不甘于与现实握手言欢，不乐于对命运缴械投降，试图“困兽犹斗”，而在现实中却疲软乏力。在市场消费文化生态中，学人们遍植散文嘉禾，郁郁葱葱，生机一片，收获了稻谷，也收获了稗草；在大众文化生态环境中，学人也是泼一地新绿，收获了龙种，也收获了跳蚤。在这个人人都可以通过“百度”搜索知识、了解文化的今天，满腹经纶的学人，也只不过是泛文化时代天空飘飞的气球，一旦落到现实的草尖上，便被扎破，归于虚无。曲高和寡的思想，也只不过是反智时代一根被连根拔起的芦苇，在功利的暴晒中干枯。巍峨高大的精神，也只不过是信息时代一声沉重的叹息，瞬间消散于聒噪喧嚣的时代噪音里。太史公曰："《国风》好色而不淫，《小雅》怨诽而不乱，若《离骚》者，可谓兼之矣。"学人散文就是当代别样的"离骚"。"牢骚太盛防肠断"，学人也是我们这个时代的"断肠人"，只不过不是"断肠人在天涯"，而是在我们每天看烦厌倦的那一张张乏味的面孔里。如此而已。

作者

2019 年 3 月 15 日于郑州郑东新区龙子湖畔

目　录
CONTENTS

绪　论

我喜欢用“学人”而不喜欢用诸如“知识分子”“学者”“教授”“作家”“文人”等概念来表述当代中国文化界同侪们生存的图景。在我看来，“知识分子”太过于意识形态化，“学者”又太过于专业化，只有“学人”是一个中性概念，“学人”的外延小，内涵却非常丰富，尤其是面对当前文化分层日益模糊，文化语境更加错综复杂的现状，也许只有权且用“学人”这个概念来厘定每个从事不同文化创生与传播的同仁们才更加贴切，从社会心理层面才更加容易被人们接受认可。顾名思义，“学人”也就是“学习的人”，其实，我们每个人都是正在学习的“学人”。适逢这个所谓千年未有之变局的时代，无数的学人以自己的价值判断参与到百家争鸣、共鸣、和鸣的文化活动中来，不断地描画着百花齐放、独放、乱放的文化图景。在这个“社会是平的”所谓社会共识中，在这个学术自信不断受创，文化良知不断受挫的文化生态环境中，置身于学人群体中的我们更应该有充足的理由与自信反思自己社会身份的定位，以便保持应有的学术良知、心灵警醒、立场坚定、文化捍卫。同时，也更应该对社会赋予自己的各种社会角色保持应有的清醒。

当代中国文化生态复杂多变。随着中国改革开放广度与深度的增强，多元文化生态环境已经形成。“文化”这一概念已经泛化到了社会生活的方方面面，尤其是文化产业化向纵深发展，文化消费愈益成为人们日常生活消费的主流，从物质文化层面的养生、美食、旅游、健身，到精神文化层面的阅读、影视、音乐、绘画、国学热等等，“文化”已经渗透到了社会生活的每一条毛细血管中去。按照专家学者的观点，“文化”就是一种生活方式，就是“按照你从生活在你周围的人那里学到的行为、知识、观点和价值来定义的，在不同的地区对文化的定义也会不同。现代人类的行为依据的是我们生活环境的文化，我们也会从其他文化里汲取大部分知识，这些知识对于我们来说比其他物种更为真实。”① 的确如此，当代中国学人在多元化的文化生态环境中，为日益流行的文化消费潮流推波助澜、摇旗呐喊，扮演着文化消费教父的角色，为海绵化的社会生活提供丰沛的文化雨水。一时间，无数学人纷纷撰写养生、饮食、美容等文化美文；无数个学人在“百家讲坛”式的电视节目中为人们“揭秘”历史深处风云变幻、波诡云谲的宫廷秘史，为人们“探秘”历史名家的传奇故事；无数个文人奋笔疾书一篇篇文化历史散文，满足着文化小资们那嗷嗷待哺、饥肠辘辘的审美肠胃。中国学人以前所未有的热情在努力烹制一道道入口即化、打开即食的文化快餐，以穷尽心智的才情为“富强、民主、文明、和谐”的国家主流核心价值观做着生动的诠释，以痴心不改的恋情拥抱这个缤纷多彩的社会生活的“恋人”。中国当代学人面对当今所谓的太平盛世确定无疑地坚信，生活的意义不再在“他处”，而是就在“此处”，与时代不再坚持批判的审视态度，与生活不再有不屑为伍的蔑视，与政治意识形态不再有剑拔弩张的对视，似乎一切都能心平气和地“想得开”“说得开”“看得开”，似乎一切困惑都在文化建设与文明进程的理论框架内得到充分合理的阐释，似乎一切社会现象都可以在文化与文明的框架内得到言之凿凿的合理解释：腐败可以归入廉政文化建设的体系内，让我们明白反腐倡廉只有“进行时”而没有“完成时”；道德滑坡、信仰缺失等

① 伦纳德·蒙洛迪诺：《思维简史：从丛林到宇宙》，中信出版社 2018 年版。

人文精神钙质的流失，可以归入是人类文明进程中富裕与文明之间正常的“二律背反”现象；思维懒惰、情感麻木、精神萎缩都可以归入社会发展过程中必然会出现的所谓“富贵病”。因为，在中国当代学人看来，所谓“文明”就是世界被切割为“昨日世界”与“今日世界”，就是把文化分割为“先进文化”与“落后文化”。据考证，最早使用 civilisation（相当于英文 civilization）这个词的是法国人拉波（1715—1789），他认为“文明并非某特定阶段阶层的专有行为，而是一种本质性道德。”作为“一种本质性道德”，文明就是群体整体性的公共道德，文明就在这种公德的倡导中，个人品德隐匿于社会公德中，变得无足轻重，这也就是社会学上所言的“群体极化”。中国当代学人也在这种社会符号的隐匿中逃逸了被社会良知的拷问，从“大众”退回到“小众”的圈子中去。学者杜尔斯（1729—1816）则把“文明”的普适性和历史性，解释为世界的工具属性。19 世纪，在进化论冲击下，西方基佐（1787—1874）和东方的福泽谕吉（1835—1901）先后发表专论，系统阐述文明的性质，即个人的精神发育和社会秩序的形成，二者都意味着进步，于是为文明伦理建立了一种“线性—进步”的思维模式。① 这是文明的乌托邦，它严重淡化了学人批判的角色，消解了学人批判的意志力，无原则地缓和了与社会、历史紧张的关系，学人身上“革命”的豪情严重弱化。粗略地扫描一下 20 世纪 90 年代以来几起典型性的文化事件，我们可以以“立此存照”的方式，在纷繁驳杂的文化生态环境中，透视当代中国学人的心灵发展简史。

朱学勤的“书斋里的革命”论。《书斋里的革命》是 2006 年由云南人民出版社出版的朱学勤的随笔集。朱学勤在其中《书斋里的被动语态革命及漏斗》一文中指出：“每在现实世界中受挫，尤其是重大惨烈之挫，只能退守书房，要不了多久，反而对这种被限定的处境产生一

① ［美］布鲁斯·马兹利什，汪辉译：《文明及其内涵》，商务印书馆 2017 年版。

种自欺欺人的深度解释。”从此，“书斋里的革命”便成为概述20世纪90年代以来中国学人的流行词。学人开始退守书斋，试图躲进书斋成一统。书斋成为学人“坚壁清野”的文化屏障，在书斋里学人舒缓了与时代、社会剑拔弩张的紧张关系，获得了暂时的精神喘息。书斋屏蔽掉了外界的喧嚣嘈杂，成为无数学人安放思想与精神的心斋，用朱学勤的话讲就是“在文化的脂肪上搔痒”。正如鲁迅先生在《呐喊·自序》中所言：“客中少有人来，古碑中也遇不到什么问题和主义，而我的生命却居然暗暗地消去了，这也就是我唯一的愿望。”学人如冬眠的松鼠，在书斋里储存了足够过冬的文化松子，思想休眠，精神迷糊，安安稳稳，心平气和，静悄悄地做着温暖春天来临的好梦。所谓“书斋里的革命”，其实就是自我麻痹自我放逐的学人试图在书斋里建构革命的乌托邦，演绎一场阿Q式的革命闹剧，自我蜕变成思想的孱头、革命的市侩，心甘情愿地成为文化的折中主义者、精神的骑墙主义者。正如学者李建军所言：“他们被政治所玩儿，又玩儿过政治；他们被商业所玩儿，又玩儿过商业；他们被文学所玩儿，又玩儿过文学，他们把政治、商业、文学当成游戏，最后自己的人生也是一场游戏。”① 书斋里的革命最终演变成了书斋里一场风花雪月式的革命游戏。就如当今很多中国家庭所谓的“书房”变成了学人们的聊天室、游戏间，甚至变成了学术造假的窝点。在书斋里，学者成了如入无物之阵，与风车搏斗的堂·吉诃德，纸上谈兵，嘘枯吹生，虽然也气吞山河指点江山激扬文字，但毕竟是一场所谓虚幻的文字游戏。沉迷于学术游戏的学人，在自闭中自恋，在自恋中产生一呼革命应者云集的美好幻觉，仿佛电脑前的文字敲击就会振聋发聩，撒豆成兵；一杆秃笔就变成了一把可以冲锋陷阵的丈八长矛，所向披靡，扭转乾坤。这既显示了学人身上的革命幼稚

① 苍狼、李建军、朱大可等著：《与魔鬼下棋——五作家批判书》，中国工人出版社2004年版。

病，同时也显露了学人青天白日梦的虚无与荒诞。2018 年，是戊戌变法 120 周年，中国学术界对此没有表现出过分的关注与纪念的热情，戊戌六君子的身影越来越模糊，谭嗣同“有心杀贼，无力回天”的哀叹似乎也变得大音希声般的沉寂。包括学人在内的全国民众都陷入了纪念改革开放 40 周年的狂热中了，无数的学人沉浸在盘点改革开放 40 周年的累累硕果里了。学人退守书斋，在字斟句酌的文字游戏里做着精神的逍遥游。

李泽厚的“告别革命论”。李泽厚，20 世纪 80 年代，中国一颗璀璨耀眼的学术明星，在移居海外后，日渐淡出中国学人视野，光亮逐渐黯淡，背影日渐模糊，声音逐渐微弱。但是在 1995 年，随着他由香港天地图书有限公司推出的《回望 20 世纪中国》一书，其“要改良，不要革命”的呼吁，又一次“回光返照”般地照亮了中国学人的心灵照壁。在这本书里，李泽厚提出了“告别革命”这个影响广泛的论断，这一论断经过同样也是移居海外的中国学人，也同样是 20 世纪 80 年代中国文化界红得发紫的学术明星刘再复先生的大力推介，“告别革命”成为国内文化界的一个热词。李泽厚、刘再复们认为中国应该毅然决然地彻底告别“你死我活”的斗争哲学，以充分的文化自信建立“你活我也活”的和谐哲学。刘再复坦言自己和李泽厚都是“温和的‘改良派’”，呼吁人们“应当告别阶级斗争方式，尤其是极端的阶级斗争方式即暴力革命方式，而应当采取阶级调和即对话、协商、改良等方式比较好。”刘再复剖析了中国“（20 世纪）90 年代以来的中国的社会变化，其动力有两个，一个是 50 年代到 70 年代的实践教训；二是 80 年代的思想政治。因此，90 年代以来的社会变革，既与 80 年代有关，也与六七十年代有关”，认为“西方政治哲学的理想是正义，中国政治哲学的理想是和谐”，并以击赏的笔调赞赏李泽厚的“历史主义与伦理主义二律背反”理论，认为“中国有一个‘尚文’‘尚和’的历史大传统，还有一个农民起义、暴力造反的小传统”。他号召人们回归大传统，告别小传统。在文学艺术层面，西方仍然相对时髦的后现代主义思潮，“其致命伤是只有解构，没有建构，只有破坏性思维，没有建设性思维。”“现代主义”有创造实绩，“后现代主义”却只有理念而无实绩。① 这是一个极有文化隐喻意义的文化信号：发出“告别革命”呼喊的是两个海外学人，他们在西方后现代文化思潮的文化背景下，更能看清楚“革命”一词的杀伤力与破坏性。多少人假革命之名，行专制之实，风干了民主与自由的内涵，成为禁锢思想、打击“异端”冠冕堂皇的借口，成为文化寡头主义者与山头主义者的帮闲与帮凶。但是，“告别革命”的深层内涵远不止这些，它意味着“斗争与残酷的革命渐渐淡去，封冻人性恢复体温，重新滋润备受摧残的生命与灵性”。

无数的学人期盼有一个宽松自由的文化环境，因为“批判的武器不等于武器的批判”。这从当今学人对民国的追忆，对西南联大的研究等可看出，“自由”的意义仍然大于“和谐”的意义。李泽厚、刘再复们提出的所谓“告别革命”的文化背景是西方多元文化主义思潮，其代表人物是约瑟夫·拉兹（Joseph Raz）和韦恩·诺曼（Wayne Norman）提出的多元化主义，基本政治主张是，社会是由各种不同的文化群体构成的，“每个文化群体都有自己独特的文化身份，但是不同的文化群体因其文化身份的不同，在社会中的地位和遭遇也各不相同。少数群体的文化身份遭到主流社会的忽视或宰制，没有得到应有的平等承认和对待，从而处于一种不利地位。所以多元文化主义强调群体文化身份的重要意义，主张平等，承认各种文化差异，尊重少数群体的文化成员身份并赋予他们差异的公民身份，实施‘差异政治’，从而实现真正的平等。多元文化主义的核心原则是所有文化都应受到尊重，对于文化的多样性与差异性应持宽容态度。”② 告别革命，就是要告别那种一元文

① 刘再复：《刘再复对话集》，人民日报出版社 2011 年版。
② 李丽红：《多元文化主义》，浙江大学出版社 2011 年版。

化专权的独断论，回归学术自由，让学统摆脱道统的专制与独裁。但是，对于国内学界学人内心深处根深蒂固的革命意识，“告别革命”所传递的文化信息依然遭受了被曲解被误解的命运。学人习惯成性的“革命情结”像婴儿的脐带一样，一旦割断总会产生隐隐的阵痛。“革命”也是中国学人身体上的阑尾，不到发炎致痛的时候是决不会自愿被割除的。学人是无数革命的跟屁虫，一旦告别革命，中国学人就会感觉到失去了前行的动力，迷失了前进的方向，变得无所适从。同时，学人又是被革命的对象，一旦革命“革”到自己的头上，又会患上革命恐惧症，左右观望，很容易成为革命中的投机主义者。随着中国进入新时期以来，“改革”替代了“革命”，“和谐”压倒了“自由”，学问家出现，思想家淡出。“告别革命”其实质就是“非暴力革命”，作为两位海外学人，摆脱了国内各种条条框框的限制，顾忌少了，以“自由身”言说“自由”与“革命”，言辞会更加坦诚直率，其思想引爆力也会变得更强。告别革命，说白了，就是要告别僵化体制的束缚，告别意识形态对思想的禁锢，告别那些种种钳制人心的文化暴政，告别那些窝里斗的酱缸文化，剪断各种盘根错节的文化高压线，摆脱各种文化魔鬼的纠缠，清除各种阻碍言论自由的屏障与藩篱，彻底根除“文革”的流毒，消散狂暴激进的极“左”思潮，恢复学人自我净化、自我升华、自我超越的能力。李泽厚、刘再复们的“告别革命”论，在中国当代文化生态建设中可以说具有非凡的里程碑式的伟大意义，为中国学人追求言论自由奠定了铿锵有力的基调，表达了当代中国学人基本的文化立场，清理了困扰中国文化发展的思想垃圾，驱散了萦绕在中国学人心头的阴云雾霾。

文化酷评现象。20 世纪 90 年代后，伴随着媒体资讯的发达，“制造新闻”成为眼球经济时代的重要现象。“事件”成为“新闻”，“故事”正在代替“叙事”，一切都被纳入文化信息消费的场流中去。比如，本来正常的文化批评也被冠之以“酷评”而被热炒，最终演变成

“典型事件”。比如，由王彬彬撰写的《过于聪明的中国作家》一文演变成的批评“二王（王蒙、王朔）”事件；由青年学人葛红兵为现代文学和文艺理论书写的所谓《为二十世纪中国文学写一份悼词》《为二十世纪中国文艺理论写一份悼词》两篇评论而演变成的所谓“悼词”事件；由李建军、苍狼等合写的《与魔鬼下棋——五作家批判书》演变成的“炮轰当代中国著名五作家”事件；由韩石山批评北大教授谢冕为两家出版社编辑《百年中国文学经典》所收作品重复率高而演变成的谢冕事件；由周泽雄、张远山等学人合著署名“庄周”的《齐人物论》演变成的文坛酷评派事件，等等。这些文化酷评事件，对象明确，言辞激烈，直击要害。这种对既往文学与文艺理论盖棺论定式的文化审判，肯定存在诸多“有”懈可击的地方，但是，客观地说，在偏激中也有着青年学人“恨铁不成钢”“恨人不成器”的悲悯、悲愤之情。因为批评就是鸡蛋里挑骨头、油锅里拣葱花式的苛求。

酷评是学人觉醒的先声，是如黑格尔所言的黑夜猫头鹰的鸮叫，是对20世纪90年代后中国学人迎合中庸中和的认知传统、屈服于市场而忙着与市场接轨、尾从于文化意识形态所谓“统一思想”的有力棒喝。按照哈耶克的观点，一个人之所以能够有资格被称做知识分子，是因为他博学多闻，能说能写，而且他对新观念的接受比一般人来得快。可是，随着20世纪90年代中国社会的全面转型，学人开始“告别革命”或者“书斋里的革命”，他们失去了20世纪80年代对西方文化思潮的迷恋，整体滑入了疲软妥协苟合的泥潭，各自松散地固守一隅，死气沉沉地静看社会风起云涌，事不关己高高挂起般地冷眼观看时代的潮起潮落，用学人何朝武的话讲就是“好像各行其道，你谈你的，我谈我的，互不相干”。但是学人“生活在太平时期，文景之治、贞观之治，当然很幸福，但年年生活是一样，什么特殊事件都没有，人性的表现反而是平淡的”。就如冬季正午在太阳下晒暖的一群老人，眯着眼，打着哈欠，暖洋洋，迷糊糊，丧失了冰雪中行走的热情，一种天地任逍遥的无限满足，“对新观念的接受”失去了应有的热情和动力。但是，按照西方对知识分子（学人）的观点，这是中国学人品质的蜕变，更是学人心智的退化。在萨特看来，所谓知识分子就应该是关怀自身之外事物的人，“一位原子弹科学家在研究原子物理时不是个知识分子，但是，当他在反对核武器的抗议信上签名时就是个知识分子。”中国学人对“自身之外事物”，要么漠不关心，要么就是熟视无睹，他们关注的是课题资助经费的多少、行政职务的升迁、房子面积的大小、生活质量的高低、额外捞取报酬的多少，变成了斤斤计较的文化小书贩儿。在曼海姆看来，知识分子是“自由漂浮的”“非依附性的”、是“一个相对不具有阶级性的、没有被太牢固地安排在社会地位上的阶层”。希尔斯认为，知识分子是这样一些少数精英，他们“对于神圣之物具有不同寻常的感受性，对于宇宙的本质及统治他们社会的种种法则具有与众不同的考量”。科赛说：“知识分子是为理念而生的人，不是靠理念吃饭的人。”戈德法布说：“知识分子是某些特殊类型的陌生人，特别注重自身的批判能力，独立于权力中心自主行动，他们的听众和读者是广大民众，在‘民众’社会中起了专业性质的作用，促进了对迫切的社会问题进行开明的讨论。”尼采的“上帝死了”，颠覆了神权对人权的统治，福柯的“人死了”瓦解了“天赋人权”的理念，那么，同样“学人死了”解构了学统的尊严与价值。在福柯看来，“知识分子的工作不是要改变他人的政治意图，而是要通过自己的专业领域的分析，一直不停地对设定为不言自明的公理提出疑问，动摇人们的心理习惯、他们的行为方式和思维方式，拆解熟悉的和被认可的事物，重新审查规则和制度，在此基础上重新问题化（以此来实现他的知识分子使命），并参与政治意愿的形成（完成他作为一个公民的角色）”。中国的一些学人在顺应所谓思想的统一中扮演着学术官僚的角色，在文化消费市场中扮演着文化小资的新新人类，在虚拟的网络领域学人们热衷扮演“愤青”的网络达人。酷评的出现，就是对新时期学人心安理得、各行其是的有力反驳，也是在思想沉沦、道德滑坡、精神萎靡疲软的文化语境中，发出的一声声紧急刹车声。笔者曾经亲耳听到一位学兄“有思想的人是危险的”的善意规劝，也曾听到一位官运亨通、志得意满的学人大言不惭地扬言“我就是没有思想”“领导就喜欢没有思想的人”。中国学人在成为各行各业的既得利益群体后，成为摇头摆尾的犬儒与张牙舞爪的道德鹰犬、奴才相十足的官奴，道貌岸然的文化狂犬。告别革命并不等于不革命或者假革命。20 世纪 90 年代后的中国学人发出了一声声尖利刺耳的“思想锐叫”，这就是盛极一时的文化酷评现象。“酷评”这样一个网络词汇，从学术的公理公义上看，代表着前卫、时髦、另类、尖锐，前卫总是与传统背道而驰，尖锐总是与温润相悖。倘若，从文化的卫道士看，酷评就意味着钻牛角尖似的偏激、简单粗暴的道德审判、无聊透顶的挑刺找碴儿。但是，包括思想精神在内的一切文化形态的发展，都是在批评与苛求中前进，前人总是接受后人的严苛审视与严厉批判。笔者之所以称酷评为“思想锐叫”，是因为他们以文化牛虻的身份搅得周天寒彻，让习惯于折中公允平和的中国学人很不习惯，就如走在平坦大道上的人，猛然听到天空的一声炸雷，让人浑身惊悚。比如王彬彬的《过于聪明的中国作家》一文，句句直捅作家文心的柔软之处：

中国当代文坛上，颇不缺乏这类极善于识时务的俊杰，这些人，为人为文，都那样善于把握分寸；一举手一投足，都那样恰到好处。他们知道什么时候该前进，什么时候该后退；什么时候该发言，什么时候该沉默。他们知道什么时候说话应多加谨慎，什么时候说话不妨稍加放肆。他们知道什么时候既应说话又应该左右而言他，什么时候既应说话又应单刀直入，痛快淋漓。他们知道怎样以最小的代价换取最大的收获，怎样以最小的牺牲换取最大的报偿。

中国文学之所以难得有大的成就，原因之一，便是中国作家过于聪明了。形而下的生存智慧过于发达，形而上的情思必定被阻断、被遏制；内心被现实被务实精神所充塞，非现实的幻想和不切实际的瑰丽的想象必定无存身之地。在技术性的生存上，在名利、地位上，在立身处世上，聪明确实极有用，但在真正的文学成就上，聪明终会被聪明误的。那体现为做人之道、生存智慧的聪明，对文学创作，绝对是有害的。文学，某种意义上，是愚笨人的事业，是需要有点书生气的。①

我们细读这些石破天惊的文字，你不能不说不无道理。但是，为何“酷评”屡遭人们的反感甚至抨击呢？这与复杂的人性密切相关。人性的最大弱点就是喜欢将劣根性遮蔽伪装起来，不喜欢被无端地戳破、说破、识破，“破”就意味着否定，就是对人性的挑战，挑战人性就是挑战人性的极限，就会遭遇“众怒”与“公愤”。比如，葛红兵的《为二十世纪中国文学写一份悼词》开篇的追问就咄咄逼人：“二十世纪中国文学给我们留下了一份什么样的遗产？在这个叫二十世纪的时间段里，我们能找到一个无懈可击的作家吗？能找到一种伟岸的人格吗？谁能让我们从内心感到敬佩？谁能成为我们精神上的导师？”虽然，这些犀利之词句，如果细细考量固然存在诸多学理逻辑的缺陷，但是，闻听之后，依然引发我们的深思。该文从鲁迅的生活经历论及鲁迅的“性压抑”，从鲁迅留学中的“幻灯事件”证明鲁迅“是一个彻底的个体自由主义者”；接着又洋洋洒洒列举了丁玲、沈从文、老舍、钱钟书、巴金、周扬、茅盾、端木蕻良等人人格上所谓的污点，最后得出“二十世纪中国作家总体人格形象不佳”的结论。该文又从众多作家的作品，分析得出“中国二十世纪文学是思想大于审美的文学。审美的质素是被压抑的，而思想的质素被机械地抬高了”，“二十世纪的文学家以他们的文学作品做喇叭，心甘情愿地做传声筒，可是一方面他们没有把国人喊醒，另一方面‘真正的文学’也没有来得及搞”。葛红兵的“酷

① 王彬彬：《为批评正名》，时代文艺出版社 2000 年版。

评”被有些学者称之为“简单而粗暴的道德批评”，但是，平心而论，“悼词”依然有可圈可点之处。如果说，惯常温开水式的文学批评是中庸、温和、一分为二的软批评，那么，“酷评”就是绣花针式的一点点扎出来的文字，针脚细密，缩海成唾，针针见血，力透纸背。这也是“酷评家”被称为所谓文坛刀客的原因所在。如果说，一切艺术门类都是一道宽窄深浅不等的河槽，那么，古往今来，总是有一些冲破河槽、漫溢而出的横流，这些横流在不断地修正着河道的走向。回顾中国文学艺术走过的道路，诗歌的变异也是在一代代诗歌先锋们，如初唐四杰、苏轼等的推陈出新下，变得支流纵横。新时期，中国文坛横冲直撞的另类更是层出不穷，王朔、余杰、摩罗、伊沙，似乎文坛有了这些“青麻头”，才显得生机勃勃。葛红兵，是众多“青麻头”中一个性格最为桀骜不驯、闹出声响颇大的一位。笔者陆陆续续、寻寻觅觅购置了其多种著作：《正午的诗学》《障碍与认同：当代中国文化问题》《身体政治》《横眼竖看》《我的N种生活》《直来直去》《人为与人言》《葛红兵海外日记》等学术随笔，在世故文人眼里，这些文字固然生猛青涩，笔锋凛凛的寒光锐气杀伤力太强，尖刻苛刻未免失之温和厚道。在学究气浓郁的学者眼中，这些奇谈怪论酸风射眼，冲味儿呛鼻，失之学人应有的敦厚以及学术应备的大度，以至于一些学者声称只要有葛红兵参加的学术会议，一概谢绝参会，因为看不惯，听不惯葛红兵那口无遮拦、轻狂发飙的“横劲儿”。心态老化、僵化、畸形化的文艺老朽，可曾想过，自己年轻的时候，何尝没有过磨刀霍霍、单刀赴会的果敢？葛红兵，是学术的“跳蚤”也罢，是学术的“龙种”也罢，我们都应该以宽容的胸怀，给予无限的宽容与包容。葛红兵，还有漫长的路要走，他能不能“踏平坎坷成大道”，修成正果，我们只能拭目以待。

实际上，当我们面对喋喋不休、华山论剑式著作不断的葛红兵，我们能体会到，这样一位如鲠在喉必吐之而后快的青年学人，他在畅快淋漓的表达快感中，也在寻找着自己学术的位置，辨别着自己的学术走向，试图在坚壁清野的学术园地中开拓出属于自己的一道独特的风景来。对于葛红兵来说，目前，最需要的不是对其吹毛求疵的无情打压，而是静观其变的耐心等待。何况，葛红兵书生意气，指点江山、挥斥方遒的文字，倒比那些口味中和、观点四平八稳的文字，要清爽直率可爱得多。比如，他对当今中国社会明星崇拜的认识，比那些愣头青式的酷评文字要深刻尖锐得多。“明星的出现使社会结构出现了一种变化，产生了大众与精英的等级制。个体平等共在的局面因此也不能了。”葛红兵的文字有学人的学理辨析，又有思想者的理性拷问，文字洋溢着青葱蓬勃的朝气。这是一位全身心投入到文化艺术建构与社会人生探求的学者。他一直在试图挣脱沉闷压抑的文化艺术怪圈，一直在试图摆脱道德之剑高悬之上，心灵受到挤压的专制表达，渴望在一种无拘无束、天马行空的表述氛围里，酣畅淋漓，知无不言，言无不尽，追求一种“无拘无束的文字和词语而已，不卑不亢的人生而已”。“中国知识分子病得最严重的地方是道德。他们的道德太多，他们试图为社会建立道德秩序，他们乐意充当社会的道德总裁判的角色”。在一些人看来，葛红兵的这些观点并不新颖独到，而只是在无畏果敢中发出了自己嘹亮的声音，由内在的心声便成了白纸黑字的文字，打破了世人那心照不宣、看透而不说透的沉默。葛红兵，坚守自由表达的阵地，捍卫自身表达的权利，文字就少了无形或有形的羁绊，在自己划定的表达界域中享受着毫无顾忌的表达幸福。“我知道上帝让我们来，是因为我们次要，不是因为我们重要。”葛红兵的观点，没有学术逻辑的清理与打磨，但是，句句可谓点穴到位，振聋发聩，字字可谓通透玲珑，率真透明。他在表达自己对当今学统、道统愤懑与不满的同时，也在深情地传达着对包括自己在内的中国传统知识分子的悲悯与热爱。葛红兵的诸多文字，都是在考证中国知识分子身上隐藏的诸多“劣根性”，“就是这些文人杀死了原始的安居于这个世界的灵肉统一不分的身体本真地处于安妥状态的人，建立了两个妖怪：灵魂的人、肉体的人，并为这两个虚想出来的怪物编织了无数的神话。”这种灵肉二分法，是不是真如葛红兵分析得这么可怕，姑且不论，单是他对中国人身体文化学、政治学的考证，就很有新意，可自成一家之言。“如果一个知识分子要强调自己对皇帝的‘忠’，那么，他实际上就必须强调自己身上阴的属性，而不是强调自己身上阳的属性，这是由中国古代身体政治的属性决定的。”这是因为“力量型的身体不符合中国古代强调柔弱，依靠忠顺的政治美学”。读葛红兵的系列著作，总是有一种突如其来从草丛中跳出一只“青麻头”的惊喜，比之那些烦琐考证、引经据典的学究论文要清新明快得多，启迪智慧，提神醒脑，这样多汁多水的文字，映射着明丽的学术亮色，不灰暗，不雕饰，不混沌，这是葛红兵文字的灼人眼球之处。

葛红兵最烧灼中国当今学术界的两大过人之处是他以无比的英气与充沛的才气，斗胆抛出了两份“悼词”：《为20世纪文学史写一份悼词》《为20世纪中国文艺理论批评史写一份悼词》，“悼词”文体的新奇别致，“悼词”的犀利勇猛，为葛红兵带来了毁誉参半的名声，也让沉闷如一潭死水的中国学术界荡起了层层涟漪。“道者反之动”，批评的力量就在于在沉寂中吼上一声，在暧昧模糊中射进一束刺人眼睛的亮光，在为尊者讳的虚饰矫情中，揭破名人身上的伤疤，在大量的学术表扬的鲜花掌声中，夹杂进刺耳的啸叫。“中国作家的人格垮台了，他们失去了一个作家的良知，进而是一个人的良知，正义消失了，勇气消失了，留下的是一份苟活于世的圆滑与世故。”葛红兵的批评文字，固然缺乏更加深入的理论探寻，缺乏表达方式的圆润，但是，情感却是坦诚真挚的；固然缺乏更加细微的比较分析，但是，总体上还是如打蛇打到了七寸之处。长期以来，20世纪的中国文学界，“这里根本就没有立场上的冲突，甚至连观点的交锋都没有，有的只是义气之争、名位之争”。在论及中国20世纪中国文学批评史时，葛红兵更是斗胆放言：“充满着你死我活的斗争气息，充满杀戮和血腥，这里根本就不是讨论问题的学斋、讲坛，而是宣判别人的法庭，处理囚犯的法场，相扑力士角斗的战场。”我们不管是否完全认同葛红兵的观点，但是，他的确揭示了20世纪中国学术界存在的基本问题，引发我们理性思考学术生态的建设问题，何谓健康文明的学术生态？学术争鸣应该框架在一个什么样的范畴之内？我们如果按照葛红兵的观点，不满意20世纪学术生态，那么进入21世纪的中国当代学术生态就好吗？缘何我们现在总爱提及20世纪二三十年代那个群英荟萃、文坛热闹的景象呢？实际上，现在的学术生态恶化得更加严重，学术良知丧失得更加彻底。再推而论之，中国历史上，哪一个时期是学术生态最好的时期？每一个时期，我们都能看到“斗争的气息”：“义气之争、名位之争”，看来，学术问题本身就不仅仅是一块纯净无瑕的美玉，而是一棵棵生长在充满杂质污垢的社会土壤中的乔木，要生长要生存，就必须耐得住人世间的风雨，耐得住明枪暗箭流弹的袭击。葛红兵对20世纪中国文坛、学术界的悲观失望，实际上是剑走偏锋的心理折射，是他个人化的考察，是过分夸大一面而缩小另一面失重失衡的表现。葛红兵的“悼词”其实是他抓住一点而不及其余的悲凉之音，凭吊的不仅仅是20世纪中国文学的游魂，还是对现实中国文坛生发的祈祷之词，包括他对钱钟书的评价，何尝不是青春冲动型的粗浅评价：“20世纪中国思想史没有对世界思想史，甚至中国思想史构成新的冲击，没有遗世独立的人支撑其20世纪中国思想史的大厦。在这种情况下，钱钟书的被高估不是一种荣耀而是一种悲哀。”哀叹的实质是感叹、惊叹、喟叹。失望的本质向度是期望、渴望、盼望。“20世纪中国文学创作未能摆脱青春冲动型写作的粗线状态。所以精神上的主潮文学作品，在20世纪中国文学史上恰恰没有表现出主潮文学所应当的成就和气魄。”字里行间，我们读到了作者对文学的殷殷期望。也许，包括文学在内的一切精神形态都是处于绝望的身旁，精神是绝望的诞生物，艺术精神的完美性与现实世界的残缺遗憾性构成了我们对人类精神文化艺术完美渴求的内在动力。批评就是精神的苛求。葛红兵，在这种精神的苛求中，寻找并建构着他心目中盼望已久的健康文化生态。他在精神的苛求中也逐渐认识到，“在这个世界上，谁能摆脱绝望的纠缠？只有老人。他们失去了希望；只有和回忆联系在一起，这个时候，他就可以不绝望了，而一个年轻人，当他想到未来，当他发现未来已经被他一夜之间用尽，但是他又必须在那个似乎已经用尽的无穷无尽的未来到来之前活着，他必须这样暗无天日地延续下去，直到年轻而死，他难道不该绝望吗？对此，他还有什么呢？除了绝望，他所剩无几。”当葛红兵振臂一呼发现应者寥寥的时候，他折戟沉沙的心态开始变得沉稳平和；当他发现自己左冲右突十八般武艺轮番耍尽的时候，小说、随笔、评论都喷吐而出的时候，他的青春之火也在慢慢地熄灭，随之而来的是无限的惆怅无奈。

由苍狼、李建军、朱大可等著，由中国工人出版社出版的《与魔鬼下棋——五作家批判书》一书，对当代走红的五位作家池莉、王安忆、莫言、贾平凹、二月河的作品进行了犀利的批评。该书在“内容提要”中直言不讳地指出：“中国所谓的批评家向来是赞扬家，他们既是看客，也是过客，有的忙于编写文学赞扬史，有的忙于给喜好风雪的女博士讲课，有的则像妓女一般，红包一来，两三天就造出一伟大作家，中国文坛如此腐败，完全是他们与作家共同犯罪的结果。真正的批评家是心灵和历史的爱好者，富有良知、激情和理性，通过深入细致的文本实证分析，戳穿各种‘个人的神话’，让伪作家无处藏身，成为一个时代最具活力的隐性力量。”池莉的《有了快感你就喊》在苍狼看来是“媚俗是媚俗者的通行证”。贾平凹《怀念狼》在李建军看来是“消极写作的典型文本”。在该书作为“代跋”的《五人墓碑祭》一文中，著者分析了“20世纪90年代以来，由于种种原因，中国文学的神圣性和崇高感被破坏得一塌糊涂。我称大多数作家为无脊椎动物，整天沉湎于帮忙和帮闲的烂泥塘，潇洒地撒着跨世纪的弥天大谎，而且无一丝羞耻之感”。这些虽然偏激却又充满深沉文化情怀的文字，读之，总是像闪电一样照亮某些被遮蔽的精神边界与思想天空，从而迫使人们注意到某种被忘却或被忽视的存在，并以此为契机，延伸了思想者精神的存在。

纵观这些文化酷评事件，已经远远超越了文学批评的范畴，上升到了文化社会学的境域，成为众多学人抛头露面的舞台。在众语喧哗的多元文化语境中，学人以文化社会学话语为基本语调重新找到了自己发言的音位，文化社会学也由过去冬烘学究摆弄的饾饤之学，变为了众多学人纷纷效仿可登大雅之堂的显学。这些原本属于文化社会学话语范畴的酷评话语扎疼了那些四平八稳、左右逢源、界定清晰的废话、套话、假话。法国学者布迪厄一针见血地指出“虚假的清晰度经常是统治话语的重要组成部分，那是认为一切都是不言而喻的人的一种话语，因为一切都恰好如此美好。保守的语言总是求助于常识这个权威”，“生产一种过于简化和过度简化的关于社会世界的话语，不可避免地意味着你正在提供可以被用来危险地操纵这个世界的武器”。① 人们已经麻木于惯常含蓄曲折的专业用语、大而无当的社会客套话语，而嘹亮、清澈、火辣的酷评，就是对这些话语污染的有力清除。评论家韩石山在谈到当前对北大教授谢冕的批判，遭受谢冕弟子四面围攻时，动情地说：“前两年人文精神的讨论，大都是在那儿空对空地清谈。人文精神是个实实在在的字眼。谢冕的这种做法，就是人文精神的堕落。抨击这种做法，就是人文精神的张扬与再造。”“我的本意，原是正面提倡中国古往今来那些杰出的文化人的优秀品质，让那些有这样那样不良品质的文化人，见贤思齐，暗自悔改。看来，我对这个问题的严重性，认识得还不够。”② 酷评就是不留情面、不顾及人情的率真直言，但对陷入在人情大网中唯唯诺诺的当代中国学人来说，批评就是对人情的亵渎，在他们看来，批评不是鞭子，而应该是温情的抚摸，是讲究表达方式温文尔雅的委婉提醒。批评应该熬制成增补钙质的骨头汤，而不应该打磨成尖利

① 朱国华：《权力的文化逻辑》，上海三联书店 2004 年版。

② 韩石山：《我觉得自己更像卑微的小人》，河南文艺出版社 2017 年版。

的骨针。酷评文字，不应该充满浓烈刺鼻的火药味，不应该抓住一点不及其余的发飙，不应该揪住别人的小辫子不松手，不应该话语太冲。虽然，酷评有这样那样的不足，但是它毕竟是批评的真音，而不是批评的噪音与杂音。酷评家们，是批评的先锋，而不是批评界和稀泥的“老好人”；是有批评胆略的骁勇猛将，而不是左右观望的跳梁小丑。张远山在对李泽厚的“告别革命”论评论时，鲜明迪指出：

窃以为，既然“革命”已被反革命所僭擅，那么真正的革命者自然要反“革命”。儒们喜循名责实，即便实早已不再合于名，犹刺刺不休，似乎变质之实还能再合于名。吾宗则彻悟“名可名，非常名”之道旨，故曰：革命不死，大盗不止。①

当革命成为革命的对立物时，革命就走向了它的反面。我们应该给“酷评”正名，让酷评成为一种批评风尚，这样批评的春天才能真正来临。20 世纪 90 年代后，学人与市场的关系发生了一百八十度的大转弯。由原来与市场不共戴天的抗拒到今日握手言欢的迎合服膺。由开始的极度不适应到今天的如鱼得水遨游商海。无数的学人开始顺应市场诉求，他们不再安贫乐道，而是商海淘金；不再奉承“君子喻于义，小人喻于利”，而是“义”“利”兼得，名利双收。不再羞答答谈钱色变，而是理直气壮坦言君子不再固穷。学者易中天曾为一位家境贫寒、英年早逝的同仁撰写过一副对联：“学富五车，才高八斗，叹人间从此惜年少；身跻九流，家徒四壁，问天意何时重斯文。”布迪厄分析了学人（知识分子）的社会身份属性，深刻地揭示了学人（知识分子）并不是真正地代表人民群众的利益，而是“被统治的统治者”，这是因为知识分子在统治阶层中属于被支配者，因而由于跟人民群众具有类似的结构属性，从而使自己误以为自己乃是人民的合法代表。其实，知识分子为

① 张远山：《告别五千年》，西北大学出版社 2002 年版。

民请命的热忱是极其不稳定或者非常脆弱的，因为说到底，知识分子毕竟是统治阶级的一员，它毕竟具有表征事物的符号权力，它也追求自己特定的符号利益，比如追求学校权力、科学权力和知识分子的声望。知识分子常常摇摆不定的模棱两可的立场实际上是其在权力场中自身所占位置的反映。布迪厄在这里强调了知识分子文化生产的相对自主性，也就是说，知识分子的政治立场不能化约为其社会场域中所处位置，必须经过文化生产场的重新塑形或调节。就总体功能而言，知识分子，哪怕是批判性知识分子，其所从事的文化生产一方面固然具有调解作用，另一方面，它又发挥着社会区隔功能，不由自主地成为现存体系的再生产工具。正如布迪厄本人已经注意到的那样，知识分子是一个四分五裂的阶层，其内部的统治者与被统治者之间的差异如此悬殊，以至于他们之间的共同利益就像贾母与刘姥姥之间的血缘关系一样可有可无。① 但是，学人在市场中并不处于十分重要的地位，他们也要自觉地遵守市场优胜劣汰的考验，也要紧紧跟随市场的风向标随风转向，其文化尊严也要紧随市场的洪流潮起潮落，也会时时被市场撞伤了腰，既会得到市场的热捧，成为市场的弄潮儿、幸运儿，也会遭遇市场的冷眼冷遇，成为屡屡被市场之箭射击的箭垛，成为灰不溜秋的倒霉鬼。

学人遭围攻事件。20 世纪 90 年代后，面对着网络空间的不断扩大，网络信息资源的日益丰富，学人的“知本”权威、“智本”权威、思想权威、文化权威、精神权威日渐被剥夺，他们已经失去了精英话语的权力，把自己拱手交给了市场。他们角色模糊，慢慢降格为大而化之的“网民”，被汹涌澎湃的市场经济大潮裹挟着前进。“文化教父”“大众教授”“电视明星”“学术超男”，也成为众多学人的社会称谓，这相对于人们热捧并极力追捧的商界明星、体育明星、文化娱乐明星相比，学术明星只是一个可有可无的点缀陪衬，亮度自然要暗淡得多，风采也

① 朱国华：《权力的文化逻辑》，上海三联书店 2004 年版。

要逊色得多。“人文精神对世界的意义在于它的乌托邦层面，在于不断地以自己深刻的思考、以很尖锐的声音提醒世俗社会的人们，在追求工具合理性的同时，必须回头检视目的的合理性和行动的意义问题。”可是在功利化、快餐化、时效化、便捷化的网络时代，形而上的人文精神已经变得十分滑稽而又可笑、虚无而又缥缈，甚至成为被调侃、解构、开涮的对象，学人们奉行不悖的人文精神已经被澎湃激荡的商业精神所取代。“在这样一个充满商业精神的社会里，文化变得相当民主化，它不再是精英们教化大众或自我表现的工具，而只是文化大众消遣娱乐的精神商品。”留给学人们的唯一出路似乎就是不断地为社会提供香甜可口的文化快餐，无情地接受优胜劣汰的市场规律的制约，“顺我者昌，逆我者亡”。“崛起于90年代的通俗文化已全然不同于以前的那种市井文化或乡俗文化，而是一种与现代都市生活直接相关的大众文化（mass culture）。”被市场这只无情无形的大手任意拨弄的学人们，半推半就般地在网络的巨大虚拟空间里沉沉浮浮，学人们兜售的文化快餐满足的也只是被称为“文化小资”的小众群体。“精英文化而今的衰败不仅与整个民族的实用性格有关，而且也是中国知识精英长期以来缺乏学术独立精神的历史报应，以至于精英文化到了今天，不说主流宝座江山易主，连边缘地位，也朝夕难保！”①“文化商贩儿”“知识工人”的社会角色也正在被经常妖魔化或者被拉黑，学人斯文扫地，也是不争的社会事实。20世纪90年代后，出现的屡见不鲜的学人被围攻事件，就足以证明，人类积累数千年所取得的精神成就在物质世界的伟大成就面前却衰落了，学人们面对碎片化的文化图景，收拾残局无能为力，思想坍塌无力挽回。一个既充满学术兴趣又不失人间关怀的知识分子在认同角色时，常会有吴宓所说的“二马裂尸”之感。这大概是一个人文知识者

① 许纪霖：《民间与庙堂：当代中国与知识分子》，生活·读书·新知三联书店2018年版。

的永恒痛苦。但是，中国当代学人这种痛苦感也随着反抗无力与无奈被消解殆尽，在与市场的合流中放任自流，在知与行的人格分裂中一天天颓废下去。“一些人自以为在进行公正的学术探讨时，却充满了人间关怀，字里行间透出隐隐的政见；与此相适应，当他想对现实进行文化批评时，又不敢直面人生，而是怯懦地躲在晦涩的学术话语背后。”① 比如，余秋雨也是当代遭遇酷评最多的学人之一，也被媒体炒作为一个个文化事件，本来正常的文化商榷，却变成了商业炒作行为，越炒越热，最后被炒成“河蚌相争、渔翁得利”的商业游戏。金文明在其《秋雨梧桐叶落时：余秋雨金文明之争始末》一书的“前言”《越走越远的余秋雨》一文中以近乎自得炫耀的笔调写道：

2003 年 6 月，困扰人们的“非典”疫情刚刚过去，随着拙著《石破天惊逗秋雨》的出版，一场没有硝烟的“战争”又在华夏大地骤然兴起。由于涉及对象是一位红遍九州、蜚声海外的“文化明星”，加上他回应批评的态度和手段异乎寻常，因而使得这场论争波澜起伏、热浪滚滚，成了近年来文场书市一派引人注目的景观。从 6 月到 8 月，短短两个月内，《石破天惊逗秋雨》的大陆版就重印了五次，印数达四万五千册；在 7 月末 到 8 月初的香港图书展销会上，此书的台湾版共售出了一千余册。②

面对这种兴风作浪的商业炒作，余秋雨坦然回应道：“你说我拒绝你们的批评，这好像很没有风度，但我要坦诚地宣布：当然不能接受，因为如果接受了，我就再也搞不成任何像样的学术，写不成任何能读的文章，那如何对得起广大读者。”又比如钱理群先生讲鲁迅时遭冷遇事

---

① 许纪霖：《民间与庙堂：当代中国与知识分子》，生活 · 读书 · 新知三联书店 2018 年版。

② 金文明编撰：《秋雨梧桐叶落时：余秋雨金文明之争始末》，当代世界出版社 2004 年版。

件，就可以看出一代精英学人在网络时代慢慢卸去了原来沉重的文化担当包袱、熄灭了精神薪火相传的热情，丧失了文化守卫的自信。2004年，北大著名教授钱理群为南京师大附中学生开设“鲁迅作品选读”课，可是不到一个月，原本座无虚席的教室只剩下稀稀拉拉二三十个人。中学生们表示：我们不是不喜欢您的课，只是这些课与高考无关，而我们眼下的目标只有一个成功的高考。学人的精神追寻在现实而又强大的功利性目标中严重受挫，即使这样标志性的文化事件也慢慢淹没在日日更新的网络信息里，迅速退出人们关注的视野。就像酷评，只是短暂地刺激了一下人们的神经末梢，而网民们又渴盼着下面更大的信息刺激。在不断的信息刺激下，人们希望发生更大的阅读刺激。信息的罂粟需求量越来越大，就如现在的高等学府，到处都是如滚沸的开水，上项目、立课题、报成果、建校舍，如一只旋转不止的电动陀螺。即使是像钱理群这样知名的北大教授，也难逃被现实社会被虚拟空间消费完被扔掉抛弃的命运。在这个共时性的网络空间中，各种精英都会迅速变得老朽，无数的网络小鲜肉、文化网红在迅速地崛起。网络彻底改变了人类赖以维系的文化思想精神等上层建筑生存的空间，出现了崩盘决口似的大倒退。笔者大学时期，面对教授出版的一本本著作，曾多方搜求，力争购置到手，如获至宝，圈圈点点，大快朵颐。可是现在呢，你点灯熬油写出的著作，在自费或赞助出版后，拿到课堂上炫耀，学生们那种无动于衷不屑一顾冷漠冷淡的表情，会彻底击碎学者精英的自信，远比不上那些风姿绰约的娱乐明星、“小鲜肉”成为很多大学生案头的清供。2014年钱理群在其作品研讨会上，对自己的学术生涯做了最后的告别，话语沉重，情深意切。“我该写的写了，愿意看的也看了，不愿意看的也不看了，就应该告别学术界了”。他还郑重声明“退出我原来参与的各种‘界’，中小学语文界，青年运动、社会运动以及学术界。把最后的时间留给自己，留给我的家庭，过更平静更本色的生活。”因为“我发现我已经不理解当代青年了，对60后、70后我有点理解，80后多少有点理解，对 90 后我完全不理解。我感觉到我们已经到了一个新时代，网络时代青年的选择是我们所不能理解、不懂的。无论你支持他、批评他、提醒他都是可笑的。所以我再也不能扮演教师的角色。我必须结束，因为我已经不懂他们了。”钱理群读不懂青年，青年们也读不懂这位以传递人文精神为己任的耄耋学人了。这不仅仅是年龄的代沟，更是文化生态裂开的鸿沟，是一代人与一代人精神与思想的壕沟。钱理群面对网络时代表现出的困惑，在当代知识分子群体中亦具有一定的代表性。如学者孙歌所言：“我们其实已没有办法像传统士大夫那样，非常确定地去辨认我们和政治的关系，我们和道德承担的关系，特别是最后一重关系，我们和现实社会的关系。”钱理群的告别演说，也表征着新时期中国学人的文化归隐，也预示着中国学人对自身社会角色的重新认定。

一个人文知识分子，在现实生活中可以扮演两种角色：学者和思想家。虽然他可一身兼二任，但各自的使命和功能是不同的。作为学者，他的使命是为学术而学术，在知识世界求知。不一定也没必要对现实世界承担具体的责任。“作为一种理想型的人文知识分子，应该同时具备学者的‘超越’和思想家的‘介入’两种秉性。但落实到每个个体，社会容许他侧重于某个方面扮演一个角色。”① 可是市场经济中的学人却变成了福柯的“单向度的人”，那就是成为纯粹文化商品的制造者，成为被“买方”（读者）随意挑剔抛弃甚至攻击的对象，这一切都是因为“读者是上帝”。

我们可以从历史学家闫崇年被打耳光事件说起，2008 年 10 月 5 日中午，闫崇年在江苏无锡市新华书店签名售书的时候，突遭被一男子猛扇耳光，并被另一男子大骂“汉奸”“活该”。据说，其原因在于闫崇年所谓的“贬明扬清”。这一耳光足以可以称之为“历史的耳光”“文

① 许纪霖：《民间与庙堂：当代中国与知识分子》，生活·读书·新知三联书店 2018 年版。

化的耳光”，鲜明地标示着文化消费市场中学人被赶下文化的神坛，斯文扫地，文化的尊严与神圣荡然无存。

文化的传承不但要接受历史的审判，同时也要得到文化消费者的认可与评判。作为文化消费市场中的一员，学人与其他文化消费品制造商别无二样。“随着‘消费型’社会到来之后，审美文化成为工业化的重要目标。为了最大限度取得审美产品的规模效益，通过批量复制，许多审美类产品发展为大众文化商品，艺术或精英文化被明码标价，并且受供需规律支配，在工业化一同的格局下，‘审美’从无功利变为功利性极强的事物。在这种规模效益意识的驱使下，审美文化呈现出配方化、类型化的大趋势。”① 原先徘徊于庙堂与民间夹缝中的学人最终被唯利是图的市场玩弄于股掌之中，原本逍遥于思想王国的学人失去了精神思想的定力，开始游走于风雨飘摇的文化消费市场的江湖里，原本固守的思想圣地、精神高地也被削平为一马平川的文化芳草地。无数的学术网红，被捧红再被抹黑，在“红与黑”的拉锯战中，学人本身也成为被无限放大、被解读、被解构、被消费的对象，这也包括他们精心为市场烹制的一碗碗端起来就能喝的所谓心灵鸡汤，喝久了也会败坏了消费者的脾胃，也会变馊变臭，成为排入下水沟的文化泔水。比如，被称为“心灵鸡汤大师”的于丹被北京大学学生轰下讲台，后来又被中山大学、北京大学等全国知名大学中研究古诗词、古文献的 20 多名专家联名反对，要求于丹停止误人子弟的演讲，于丹又成为文化消费市场祭刀的殉葬品，成为被枪挑马下的文化“小梁王”。于丹的市场运数戛然而止，成为市场潮流中旋即膨胀并被太阳照出色彩旋即又破灭的文化泡沫，但对于不相信眼泪的市场，对此并没有表现出足够的哀伤与留恋，甚至也没有唱一曲“欢乐颂（送）”或者哀婉缠绵悱恻的情歌与挽歌，似乎这早已经司空见惯、顺理成章，因为城头不断变幻大王旗的文化消

① 秦勇：《意义的生产与消费——文化经济学新论》，首都师范大学出版社 2017 年版。

费市场原本就是“你方唱罢我登场”、各领风骚几十天。“喜新厌旧”“优胜劣汰”，这是市场的规律，也是市场生存的法则和伦理。学人在快速地融入市场的时候，并没有做好积极应对的准备，迅速卷入，仓促应对，被市场牵着牛鼻子走。“被打耳光”“被轰下台”事件的本身就意味着学人在市场中的从属地位，市场与学人的关系，不是谁选择谁的问题，而是二者互融共生，学人如寄居蟹般离不开市场，因为面对席卷而下的文化消费市场，生存的第一要务就是选择好自己的栖居地，从容面对，积极应对，这本身原本就无可厚非。文化消费市场也离不开学人，学人是文化市场不可或缺的市场要素之一。不论是要素市场、资本市场，抑或市场的配置、运作，都与学人密不可分。闫崇年被称为央视“百家讲坛”的“开坛元勋”，就是他深入浅出地开讲清朝十二帝、明亡清兴六十年，拯救了这个原本收视率极低、曲高和寡的文化类节目，奠定了“百家讲坛”“以开放的胸襟，让专家走进民间”的节目基调。在这种大一统的市场文化生态中，学人身份的同质化就不可避免，异质性的思想精神被不断地矮化、异化、分化、边缘化。因为，形而上的思想精神必须被市场化运作成文化商品才能得到认可，学人就成了市场的婢女。

学人易中天撰写中华文化史，笔调一改过去那种用词严谨、资料翔实、论证周密的笔调，而是用轻松、通俗、调侃、风趣、散文随笔式的民间笔调开始书写“中华史”，这种由雅到俗的转变本身也是适应文化消费市场的自我调整。雅和俗是人性的两极、生活的两态。人既需要无拘无束地活，自然自在地生，充分地实现生命的本能渴望，这就是“俗”的生存，是日常生活的原生态；人要活得超越和崇高，活得庄严和有意义，充分地展示理想人生和完美人生，这就是“雅”的生存，是日常生活的超越态。俗文化就是大众日常生活原生态的敞开，雅文化则是对日常生活原生态的遮蔽，它通过为之设定理想、意义、规范、模式而超越了它。对于人的存在来说，俗文化更逼近生活的原貌，接近人性的底层。雅文化在规范、设定人的日常生活状态时，则可能抑制或遮蔽生命本体的自然渴望和本真追求，甚至成为人性的扭曲化反映。就像盆景，它按照制作者的审美意向发展，却失去了自然之美的自由展现。可是，人不能纯粹成为指令或规范的化身，不能完全按照指令或规范而活，这样的人无异于机器，机器的生活还能谈得上人的乐趣吗？没有乐趣的生活又如何可能是理想和完美的，对人还有什么意义呢？① 但是这里面的问题在于学人在遵从文化消费市场“雅文化”与“俗文化”的文化服从指令中，其文化再造功能必然被削弱。易中天声称自己现在隐居江南某小镇，潜心写作三十二卷《易中天中华史》，目前，已完成至第二十卷《铁血蒙元》，正在创作第二十一卷《朱明王朝》，这本身就是一种委婉含蓄的商业炒作，三十二卷的“中华史”也同样被市场不断地消费、解读，其市场形而下的商业价值意义要远远大于形而上的思想文化价值。一部卷帙浩繁的“中华史”，不但要接受当下文化市场的审判，更要接受恒远的历史考量与评判。

回顾20世纪90年代文化生态与学人，我们可以清晰地看到，中国的文化生态呈现出三元鼎立并不断合流的文化生态格局：意识形态文化只有借助于网络文化生态才能得到弘扬和发展，同时，精英文化也必须俗化、市场化才能被接纳和传播。大众文化势不可挡，其文化指令极大地左右并影响了学人的角色定位、文化担当、思想走向、精神型塑，单向度散文化的学术时代已经来临。这一代学人，在告别革命的旗帜下，既不能对市场发号指令，而是被市场不断地风蚀、剥蚀，其思想阵地不断地被市场蚕食鲸吞，更无在意识形态文化中呼风唤雨引领时代，为时代社会提出前瞻性、建设性、可行性的思想支持。

在“服服帖帖”中不知所向。回到古典去，在古典中寻求精神的源头；回到民国去，在民国的追忆中寻找曾经有过的精神张扬；回到乡野中去，在“求诸野”中寻找个体生命的趣味；回到讲堂，在讲堂中

① 张立文等主编：《文化的圆桌》，广东人民出版社2001年版。

做时代的“塾师爷”；回到庙堂，“居庙堂之高”可以闻其远。20世纪90年代以后的中国学人在对中国古代文化思想资源刀耕火种以后，又对大量舶来的西方文化资源狼吞虎咽后，反刍着这些半生不熟的思想资源，却找不到诠释时代强有力的思想资源，与时代脱节，与社会脱轨，与学术脱钩儿。审美观照必须保持一定的距离。距离使然，我们似乎很难用一个恰当准确的词来照亮中国当代学人清晰的容颜。但是，我们依然可以删繁就简地浓缩为以下几个关键词，以此来借一斑而窥全豹：在“忙忙碌碌”中不知所为。时过境迁，如今的中国当代学人已经由当初对市场生态的极度不适应所产生的排异反应以及溶血的阵痛，慢慢地服了水土，变得乖巧温顺，如在水中畅游的一尾鱼，成为市场的推手和弄潮儿，都在忙于争抢争报各种国家资助课题，奔走在名目繁多的学术科研项目里，汗流浃背地在圈地运动式的学术资源里刀耕火种，步履匆匆地奔忙于职称评定、项目验收、课题结项里。忙忙碌碌地如每天掉落的头发，丝丝缠绕在洒扫心灵的扫把上，最后成为聪明绝顶的社会智者。在“滔滔不绝”中不知所云。在“告别革命”或“书斋里革命”的文化宣言中，在这个文化多元并日益碎片化的散文时代，在不论是现实或网络生态语境中，学人们各自似乎都找到了自己安身立命之所，都拥有了发言席，都握有金话筒，在由文化生态所搭建的日光塑料大棚里，各种观点都在只争朝夕般地拔节生长，已经完全摆脱了季节时令的限制，信誓旦旦似乎时时都能新鲜上市，如蔬菜市场那一年四季都水灵灵顶花带刺的黄瓜。飘飘忽忽，各自言之凿凿，真理在我，自恋得如KTV歌房中伴随原唱的嘶吼，在“模模糊糊”中不知姓甚名谁。在庞大的网络社区里，处在同一个战壕里的网民都是同志，学人身份模糊，都蜷缩在一个相互嘘寒问暖环球同此凉热的世界里。学人身份暧昧，如同当代边界模糊的红颜或蓝颜知己，说不清道不明的“表兄表妹”“女同学与情人”“红颜知己与第三者”。学人如当今朦胧一片的雾霾，呈现出“花非花、雾非雾”般的模糊风景。

第一章

迷蒙的镜像

我们研究20世纪90年代学人散文，可以有多个视角，比如可以从文体论研究学人散文的发展流变，也可以从群体论研究学人这一群体与散文写作的关系，也可以从历史论研究学人散文在散文历史发展中的地位与作用。我们为何要从当代文化生态视角研究学人散文？是因为散文不但是离作者最近的带有个体生命体温的文体，可以说散文若从单一的散文写作理论视角来考察学人散文，会挂一漏万般地遗漏掉诸多鲜活的生命因子，会削足适履般地把学人散文人为地变得局促狭小，更会一厢情愿般地把学人散文划入到一个狭窄的领地。这也就是目前散文研究中的理论误区。很多学者认为目前散文研究成就不高的根本原因就在于散文本身文体理论的匮乏，实际上这是个伪命题。散文作为体现个体生命情感呼吸的“热文体”，更多的是要从散文书写者本身以及散文书写者所处的文化语境来考察。从社会文化学来研究，散文研究才能有更开阔、宏大的视野。这就如当今国人学习外语，学不深入学不透彻的根本原因就在于语境的错位，外语学习很难在到处都是汉语语境的国内变得“习惯成自然”般圆通自然。同样，在这个多变的中国文化生态语境中，学人散文异军突起，这不仅仅与散文热密切相关，更是与复杂的文化生态语境休戚相关。文化生态语境中的学人散文研究，是以学人散文为切入点，深入分析学人群体的生存境况，着力探讨学人群体文化命运的演变，着重考察作为代表社会良知的学人群体的历史走向与前进的方向，全力勾画出当代中国学人徘徊、挣扎、沉浮的历史文化图景。

第一节 模糊的身影

社会与时代的递嬗，熏染着一代代学人的心灵，导致一代代学人心灵图景迥然不同。对社会与时代也有各种各样的概念界定。如果，我们借用古人对文体韵文与散文的粗略划分，我们也可以把中国社会与时代划分为“韵文时代”与“散文时代”。所谓“韵文时代”是指风骚、乐府以及诗词曲这样一个浓郁的诗意时代，而与之相对的史著、策论、碑记、游记等小品文是一个世俗的散文时代。两个时代消长迭乘，形成了不同的时代特征。当今中国，诗意渐减，世俗色彩渐浓，所以，也可以大而化之笼统地称之为“散文时代”。诗歌是文化精神心灵凝练整合的结晶，散文是文化精神心灵碎片化的产物。当前，散文时代的特征表现得愈来愈突出，五行八作的学人们被卷入到了众语喧哗的散文时代，出现了蔚为壮观的散文创作镜象。散文时代的学人，试图脱掉笨重的学术外衣，摆脱烦琐沉闷的学理纠缠，告别学术研究的沉重与冷寂，即使是严密规范的学术著作，也呈现出不同的散文笔调，湿润替代了干涩，丰满置换了干瘪，和煦替换了僵硬，碎片化的表述让心灵变得自由活泛。余秋雨辞职于大学行政职务，停笔于他那《艺术创造工程》的构建，专务于他的“文化苦旅”，捡拾那些零落在历史烟尘里的“千年一叹”“文明的碎片”。易中天也尝试着他的“随笔体学术”研究与写作，写出了《闲话中国人》《中国的男人和女人》《大话方言》等畅销著作；孙绍振也开始创造他的“演讲体随笔”；陈平原也开启了他“讲座体”的学术之旅。学者邵燕祥、林贤治在其编辑的《散文与人》刊物中谈道：“真正的革命是解放人的，是自由的化身。”一时间，越来越多的学人开始不约而同地要急于甩掉学术的包袱，这一现象的背后其意深焉，最直接的原因是学术正在被消费文化所慢慢消解，乌烟瘴气的学术生态环境，逼迫学人离家出走；无聊乏味重复研究的课题，败坏着学人学术探究的胃口；浮躁喧嚣的文化消费环境，干扰着学人“独坐冷板凳”的心境。学人散文的兴起，也与当前复杂多变的学术生态环境密切相关。无数利益集团中的学术强盗不断地切割或霸占学术资源，学术与权术、心术胶结在一起，成为利益攫取的手段。即使是本来纯净的学术研讨会或者作品研讨会，也是山头林立，大有“城头变换大王旗”之势，学术争论很容易就转变成门户之见、利益之争、意气之论。学术资本与商业资本、权力资本扭结在一起。学术游离于个体身心之外，变得庸俗无味虚假做作。无数的学人开始在散文中搭建着自己的心灵小屋，自由的心性得到了释放，丰沛的才情得到了施展。历史上的散文时代，也往往是心性冲破禁锢的自由挥洒的时代。不管是“独抒性灵，不拘格套”的公安派，还是主张“义理、考据、辞章”三者并重的桐城派，还是主张“文必秦汉，诗必盛唐”的唐宋派，他们都是对文风僵化的有力反驳。学者散文也是对那种图解政治的所谓叙事散文、抒情散文的超越。无限美化生活而思想稀薄的“美文”，以“心灵鸡汤”自居而实际上是文化罂粟的励志散文流毒更深。最近，加拿大心理学发现，喜欢心灵鸡汤的人一般反应能力差、认知能力低，更容易接受宗教、超自然现象或者阴谋论的观点，也更加沉迷于补充与替代医学，容易轻信他人，缺乏批判怀疑精神。临床心理学博士史蒂芬·布莱尔思在《不靠谱的伪心理学：破解心理呓语的迷思》一书中说，面对复杂的现代社会，人们找到了励志心理学这样一种删繁就简的方法，它轻描淡写地把意见、意识和可靠的事实之间的界限变得模糊，给读者一种强大的自我安慰。有的鸡汤文正是有一种自我安慰的效果，而且它更多地体现为人们的一种愿景和美好幻想。而如果过分夸大这种愿景并把它位移到现实中，结果就如堂·吉诃德大战风车一样滑稽可笑。散文昭示人心，学人散文透视文心。巴金的《随想录》，有对社会的审问，时代的追问，更多的是对自我心灵的拷问。巴金的《随想录》撕破了人性伪善的面具，高举起了“讲真话”的精神旗帜，吴伯箫、刘白羽、杨朔、秦牧等人美化时代的赞歌散文受到了冷落。在巴金《随想录》感召下，很多学人开始了解剖别人和解剖自己。自此，原本平坦光滑的散文有了批判的印迹和思想凸起的折痕。相接而来的是余秋雨文化散文的潮起潮落，平心而论，当今中国文化散文写作无出其右，余秋雨文化散文依然是一面猎猎作响的旗帜。但余秋雨散文打出的是文化的大旗，文化批评成为代替文学批评、思想批评，成为最为流行的批评模式，文化（历史）散文开始横扫中国文坛。余秋雨直言不讳地坦言：“我追求一种健全、完整的人格，即使自己成为文明的高贵的社会对象。文明的播种者，首先自己是文明者。文化人自己要力求高贵。贵，不是贵族，不是金钱，是文明结构的最高层次。由于你的存在，社会增加一点高贵因素。”自此，中国散文中原本充满哀怨控诉的文字有了深厚的文化亮色，这是余秋雨散文对中国散文最大的贡献。在余氏散文落潮之时，代之而起的是以祝勇为代表的新生代散文，他们打出的散文旗号就是祝勇那篇宣言式的题目：《散文：无法回避的革命》，开始了散文回到自身的革命之旅，“新散文”概念开始成为一个流行词。但是“新散文”绕不过去的一个写作暗洞就是自我如何融入散文写作？新散文中的自我融入凭借的是铺陈渲染想象，散文才有了浓厚“自我”色彩。至此，中国当代散文走过了“无我”“大我”“小我”“自我”的心路历程。

中国学术思想界的一系列“事件”，也更能透视学人散文兴起的文化根由。“二王之争”“马桥词典事件”“人文精神大讨论”、韩石山批评谢冕、葛红兵为现代中国文学及文学批评写悼词、王彬彬《过于聪明的中国作家》风波、阎崇年被扇耳光、余秋雨散文从热捧到热议、易中天评三国、钱理群南京讲课受冷遇、顾斌炮轰中国当代文学、金庸读博、大学校长频频念错字等文化事件，学人斯文连连受创，学术陷入浮躁喧哗的泥淖里。在口诛笔伐、唾沫星子四溅中，多的是个人感情好恶的意气之争、理论霸权的寡头之争。真理越辩越明，是因为大家是以公心听，以学理辩。而当代中国面对文学事件，却是唯我独尊一副真理在握的卫道士形象，实际上是外强中干的文化孱头，是泼皮士似的学术无赖。甚至，文化事件只是一个擦燃话题的导火索，一个百无聊赖中激活话题的噱头儿，一个引申话题的无聊谈资。喋喋不休里早已“跑题”，环顾左右而言他了。学术界变成了“屠宰场”，学人成了磨刀霍霍向同仁的屠夫与刽子手。散文开始又一次承担起心灵救赎的重任，学人把散文当成心灵聊以慰藉的“红泥小火炉”。多年前，笔者出差去太原，拜访韩石山先生。那个时候，还没有出现所谓的“民国热”，谈话间，我们的话题扯到当时文化界发生的一些“事件”，韩先生谈到文化界应该多点包容与宽容，就像20世纪二三十年代文化界经常就一些问题辩论，甚至大家还演双簧戏，你来我往反唇相讥乃至交恶，热闹得很，都认为很正常。韩先生认为这才是正常的文化生态。可是现在呢？本来属于学术争论，却动不动就拿法律说事，气量远没有那批学人大，所取得的成果却远比那批人小，脾气日长，肝火更旺。韩先生认为，“没意思无聊得很。”晚年的胡适先生曾写过一篇很有影响力的文章叫《容忍与自由》，在这篇文章里胡适先生发了一通人生的感慨：“一切对异端的迫害，一切对‘异己’的摧残，一切宗教自由的禁止，一切思想言论的被压迫，都由于这一点深信自己是不会错的心理。因为深信自己是不会错的，所以不能容忍任何和自己不同的思想信仰了。”我们现在读胡适先生这段话依然感到入理入心，依然振聋发聩。学人们以散文来软化思想锐利的锋芒，来躲避“异端的迫害”“异己的摧残”，显然这也是心灵的一种保护手段。

学人散文的再度复兴也与“做学问”与“求生活”的矛盾关系密切相连。《文心雕龙》讲“时运交移，质文互换”。在中国全面进入市场经济时代后，文化消费也开始全面转型，形成了以娱乐文化为消费主色调的大众文化和精英文化、意识形态文化三足鼎立的局面。以做学问安身立命的学人在迷迷糊糊中被汹涌而来的文化消费浪潮推到了边缘地带，20 世纪 80 年代被称为学术的黄金时代，一去不复返了，曾一度引以为豪的“学术精英”称谓被随之而来的娱乐明星、财富精英所取代，学人精英意识受挫，“做学问”旁落于社会活动的边缘地位，大量的学人开始更换门庭，要么与意识形态文化合流，成为所谓的学术官僚，要么迎合消费市场需求摇身变为了电视教授、娱乐文人。文化分化代之而来的是社会分层。2001 年，作为中国社会科学院重大研究项目的“当代中国社会阶层研究”，对当代中国社会阶层进行深入细致的分析，划分出了十大阶层：国家与社会管理阶层、经理阶层、私营企业主阶层、专业技术人员阶层、办事人员阶层、个体工商户阶层、商业服务人员阶层、产业工人阶层、农业劳动者阶层和城市无业、失业、半失业阶层。大量的学人属于专业技术人员阶层，也就是所谓的“知识工人”。也有一部分学人成为徘徊于如青年学人唐小兵所言的“十字街头的知识人”，他们“在牢骚满腹中步履蹒跚地在学院中蹉跎一生”。学人熊召政在《读了明朝不明白》一书的序言中坦陈：“一个人的精气储于肾囊，一个国家的精气则蓄于精英。因为古往今来的历史反复证明：精英是社会发展的引擎。毋庸讳言，当今之世，精英的含义已经恶俗化，一些富商、名人、政府工作者被视为社会精英，而广泛受到追捧。但老百姓（也就是弱势群体）并不买他们的账，因为他们身上并不具备精英人物的三个前提：道德自律、忧患意识与担当精神。”①“求生活”就成为他们最后悲壮的抵抗，这个时候，大量的学人开始退回到学术的边缘，回到了表情达意、直抒胸臆的散文书写中心。散文的轻灵随便替换了学术的沉重，散文的随意代替了学术的僵硬。思想与心灵可以向散文敞开，散文可以为学人减压，就在于散文可以“散心”与“散步”。有人说，生活之所以有滋味，因为前面的生活是拐角。学人散文就是学人

---

① 熊召政：《读了明朝不明白》，中国国际出版社 2011 年版。

“求生活”的拐角，因为学问一定要付诸心灵才能灌注生命的元气。散文属于民间，散文写作也是学人介入当下生活的最直接的通道。余秋雨的皇皇专业著作，比如《戏剧理论史稿》《中国戏剧文化史述》《戏剧审美心理学》可能只在有限的专业领域传播，可是他的文化散文却能在海内外华人区域广泛传播，得到不同学术文化背景读者的喜爱。散文较之学术专著有更大的传播力与辐射力。人类学家布鲁纳（Bruner）把人类思考世界和自身的方式分为两种：一种是靠严谨的理性分析、逻辑推演、实证观察来探索研究世界和人类自身的范式思维。“他们像科学家那样构想出某些规则和理论去解释世界，给出客观的数据来验证他们的断言。这种思维非常适合探索因果关系的物理世界。也正是通过范式思维，科学家们排除了对这个世界的模糊性和不确定性，从而得到对某一现象唯一、客观的理论解释。对于同一现象会有不同的范式思维互相竞争，而真正成为真理的却只有一个”。另一种思维方式为叙事思维，即“人们通过故事来筛选和理解自身的经验”，“以这种思维方式可以更好地解释人们的意图和欲望如何转变成行为，以及这些行为长期以来又是如何得以表现的”。① 随着社会多元化时代的到来，散文较之学术研究与社会生活贴合得更紧，最便于学人快速地介入社会生活。较之小说、诗歌、戏剧类文学体裁，散文更与生活联系紧密。散文的叙事思维更加接近日常生活思维模式，散文扮演的往往是社会生活代言人的角色。“散文时代”的本身就揭示了世俗社会零碎化、片段化、通俗化、当下化、心灵情感化。在散文时代，散文不断拓展着自己的领地，挤压着学术退回到曲高和寡塔尖儿般大小的生存空间中去。散文时代的学人，是回归生活立场的学人而不是纯粹的学术学人，是人文立场的大倒退。散文时代的学人散文，是学术的压缩而不是浓缩，是学术的稀释而不是学术的再造。“在各种文本的自我消费和相互消费里，一种良知的

---

① 马一波、钟华：《叙事心理学》，上海教育出版社 2006 年版。

焦虑，生存意义的或文化价值的焦虑，并未有丝毫缓解。对于当代知识主体来讲，一种承担人文责任所必须依赖的诚实和自信早已开始衰变。"① 学人散文是学术研究向生活倾诉无奈妥协的产物，是降格以求的学术撤退。这种身份的转换不是痛苦的被动的转换，而是一种甜蜜自愿式的文化招安，因为这里面有一个未变的大前提，"我还是精英"，只不过是由学术精英位移为生活精英。在中国全面政治经济文化的社会转型夹缝中，散文填平了与现实不能兼容的沟壑，减缓了与现实撕裂的焦虑与痛苦感。散文创作不是学人的主业而是副业，是学术的延伸物与派生物。季羡林写了那么多"牛棚杂忆"般的散文，但这些都是季羡林作为学人身份的基本内涵之一，最主要的贡献还是吐火罗文。学术对接的是人类历史的延续，散文对接的是社会及个体心灵史的变迁。正如莫言所调侃的那样："据说写散文、随笔要有学问，我没有学问，有的只是一些道听途说的野语村言；据说写散文、随笔要有高尚的情操和美好的理想，这两样东西我都没有，有的只是草民的念头和理性的感受，所以，我轻易不敢把这些东西收集起来示众。"② 莫言这段话的"画外音"，其实就是对散文重视理性与感性的双重嘲讽，散文不仅仅是学术的派生物，也不仅仅是个人情感的分泌物，而应当是民间博大的生命寄生物。散文书写不是对生活简单的剪裁取舍、过滤净化，而应该兼容并包、海纳百川，散文应该把那些微不足道的、行将消失的、其他问题拒绝接受的统统收容进来，认真地归入到我们人类记忆的文化宝库中。

其实，学人散文本身就意味着学人身份的模糊。作为社会群体写作之"公器"的散文，其写作群体覆盖面最为广泛，写作内容涵盖面最为宽阔，写作与生活的关系结合得最为密切。学人散文只能算是学人业余生活的衍生物与边缘物，而不属于专业之内的科研成果、专利发明。

① 曲春景、耿占春：《叙事与价值》，学林出版社 2005 年版。
② 莫言：《会唱歌的墙》，作家出版社 2005 年版。

可是，目前海量般蔚为壮观的学人散文，已经由学人的副业变成了主业。从文学界来看，有人说，小说家王蒙、贾平凹、李国文、史铁生、韩石山、周大新的散文成就要高于其小说成就；诗人余光中、流沙河、王小妮、徐振亚的散文成就要远高于其诗歌成就；剧作家魏明伦的散文成就也高于其戏剧创作成就。穆青、李辉、卞毓方等媒体人的散文成就要高于其媒体成就；文化官员梁衡、李书磊等人的散文成也不黯淡于其政绩。从艺术界来看，画家范曾、陈丹青、吴冠中等人的散文成就毫不逊色于其画作；从学术界来看，季羡林、张立文、杨振宁、余秋雨、钱钟书、杨绛、黄裳、金性尧、鲁枢元、钱理群等人的散文写作都取得了不凡的成就，于丹、钱文忠、易中天、王立群等电视中的学术明星，其散文的阅读量要远高于其学术著作的阅读量，不再一一列举，单单上述这些学人，我们似乎很难从单一的专业维度来界定他们的学人身份。这就如当今娱乐界所谓横跨影视戏剧的所谓三栖明星。模糊，从某种意义上也是学人成熟的标志。所以，我们考察 20 世纪 90 年代后的学人散文，就不仅仅单单论及其散文成就，而是要考察学人热衷于这一大众文体的文化精神生态，从而揭示出中国当代学人心灵的发展轨迹。

第二节　返回与徘徊

返回与徘徊是中国历代学人的生命常态。从孔子恢复周礼的返回，再到魏晋南北朝谈玄说佛的返回，再到唐朝韩愈发起的古文运动的返回，再到明清“文必秦汉、诗必盛唐”的返回，一直到当代传统国学的回归。这些返回的文化根源都在于当下遭遇到了深刻的文化思想精神危机，在徘徊中，往前看无路可走，只有掉转头回望来路，重新从“我从哪里来”的文化原点追问开始，才能为自己与时代理清来路，找准出路。孔子之所以要恢复周礼，是因为他遭遇到了当时礼崩乐坏的严酷现实，他提倡用“克己复礼”来恢复混乱的社会伦理秩序；魏晋南北朝时期，无数的学人遭遇到了前所未有的时代变局，学人通过返回到玄学与佛学中来寻找心灵的躲避之所；中唐时期，韩柳发起的古文运动也是面对六朝骈文的文化危机，以秦汉散文摆脱文化的危机。可是，20世纪90年代后的中国学人的返回，其深度、广度、高度与前人比简直有过之而无不及。这突出表现在其前所未有的文化休闲心态，散文书写对于学人来说就是一种文化休闲的书写。在节奏加快、生活紧张忙碌的新时代，其对人心灵及行为产生的最主要影响不但表现在急躁、浮躁、暴躁、焦躁上，还表现在思考乏力、精神疲软上，更表现在文化休闲上。人们渴望以休闲的心态及行为来抵御嘈杂忙碌的现实。人们逐渐认识到，“忙”只是生活的手段，“闲”才是生活的目的。学人们开始了心灵的归隐，开始把精神生活区分为心灵生活与心智生活两种，前者对内（自己），后者对外（社会）。学会审美的生活，成为学人及众多文化小资们的共识。以审美的生活来抵抗现实的焦虑，学人在摆脱自身的学究气、书呆子气中津津乐道于生活的烟火气。生活的趣味开始作为与专业趣味相提并论的重要趣味来研究和重视，审美情趣开始广泛地介入到了社会生活中去。在这种日常生活审美化的潮流中，学人散文成为最有文化内涵的文化消费品，备受人们阅读的关注和青睐。于是，“抹着文化口红”的各种文化散文填补了人们日常文化生活的空虚，与日益碎片化的文化时空相对接。余秋雨系列文化散文迅速走红文化消费市场，从“热”到“冷”的演变，我们可清晰地看出学人中的文化散文是如何扮演着文化启蒙的角色，余秋雨文化散文在经过市场的精心包装（如盗版本打假、打官司、北大讲学）后，人们正是通过余秋雨的《抱愧山西》知道了晋商；通过其《都江堰》明白了“中国最伟大的工程是都江堰而不是长城”；通过其《风雨天一阁》知道了中国藏书人悲壮的历史。余秋雨等人的文化历史散文，在文化历史启蒙中发挥的作用要远高于一切文化历史研究书系的作用。但是，被启蒙的读者缘何倒戈一击？让余秋雨由迅速蹿红的著名文化学者变成了屡遭非议的学术明星，其根本原因就在于其散文所沾染的商品属性。余秋雨的文化历史散文带有浓厚的“返回”色彩，在余秋雨返回历史的“文化苦旅”的过程中，一切都是在当代文化语境中的虚拟之旅，虽然他声称自己是利用出差到文化发生地进行“实地”考察，但是，这些实地也只是置身于现实语境中的历史陈迹，“返回”的虚假性只能靠现实的思想与情感来坐实，这也是包括余氏散文在内的一切文化大散文的致命伤，而情感的泛滥成灾会酸倒人们的阅读胃口，会使原本真挚的情感变得虚假。学人周泽雄在《我的抒情散文过敏症》中指出：“散文当然允许表达感情，但表达不等于抒发，不是非要为原本自然的感情涂抹唇膏，堆垛布景，填充泪囊，安装扩音器。”① 就如鲁迅先生评价《三国演义》一样“欲显刘备之长厚而似伪，状诸葛之多智而近妖”。而且，学人们返回的生活也不是大众的生活，而依然是书斋式的生活，与现实生活依然隔离，“返回”也是适度的不彻底的虚假返回。再比如，李国文的系列描写中国学人“非正常死亡”的系列文化随笔，所谓的“返回”也只是返回到文革极左时期的文化语境中，借他人酒杯浇自己心中块垒罢了。

从学人返回生活的深度看，学人散文虽然呈现出超越既往的大量生活图景。但是当代学人在返回途中所遭遇的文化危机并没有得到深度化解，相反，越是返回危机的情状暴露得就越明显。从社会生活层面看，随着中国世俗化社会的到来，面对不断被世俗化熏染的现状，学人并没有保持足够的学术自信与文化自信，他们不但没有成为引领时代思想风潮的先锋，而且也没有更自觉的思想与精神创造。在“回到民国”的喧嚣感叹中，我们并没有从民国汲取到为思想壮骨、为精神补钙的养分，相反获得的倒是今昔对比中生发出的无穷牢骚与郁闷，在满腹的牢骚中更加热衷于追逐现实的功名利禄，更加患得患失于现实中既得与未

---

① 周泽雄：《谁在自铸新词》，福建教育出版社 2018 年版。

得的利益。更多的学人自觉与市场合谋，搭建文化的舞台，演唱经贸的大戏。回到乡野，也不是真正返回乡野，而是把审美的趣味投诸乡野。虽然，审美一直被视为一种超越生活更高层面的文化追求，但是无数的中国学人在“审美”的旗帜下，“但眼下除了符合康德主义的无功利审美消费外，更多的审美消费表现出生活消费意义上的特色，呈现传统审美拒斥的功利化、欲望化倾向。这种功利化、欲望化倾向，一方面表现在人们在吃穿住行上无时无刻、无所不在地对‘美’的品位的追求，尽管这种‘美’的标准让人非议，另一方面表现在人们日益寻求被传统美学排斥的日常生活的欲求目标转化为美的目标。前者可以称之为审美日常生活化，后者可称之为日常生活审美化。”① 学人们返回到书斋生活中去，满足于审美日常生活化，在对乡野生活的无限咀嚼回味里，做思想的逃逸与精神的放逐，在把世俗生活审美雅化的过程中，在对花花草草、瓶瓶罐罐、写写画画、吹拉弹唱的无限陶醉里，附庸风雅，保持自己与社会时代的距离，表明自己“非暴力抵抗”的文化立场。在谈吃、谈喝、谈美、谈鸟、谈玩中消磨时光，吟风弄月，把盏品茗，把自己装扮成所谓的文人雅士，其实骨子里依然俗气冲天，身在乡野，心在魏阙。学者李建军认为“中国小说有批判精神的传统，例如《红楼梦》《儒林外史》都充满了批判精神，可是中国古代的散文是一个包含着文学观念的非文学范畴，如果剔除了非文学散文，真正辉煌的散文还是自公安派至张岱那样一个时期的作品。然而这个时期的散文的文学性是强了，可惜过多注重性灵和真性情，迷失了对社会内容的追求。给后代散文树立了隐逸的样板。”② 从某种意义上说，当前所谓的“散文热”尤其是“学人散文热”都不是正常的文化现象，就如“发热”“发烧”都不是身体健康的体征一样。“散文热，是因为真正的文学没有热。由于

① 周宪：《审美现代性批判》，商务印书馆2005年版。

② 李建军：《小说的纪律》，江苏文艺出版社2009年版。

上千年以文章取士，所以中国人对文章过于看重，即便科举已废，看重文章还是中国人的集体无意识。然而文章做得再好再漂亮，与文学的繁荣没什么必然联系。文章的漂亮是做出来的，是被权力意志模压定型的，无关乎想象力；而文学的繁荣，必有赖于自由丰沛的想象力。中国人的想象力，几千年来被专制皇权严重压制，至今元气未复。因此真正的文学杰作，必有待于作家挣脱对权力意志有意无意地依附。”①

“‘学人散文热’正是表明学人文化生命力与思想创造力的衰退。学人迷醉于日常生活的审美化，也正是其心态老化、精神暮化的表征。他们在审美中沉醉与沉默，在审美中躲避‘善’、逃避‘真’，所以我们现在读到的是‘老顽童’式的散文，女人撒娇的散文、小摆设的散文，空心人的散文。他们携手进入了精神的真空地带，没有细想，没有良知，没有精神境界。”（李建军）这是因为，“在中国知识分子的人文精神中，沉默就是高尚。而俄国的知识分子则认为面对不义，沉默就是犯罪。”（李建军）很多学人散文把生存、苦难和贫困的乡村诗意化，这是精神的逃遁，是精神的自慰，是对良知的麻醉甚至是制造麻醉读者的鸦片，这分明就是一种不可宽恕的罪过。学人吴炫尖锐地指出：

当怀旧成为物质发达、精神空虚的当代人的一种“文化本能”时，“怀旧”可以被理解；但是，当怀旧成为当代人心灵上一种价值依附时，“怀旧”则必须被批判。以历史知识、趣味为核心的文化散文的盛行，其消极性则远胜于积极性，因为当代文化建设不是不需要英雄，而是要反思过去的英雄并重建今天的英雄。当代文化建设也不是不尊重知识与趣味，而是必须用思想创造穿越既定知识与传统趣味。

近年来文化随笔的流行，也正好迎合了人们对历史和传统之礼的怀旧心理。余秋雨常常美化历史的文化随笔自然是典范，而张承志对“哲

---

① 张远山：《告别五千年》，西北大学出版社 2002 年版。

合忍耶”的美化文学产生后，更有一批青年学者打着“道德理想主义”和俄罗斯“崇高”美学的旗号，来指责当代社会“物欲横流”“精神衰落”“礼崩乐坏”。一时间，足已形成对当代现实的讨伐大军。我想说的是：批判现实不一定是有建设意义的，而在建设大于批判的今天，一切不能导向建设的“批判”，可能均是有害的。在理论上这是因为：用传统的价值立场所揭示的当代社会的“问题”，其实并不一定是真正的问题，倒常常煽情化因而也是简单化地对待了当代现实真正应该解决的问题。①

20 世纪 90 年代，无数学人纷纷返回讲堂（坛），要么是返回到传统的学术体制内，跻身于高等学府传道授业解惑，要么热衷于“触电”，在电视节目中传经布道，成为所谓的电视教授而大放光彩。不管是成为“大学教授”或者是成为“电视教授”，都是对现实的无奈依附，都是对文化精英的无限缅怀。因为现在的“大学教授”已经贬值，西装革履，自我高贵，也是一个互相倾轧为稻粱谋的利益小集团，更是一个不生产知识、不创造思想、不维护文化尊严、道德尊严、学术尊严的搬运工，一具僵硬刻薄褊狭的文化木乃伊。尤其是，当代很多著名的作家进入高等学府，他们试图在对学子的谆谆教诲中找到知音得以尽情地倾诉，找回自尊得以苟延残喘，但是，面对尽力与市场接轨全力市场化的学府，无异于痴人说梦，是望梅止渴般的虚妄，是蚍蜉撼树般的徒劳，是西绪弗斯搬滚石上山的悲壮。而所谓的“电视教授”，也只是电子媒体的打工仔，在仿佛滔滔不绝真理在握的演讲中，充当了文化消费市场的婢女。在喝彩声、质疑声、斥责声甚至怒骂声中，电视教授们成为文化消费市场棋盘上一个任人摆布的棋子，他们在声如洪钟信誓旦旦的故事讲述中，更多的学人依然是“沉默的大多数”，一个泡沫似的文化市场符号。

---

① 吴炫：《中国当代文化批判》，学林出版社 2004 年版。

无数的学人返回庙堂，成为所谓的文化官僚。在对权力意志的迷恋中，学人们分一杯利益的肉羹，虽然手无缚鸡之力，但是，依然派头十足，威名赫赫，比真正的政治官僚还要有十足的官僚气，把持着更大的文化话语权。近年来，大学校长念错字舆论哗然的现象，足以显现出了这些文化官僚的文化修养是多么地欠缺。学者念错字，本来也无可厚非，但是，堂堂的大学校长在公共场所念错字，就不仅仅是文化修养的问题，而是文化态度、文化品格、文化神圣的问题。学生可以念错字，学生家长可以念错字，但是，作为一校之长的大学校长念错字，就代表着一个学校的文化水准，代表着高等学府的文化高度。

概而言之，学人们“返回”的姿态是模糊的，是徘徊复徘徊中的“返回”。不管是返回生活，返回民国，返回乡野、返回讲堂（坛）、返回庙堂，都是一种文化造势的心灵迁移，是一种回光返照般的文化落幕，是思想的凭吊、精神的祭扫，也是置身文化消费市场的全身隐退。“之所以人们对这种过去时间充满热情，按照波德里亚的说法其原因在于人类的某种本能意识：‘一面是对起源的怀念，另一面则是对正确性的执迷。’追溯万事万物的起源是人类的一种对自我存在思索的认知方式，与其说人们对过去好奇不如说人们对自身的起源有着未知的渴望，这是一种能被产业化开发的求知心理需求。”① 无数的学人成为消费市场潮流中一根随风转向的没有方向、没有思想、没有韧性、没有根系的脆弱芦苇。

第三节　反智的启蒙

“反智”这一概念源自美国著名学人理查德·霍夫施塔特的文化史研究专著《美国生活中的反智主义》一书。后来，另一学者苏珊·雅

① 秦勇：《意义的生产与消费——文化经济学新论》，首都师范大学出版社 2017 年版。

各比受其影响又著《反智的时代》一书，在这本书里，苏珊·雅各比以美国文化为透视点，内容涉及政治、宗教、媒体、教育等公共生活领域，认为反智与非理性只会使美国越来越愚蠢，人们将知道的越来越少。未来，只能成为充斥着垃圾思想、伪科学、假新闻、后真相的精神荒原，甚至预言美国将要进入精神的末日。实际上，这种反智思潮也已经波及网络而迅猛发展、市场化程度愈益加深的中国。无数的文化泡沫、思想垃圾、精神油污拥堵在我们的周围，使人艰于呼吸视听。在物欲泛滥、情欲疯长中，无数人成为网络资讯的奴隶，任其灌入无穷无尽的垃圾信息；无数人有意或无意、自觉或不自觉地喝掉了无数碗名为“心灵鸡汤”实为“心灵毒汤”的文化鸩酒；无数人在主动或被动中接受着所谓“权威专家”“思想大师”公说公有理婆说婆有理般的精神启蒙。这种反智首先从我们赖以存在的肉身开始。我们的身体正在遭受着各种反智理念的侵扰，身体的适应性，正经受着多方的威胁，可是，面对各种铺天盖地人云亦云的文化启蒙，我们似乎没有时间没有心思也来不及理性地对这些启蒙进行有效的甄别，无能为力对抗这些来自方方面面的所谓启蒙诱导与精神威胁。因为我们无从逃避躲闪这些包装成各种文化美食的诱惑、这些装扮成各种心灵导师的假道学家们的蒙骗，甚至在这个生存成为第一要务的市场化语境中，我们谁也避免不了甚至还积极地希望这些信息的精神抚慰，就像我们每天必须上网才能感觉到自己的存在，只有在各种道听途说的观点包围中我们才能活得安全，为了保持适应这一终极目的，这也许是身处信息时代的我们永远不能排除一种永久的终其一生的围困。反智的最大欺骗性就是打着“审美”的旗号，招摇过市，坑蒙拐骗。德国后现代哲学家沃尔夫冈·韦尔施尖锐地指出，审美泛滥是大众消费文化突飞猛进的必然结果，大众传播、现代技术等使得艺术和生活，实在和影像之间的界限模糊消失，审美因素向生活领域大举转移、渗透和扩张。反智式的伪审美赋予我们的身体以丰富的隐喻内涵，似乎当代所有的文化焦虑都可以在身体里找到倾泻的出口，尤其是在这个欲望沸腾、物欲横流的时代，时代赋予了身体更多的文化指令，就如当今所谓的“强身健体”“按摩休闲”“养生保健”“排毒养颜去螨虫”“磨骨瘦身”“文眉拉皮去脂”“补钙补锌补脑”“养肾养胃养心”“美容美发美体美指”“广场舞健美操”“美食节农家乐”“乡村游”“国内游国外游”等等，似乎身体已经成为我们最大的现实关怀，成为我们最为重要的存在，成为我们文化生产与消费的“在场”，身体已经成为“文化革命”攻城略地的主战场。实际上，身体也是文化隐喻信号的发射塔。

表面上看是“强身健体”，其实是文化软骨症的外在表现。我们已经在被“富起来”激发起来的欲望里浑身泡得发软发麻发呆，物质的富裕与心灵的脆弱正在摧毁我们“富而不强”的身体。心灵的强大才是真正的强大。可是在速效的时代，我们希望心灵的强大也像“一夜暴富”一样快速直接，希望通过吞咽文化快餐使自己心灵强大、情感丰富、思想深邃、精神康健，这也就是包括学人散文在内的散文热的根本原因，散文成为文化小资的首选快餐，散文也成为学人们适应文化消费市场的对接器。

表面上看是“按摩休闲”，其实是心灵焦虑、情感饥渴症的外在呈现。在对物质财富红了眼贪婪无情的攫取中，渴望得到情感与精神的按摩，渴望寻找到一个放松神经安放心灵的休闲屋，给心灵放假，给思想以生命，给精神以阳光，让我们学会韧性地生活，“要与内心对生活的完美主义妥协，与人生的不完美和解。”（萧公秦）学人散文无疑最具有文化按摩、精神抚慰、情感温暖的文化功效。余秋雨、鲍鹏山、王开林、毕淑敏、李娟、鲍尔吉·原野等学人的散文一时间成为滋补身心的文化鸡汤。

同样，表面上看是“养生保健”，其实也是养护生命保卫身体健康的“缩略语”。在对财富权力名利等的厮杀争夺中，人的肉身不但耗损得厉害，人的情感精神心灵也耗损得更厉害，养护生命，也就是要呵护我们的心灵，养护我们的精神，保卫我们身心的健康。作为文化产品和消费品的学人散文能够短平快地提振我们的精神，迅速地解脱欲望纠缠的快感，获得心灵的美感。因为，一本“黑厚学”式的商场谋略大全、炒股秘笈之类的书带给我们的是物欲的升腾，而一本《文化苦旅》《千年一叹》《中国文脉》《风流去》却能让你看到纯净美丽高雅脱俗的人文风景，虽然这也是文化的沙拉。

表面上看是为肉身“排毒养颜去螨虫”，其实也是社会文化学的奇妙隐喻。不但我们的物质生活中有苏丹红、瘦肉精、三聚氰胺、吊白块儿、罂粟、螨虫，需要“排毒”，而且我们的文化生活中也同样需要“排毒”，每天，我们都置身在各种病毒侵袭的危险中，特别是在这个自媒体时代，每个人都以为自己是新闻发言人，是包治百病的江湖郎中，各种文化思想精神如牛皮癣般的垃圾信息包围在我们的周围，尤其是在这个资讯发达的网络时代，各种有毒读物也在通过各种华丽迷人的包装，进入我们的心灵深处，腐蚀毒害我们心灵的健康，特别是打着各种旗号温情脉脉言之凿凿的所谓“心灵鸡汤”“励志小品”“文化贴士”。20 世纪 90 年代以来，无数的学人不但参与到学术打假中来，也正在开展一系列的文化排毒活动，就如意识形态所言要“刮骨疗毒”“壮士断腕儿”。学人毕淑敏的《提醒幸福》《写下你的墓志铭》《化贫困为神奇》《年龄的颜色》等诸多散文作品，就具有解毒的良好功效。

表面上看是为身体“磨骨瘦身”“文眉拉皮去脂”，其实也是为心灵瘦身去脂。学者王晓明曾写过一本书，书名就叫《半张脸的神话》，他发现中国成功者的普遍脸谱就是“通常是男性，中年，肚子微凸，衣冠笔挺。他很有钱，开着簇新的宝马车去自己的办公室。”但是，我们看到的其实是经过包装美化剪裁后失真的“半张脸”，其实“半张脸”的背后是我们看不到的臃肿的身材、疲惫、憔悴、空虚、焦虑的神色、满嘴喷粪的怒骂。其实，我们也被各种各样良莠不齐的信息所包围：暴富的信息让我们嫉妒、名人风光的信息让我们艳羡、苦难与不幸的信息让我们悲悯、公平正义、良知公俗被污的信息让我们愤怒等等，似乎我们时时处在无法解脱的焦虑中，物质生活的肥胖症需要通过锻炼瘦身。同样，我们的精神生活也同样需要清除心灵过多的文化脂肪、消解掉焦虑的卡路里、清除掉精神的赘疣，打通思想的经脉来瘦身，需要我们为精神补钙、为思想固根铸魂。

在这种身体革命的洪流中，学人们也从文化的终极关怀回到了当下的狂欢，于是，焦虑在身体欲望的满足中得到释放，焦灼在身体的绽放中得到了宣泄，焦躁在身体甜蜜的意淫中得到了满足与抚慰。返回肉身，才是立身之本，肉身成为这个转瞬即逝、缥缈虚无的时代真正可以触摸感知的唯一实在，似乎其他都是“太虚幻境”。学人不再在思想精神等凌虚蹈空的世界里漫游，只有回到当下才心安理得、脚踏实地。身体的“灵”与“肉”开始分离，肉体在卸下思想与精神的承载后不再变得沉重，而是轻盈、清爽、纯粹、单一。似乎心智、情智、才智，都是身体的对立物，都是身体不共戴天的仇敌。“反智”成为20世纪90年代后社会文化的潮流。似乎思想、精神变得无足轻重、可有可无，它们只是身体的附属品，是身体不必要的外在延伸。身体不但可以生产一切，而且还可以解释一切。“反智”的时代，为学人散文提供了滋生蔓延的沃土。身体只有在“反智”中才能向所有的欲望打开窗口。身体成为审美观照的主体，也成为我们审美关注的客体。学人也以散文的形式参与到了对身体的重塑中。

沃尔夫冈·韦尔施赋予了“审美化”多层次的内涵：其一，锦上添花式的审美化；其二，更深一层的技术和传媒对我们的物质和社会现实的审美化；其三，同样深入的我们的实践态度和道德方向的审美化；其四，彼此相关认识论的审美化；前两方面我们可以认定它是浅表的“日常生活审美化”，但在韦尔施看来，认识论审美化是最为根本的一种，它构成了当前审美化过程的实际基础。①

---

① 闫孟伟、李福岩：《后现代主义问题研究》，广西人民出版社2017年版。

韦尔施所言的这种认识论审美化其实就是反智式的伪审美化，就如当前盛行的小男人、小女人散文，通篇哼哼唧唧做着文化的意淫，缠缠绵绵做着思想的春梦，装腔作势做着精神的梦呓。笔者曾偶然结识一位自费出版两本中小学生作文式的所谓散文集，此书的序言中写道："为写两本充满正能量的书，我辛苦耕耘了四载，常熬夜凌晨两三点，身轻十余斤。亲友见了惊讶地问：大明星怎变形了？呵呵，衣带渐宽终不悔。"满篇充满文化的自恋，平平常常的习作也被伪审美化为"充满正能量"，正正常常的写作也被冠以"衣带渐宽终不悔"般的神圣和崇高。反智观念的现实根源在韦尔施看来，就在于我们被告知，极速变化着的世界已经丧失了方向感、目的感和整体感，并最终破坏了个体认识他或她的需求，知道他或她才能行动的动力，在这个充满混乱和令人不知所措的时代，这种意识形态最危险，也最阴险。这种认识论审美化就在于它剥夺了我们认识自己和社会的权力，仿佛只有他们才是我们的文化领袖和精神导师，只有他们才能引领我们向前进。认识论审美化的反智观念，是混淆视听、戕害思想、压制精神的元凶，是扼杀文化的屠夫，也是麻痹我们文化精神信仰的鸦片。而且最为可怕的是，我们已经被这种反智的恶魔所蛊惑，我们正在乖乖地被其规训为俯首帖耳的认知奴隶。韦尔施提醒我们，有必要看到，无论过去还是现在，全球化进程同时也是控制和权力化的过程，在这一进程中，主导社会的主流文化模式成为范本，是他者必须追求的目标，围绕着这一点，某种形式的同质化也出现了。

我们在这样的文化生态背景下来看20世纪90年代的学人散文，才会有更大的文化视野、思想视角、精神视界。在情智层面，大量伪情、煽情、滥情的散文沉渣泛起，风靡一时，情感污染的程度远比现实的雾霾要严重得多，情感受损的程度要远比一起车祸更为严重。当代学人黄发有在2017年第6期《文艺研究》发表题为《抒情的衰变——论近三十年中国文学的情感历程》，作者在该文的"摘要"中指出："20世纪

80 年代后期以来，抒情文类和抒情风格在当代文学创作的总体格局中呈现出边缘化的趋向。抑制情感逐渐成为一种审美趋势，抒情走向碎片化，日常生活的细小抒情、物化抒情和自我解构的抒情成为流行的表达方式。抒情的衰落与变异，是时代转型、外来影响和文学新陈代谢的综合结果；伴随着文学情感的冷却，‘冷淡美学’渐成风尚。抒情衰退的根源是文学主体性的衰退；接续并发扬抒情传统，应该重建主体性，确立抒情的个性化原则，倡导关怀理论。‘有我’才能‘有情’。”本来，抒情是文学表情达意的重要手段，尤其是在中国古代经典散文中，优美的抒情为作品增添不少光彩。可是，到了当代，中国文学书写恰恰是在散文中出现了诸多问题，当代散文书写也出现了“抒情的衰变”，在逐渐淡去高大上的政治伪抒情后，特别是在宏大的历史叙事退潮后，人们开始热衷于细小的个人叙事。在反智的文化潮流中，散文抒情又呈现出煽情、滥情、矫情、造情的病征。在亲情、友情、爱情等人情方面，本来很正常的人间情感，根本就不需要抒情的渲染，却硬是在婆婆妈妈、喋喋不休的抒情渲染中，纯真的情感被扭曲失真变形，微不足道的事情被膨胀放大，这些为文造情、因文设情的小男人散文、小女人散文之所以让人生厌，就是把抒情当成了书写的噱头、用煽情来掩盖思想的贫穷与认知的肤浅。在这种情况下，学人散文一枝独秀，开始了一场抒情的革命，余秋雨、王充闾、鲍鹏山、夏坚勇等人的文化散文，开始从抒发“小我”之情走向抒发历史“大我”之情，提升了散文抒情的民族品格，开阔了散文抒情更大的空间。可是，抒情是一把双刃剑，余秋雨等人的文化散文遭人诟病的根本原因也是由于抒情。因为余秋雨散文的文化抒情也走入了渲染史料加上文人凭吊的机械模式中。模式，既是开拓又是限制，既是自由又是牢笼。学者斯特斯·林赛认为心理模式是影响人们行为方式的基本信念。文化是一个更广泛的、宏观层次上的等待变量，心理模式则是微观层次上的变量。心理模式适用于个人和人群，而且是可变的。文化反映的是个人心理模式的总和，反过来又影响着个人所具有的心理模式的类型。特别是当无数的人开始效仿这种抒情模式，余秋雨散文就必然成为攻击的箭靶。① 面对全社会情智的变形、耗散与枯竭，文化散文无节制地兜售那种高蹈的文化情感，最终形成一种僵硬的抒情定势，形成一种余氏语言表达模式："一切美都是和谐的，因此总是浑然天成、典雅含蓄。反之，一切丑陋都是狞厉的，因此总是耀武扬威、嚣张霸道。如果没有审美公德的佑护，美永远战胜不了丑。"余秋雨这种抒情模式，波及到了社会生活的方方面面，从散文书写的抒情到日常生活的抒情，我们都在亦步亦趋地加入到了这种抒情合奏曲中去。学者鲍鹏山指出："我们亟需用能够为精神打色的、有高贵血统的经典，来指引民族的未来。"

在心智上，我们同样进入了一个反智的时代。在大众文化风起云涌的时代，市场规则、社会规则、政治规则都在框范着我们的生活，速度效率成为我们不得不遵守而且必须遵守的文化信念，在"时间就是金钱""效率就是生命"的社会信念催逼下，我们在忙忙碌碌中被动应付，在气喘吁吁中拼命追赶，在这种反智的文化愚民愚心的技术规则时代，也就是马尔库塞所描述的"单向度人"的时代。《单向度的人》是马尔库塞最负盛名的代表作，他通过对政治、生活、思想、文化、语言等领域的分析与批判，指出发达工业社会是如何成功地压制了人们内心中的否定性、批判性、超越性的向度，促使这个社会成为单向度的社会，而生活于其中的人成了单向度的人，这种丧失了自由和创造力，不再想象或追求与现实不同的另一种生活，一旦资本形成对所有社会资源，包括技术力量的自觉组织形式，就会把一切都纳入其政治系统当中，趋向于变成排他性的，并决定着整个社会的发展。在当代中国，这种"单向度性"表现更加突出，我们在"稳定压倒一切"的规训中，

① ［美］塞缪尔·亨廷顿，程克雄译：《文化的重要作用：价值观如何影响人类进步》，新华出版社 2002 年版。

我们坚守岗位、恪尽职守，社会和谐有序，我们没有任何异议地服从，没有任何批判地遵守，甚至我们的文化生活也在“文化自信”中被所谓的“统一思想”统一规范。单向度社会的形成是由包括社会控制，政治领域的封闭，不幸意识的征服，压抑性的俗化趋势，话语领域的封闭等多种现实原因促成的。既有机器大生产管理的必然性，也有被社会组织扭曲性的加以利用，还有着普遍的流行趋势的心理因素，以及话语对现实具体性的掩盖。社会压制了否定性方面，肯定性取代否定性，心智受到禁锢和压制，反智性的单向度社会由此形成，这不但是社会管理学的范畴，也是社会文化学的范畴。在这种范畴中，我们的文化生活也是在反智观念的指导下被市场意志、权力意志精心设计，在教育上强调教材的统一，在政治上强调保持高度一致，在文化上强调增强民族文化自信，甚至在阅读上，也要按照专家指定的书单进行阅读，在生活上也设定无数“标配”的目标。正如马尔库塞所言：“作为一个技术世界，发达工业社会是一个政治的世界，是实现一项历史谋划的最后阶段。”“随着这项‘谋划’的展现，它就成为话语和行为。精神文化和物质文化的整个范围，在技术的媒介作用中，文化、政治和经济都并入了一种无所不在的制度，这一制度吞没或拒斥所有历史替代性选择。这一技术的生产效率和增长潜力稳定了社会，并把技术进步包容在统治阶级的框架内。技术的合理性已经变成政治的合理性。”① 我们的阅读表面看起来是可以自由选择的，实际上暗中也受媒体宣传、书商炒作、奖项设置所操纵。单单从学人散文看，余秋雨文化散文书系、百家讲坛散文书系、鲁迅文学奖散文奖获奖书系、名家散文书系都是在各种外在宣传的合力操纵下走入读者视野。这些学人散文改变着中国文化生活的小气候，形成某种特定的文化生活范式，如余秋雨散文热、刘亮程散文热、

① ［美］赫博特·马尔库塞，刘继译：《单向度的人：发达工业社会意识形态研究》，上海译文出版社 2008 年版。

李娟散文热、梁衡散文热、余光中散文热、三毛散文热，热浪滚滚，演变形成了我们固定的散文阅读时尚。学人散文在兜售软化成糖稀似的文化、思想，也在潜意识地、零碎地熏染着我们的文化观念、熏化着我们的思想、滋养着我们的文化精神，引领着我们文化消费的潮流。尤其是在这个思想家淡出社会中心的今天，学人散文就成为我们攫取文化思想资源的精神读本，有效地防止了我们精神的虚脱与耗散。从某种意义上来说，学人是我们这个思想暗夜飞起的一只只猫头鹰，是我们精神的守夜神。因为，在反智的时代，学人扮演着扬智与反智的双重角色，我们从中既得其智慧又受其限制，其散文的营养成分并不是充足和均衡的，它们还不足以成为滋补我们身心的营养品，物质生活的营养过剩与精神生活的营养不良形成对比鲜明的时代征候。在才智层面，同样我们所处的时代也是一个反才智的时代。目前，“文化”成为社会流行词的背后，就意味着对思想与精神的掩盖。随着20世纪90年代后兴起的持久不衰的“文化热”，学人散文中也出现了大量的知识散文，谈历史掌故、谈文字演变、谈朝代更迭、谈名人轶事、谈亭台楼阁、谈文物古画，谈民俗风情，虽然篇幅短小，却是尺幅千里，蔚为壮观。作为文化普及读物，却担当着文化启蒙的重任。这些知识散文，为惰性的反智时代提供了文化的方便面，它们满足了文化小资知识摄取的诉求，迎合了碎片化信息时代的文化审美时尚。反智时代也存在典型的二律背反，越是反智，越需要“智”的美化。就如当今中国所谓大款土豪们，非要装模作样地在豪宅里设置藏满精装书的书房，越喜爱站在琳琅满目的书架前拍摄自己故作儒雅的照片。一个人，你可以说他没有钱，但是你决不可以说他没文化。财富的多少，是一个能力大小的标志，而文化的多少，却是一个人文化修养高低的表征，文化修养是一个人作为人的基本底线。因为，一个人只有置身于具有一样文化认同感的文化群落里，才有文化的归属感和安全感。否则，他就会感到自己被所属的文化部落抛弃，成为鲍曼所说的“异乡人”。社会会在形而下与形而上两个维度为身处这个时代的人们设置标配的生活样板，物质生活有物质生活的标配准则，文化生活同样也设定了相应的标配杠杆。急欲过一种“标配”的人生，这既成为人们痛苦的根源，也成为人们生活的动力。学人的文化散文实际上从某种意义上来说，也就充当着文化标配的角色。作为一个中国人，谁如果没有读过余秋雨散文、没有听讲过易中天品三国、没有读过刘亮程、李娟的散文、没有收看过央视春晚、中国诗词大会、“朗读者”，不仅仅是自己觉得没面子、被人嘲笑太落伍，你更内在的焦虑是觉得自己已经游离于你所归属的文化群落之外，你已经成为文化的弃儿。反智的时代，越让你成为文化的追随者和跟风者，越追随越跟风，你越成为智慧的敌人，你越站在智慧的对立面，你越被现有的文化秩序套牢，你面前的文化假想敌越层出不穷，不但物质层面或精神层面的社会成功人士成为我们的假想敌，而且知识的拥有者也会成为我们文化的假想敌。“赶不上趟儿”的感觉成为我们一切焦虑的根源。鲍曼在其《现代性与矛盾性》一书中主要从社会方面探讨“秩序的建造”，即在理论和实践中导致产生那种矛盾的臭名远扬的异乡人范畴。为此，那些理性的建构者、秩序的规划者就要制造朋友与敌人的对立，但这在鲍曼看来是一种服务于秩序统治的虚幻创造。他说：“显然，存在着某种对称；没有敌人就没有朋友；同样，如果没有外部那个豁着大口的敌意深渊，也就没有朋友。然而，对称只是一种幻觉。”现代理性的一个重要理论追求就是必然性与确定性，对不确定性充满着疑惑与恐惧，像诠释问题之所以给人以烦人的感觉，是因为诠释问题的未决，意味着不确定性。而不确定性具有混乱的本质，给人以不舒服或危险的感觉。但异乡人状态决不可以被还原成诠释问题的生成。同时有些异乡人并不具有尚未决断性，而一旦不熟悉者变成了异乡人，领土、人和功能上的分离就不再够用。异乡人的特殊性在于他们的逗留总是暂时的，而即使如此，他们危险的非一致性并未终止。这是实质的非齐一性的必然结果。因此，鲍曼认为，异乡人的原罪，就在于他的在场与他者的在场之间的互不相容性，这也正是异乡人被视为现代性灾星的原因所在。① 学人散文为“异乡人”找到了理论上的确定性，我们找到了阿喀琉斯立足之踵。

20 世纪 90 年代学人散文为反智时代不断提高文化的供给，吸引人们文化饕餮的眼球，但是求新求变的文化消费市场，又不断地追逼着学人提供更多的文化新品，需要学人散文复制性地批量生产，这又与文化产品需要积淀积累的根本属性产生尖锐的矛盾冲突，这也就形成了学人散文快餐化的特征，严重耗损了学者文化创造的能量，影响了学人散文的文化品质，把自己变成了文化的掘墓人。余秋雨继《文化苦旅》这一成名作之后，接着陆续推出了《山居笔记》《霜冷长河》《千年一叹》《行者无疆》《晨雨初听》《笛声何处》《寻觅中华》《摩挲大地》《问学余秋雨》《中国文脉》《吾家小史》《历史的暗角》《我等不到了》等书，但是其畅销程度远不及《文化苦旅》，甚至成为被人诟病的把柄。从这些后继作品本身看，其质量也远不如《文化苦旅》，过多的水分稀释了思想的浓度，过多的铺陈也冲散了主题的凝练。又比如，学人季羡林在《牛棚杂忆》之后，开始被书商当作“摇钱树”般重复推出的《清塘荷韵》《听雨》《清华梦忆》《九十述怀》《母与子》《三个小女孩》《一双长满老茧的手》《夜来香开花的时候》《重返哥廷根》《留德十年`·迈耶（Meyer）一家》《垂钓》《季羡林谈文化》等，作品的重复出版，引起了读者的反感，也影响了季老作为“国学大师”“国宝”的美誉。学人散文的大量出版，无形中也忽视了对其学术专著的阅读，把学人变成单向度的散文家。学人散文成了反智时代生活的点缀与陪衬，散文热也暗示了我们整个文化生态中思想资源与精神内涵的贫瘠与荒凉。就如没有参天大树的荒野，野草丛生，繁花似锦，郁郁葱葱，但那只能称之为草原而不能称之为森林。对于学人来说，学术才是乔木，散文只能算是蓬勃的灌木丛。这不是文体歧视，而是文体生态的基本特征。

---

① 齐格蒙特·鲍曼：《现代性与矛盾性》，商务印书馆 2003 年版。

第二章

回到民国

一时间，中国文化界出现了“民国热”。虽然，目前这种热潮有退潮的意味，但是仍然值得我们理性思考与回味这一重要文化现象。在这股民国热中，一时间，吸引了那么多学人以极大的文化热情、从不同的学术视角纷纷卷入到这股热潮中去，出版了一系列散文随笔专著，仅就笔者目力所及，就达上百部之多，其中最有代表性的著作就有：刘仰东主编的《去趟民国：1919—1949 年间的私人生活》（生活·读书·新知三联书店，2015 年版），唐小兵的《与民国相遇》（生活·读书·新知三联书店，2017 年版），介子平的《民国旧事》（海天出版社，2018 年版），齐明月的《民国风度：一种精神，一个时代》（中国言实出版社，2015 年版），王开林的《国士无双：清华大学的龙虎象》（华文出版社，2012 年版），张笑恒的《民国先生：尊贵的中国人》（现代出版社，2016 年版），李村的《世风士象：民国学人从政记》（生活·读书·新知出版社，2013 年版），滕征辉的《民国大人物》（民主与建设出版社，2015 年版），民国文林编著的《细说民国大文人：民国范儿》（现代出版社，2014 年版），民国文林编著的《细说民国大文人：那些文学大师们》（现代出版社，2011 年版），凤凰书品编著的《民国那些年：（1911—1924）你所不知道的秘史遗闻》（团结出版社，2015 年版），谢世诚的《民国文化名流传》（南京出版社集团，2013 年版），蔡登山的《重看民国人物：从张爱玲到杜月笙》（中华书局，2015 年版)，余世存主编的《常言道：近代以来最重要的话语录》(新世界出版社，2007 年版)，李异鸣编著的《非常事：1840—2000 中国历史的惊鸿一瞥》(北方文艺出版社，2006 年版)，黄一鹤的《微历史：1919—1949 民国圈子》(湖南文艺出版社，2012 年版)，《作家文摘》编的《大师风骨》(作家出版社，2018 年版)，《看历史》杂志主编的《人文春秋》(九州出版社，2016 年版)，张耀杰的《民国红粉》(新星出版社，2014 年版)，刘绍铭的《爱玲说》(广东人民出版社，2016 年版)，唐德刚的《从晚清到民国》(中国文史出版社，2015 年版)，由《国家历史》杂志社主编的《民国风云人物》(新华出版社，2010 年版)，王木春的《先生当年：教育的陈年旧事》(华东师范大学出版社，2017 年版)，韦甜甜的《那些民国红颜教我的事》(台海出版社，2016 年版)，谈正衡、王玉洁的《花样才情，似水流年：民国才女》(重庆出版社，2018 年版)，岳南的《那时的先生：1940—1946 中国的根在李庄》(湖南文艺出版社，2016 年版)，王鲁湘的《晚清五大名人》(现代出版社，2015 年版)，张曼菱的《西南联大行思录》(生活·读书·新知三联书店，2017 年版)，王福和的《民国比较文学研究》(中国国际广播出版社，2018 年版)，陈建华的《文以载车：民国火车小传》(商务印书馆，2017 年版)，等等。这些著作从王朝、国运、政事，武功、官场、文景、学界、革命、世道、人情、风尚、民声、时弊，灾难、舆论等视角全方位地呈现民国风云激荡的图景。

我们阅读这些文化散文随笔，最直接的阅读感觉是荡气回肠、心潮澎湃，在那个“你方唱罢我登场”风云变幻的动荡年代，涌现出了那么多可叹可赞、可圈可点的仁人志士、风流俊杰、才子佳人，其气象与风骨让身处太平盛世的当代学人常常发出今不如昔、时变景迁的唏嘘感叹与喟叹。“民国热”映照出我们当代学人萎缩、压抑、麻木、势利、功利、褊狭的人格镜像。“民国热”是又一次别样的人文精神的讨论，是又一场别样的文化思潮。学人唐小兵在其《与民国相遇》一书的代后记（《穿越民国时光的交叉小径》）中写道：

民国纵有千般不是，可也有其无从取代、也不容抹杀的迷人之处，乱世自有悲歌，可“国家不幸诗家幸”，乱世也有深情，乱世还有传奇，乱世更有古今中西相遇之后的灿然与妩媚，那些在不同的人事相遇之后所碰撞出的碎屑与心情，恰恰是无从剪裁的历史细节。最温暖人心的，往往不是高歌猛进或悲情恸哭，而是低回的惆怅与不羁的涯岸。①

我们津津有味地阅读这些民国文化学术随笔，会有趣地发现，这些不动声色的冷笔调下面却聚拢着一团团熊熊燃烧的心灵之火，它们蓬蓬勃勃地燃烧着，在烧灼着我们久已变得冷漠冷淡的心灵。我们已经烹制不出民国的味道，味蕾日渐麻木的我们，舌尖上胃尖上心尖上也品味不出民国的味道，我们只能在这个越来越没有味道的清淡人间逍遥度日，恰如我们身处繁华而又浮华的闹市，难以掩盖我们思想的苍白与精神的无助。也许“民国热”是早已深入我们骨髓里的阿 Q 精神的苏醒，因为民国精神的骨髓不能移植，民国的风骨我们不能接续。我们的肉身不能穿越到民国，回不到民国，我们只能回望民国，回望那些远去的背影，回望那些沾附在历史夹缝中的人事风尘。民国是一个巨大的精神隐喻，它所隐喻的不仅仅是现实的维度，也隐喻着历史与将来一切精神领域的维度。民国思想者肉体的消失已经转化成某种精神的圣化，发挥着偶像化催化剂的作用，至少在我们的精神空间中占据了永久性的位置。我们对于民国人物传记式的散文书写，用布迪厄提法叫做“自传幻觉”。社会行动者（agent）在脑中通过有意识反观自我所形成的具有某种连续性和统一性的自我形象，即所谓自传幻觉。既然是幻觉，也就必然无法摆脱自恋的某种对自己生平的歪曲的反应，而对个人比较科学的形象描述，应该基于社会学家根据行动者的种种社会条件所重建的无意

① 唐小兵：《与民国相遇》，生活·读书·新知 三联书店 2017 年版。

识的统一性和连续性。① 我们徜徉于民国的风景中，却行走在现实的道路上，反观自身，心中生发的不仅仅是自惭形秽、自叹不如的自卑或者自恋，重要的是建构当代学人的文化精神谱系，重构我们自己的精神形象。我们对现实的焦虑，原是我们自己找不到走出焦虑的道路；我们对自己处境的焦虑，原是我们自己没有找到消解焦虑的良方。

第一节　精神的打捞

最早呈现民国风景的学人散文著作是青年学人余世存的语录体散文《非常道：1840—1999 年的中国话语》（社会科学文献出版社，2005 年版），在这本书里，余世存以翔实的资料分门别类地对民国以来的重要话语进行了规整，使我们第一次较为全貌地看到了民国以来中国学人的另类风采。随后，更多的学人开始关注民国、研究民国。继《论语》《世说新语》之后，新时期语录体散文从“民国热”中得到了新的发展。余世存继《非常道：1840—1999 年的中国话语》一书，又相继推出了其主编的《常言道：近代以来最重要的话语录》（新世界出版社，2007 年版）《一个人的世界史：话语如何改变我们的精神世界（1900—2000）》（中信出版社，2011 年版），在此之后，李异鸣编著的《非常事：1840—2000 中国历史的惊鸿一瞥》（北方文艺出版社，2006 年版），刘仰东主编的《去趟民国：1919—1949 年间的私人生活》（生活·读书·新知三联书店，2015 年版）黄一鹤的《微历史：1919—1949 的民国圈子》（湖南文艺出版社，2012 年版）等语录体散文相继问世。

语录体散文，形式简单质朴，篇幅短小精悍，意蕴丰富充实。这些

① 朱国华：《权力的文化逻辑》，上海三联书店 2004 年版。

关于民国的语录体散文，其中的文化隐喻不仅仅是写作学方面简单的“体例”问题，而是表明对于离我们很近的民国，我们还没有完整系统进行提炼整理，还没有形成清晰完整可待我们整体观照审视的历史横断面，我们只能从其支离破碎的文化碎片中来一鳞半爪般地欣赏玩味。从接受美学的视角看，这种语录体散文也正迎合了当今已经被市场切割成无数碎片化的心理习惯，减少阅读的压力，淡化阅读的严肃性，让人在轻松愉悦的阅读中，快速地接受知识信息。刘仰东在其《去趟民国：1912—1949 年间的私人生活》一书的“自序”中写道：

民国史很短，只有三十八年。民国的历史虽短，却很热闹，出过不少大事。事情是人干的，因而民国时期也出了不少人物。但再大的人物，干再大的事的人物，也得过小日子，正如丘吉尔所言：仆人的眼里没有伟人。“大人物”过小日子，有时候就像大手笔写小文章，他们留下的故事，往往能让人一唱三叹。其实人物不论大小，他们不戴面具的私生活显然更容易引起常人的好奇心。

我们尽力去做的，是让读者读一本好看的书，知道一些好玩的故事，领略一点当年的风情。

语录体散文是对生活的写真。它剥去了那些议论式的评点、情感式的感叹、说明式的诠释，直击生活现场，尽量原汁原味地还原生活的真实，回到“此在”的生活现场，回到事件与人物的中心，完全呈现“史料”原貌，避开了学术研究“大胆假设，小心求证”的模式，让“史料”从学术的配角以及附属地位重新回到主角主体地位，不是让“史料”沉默，而是要让“史料”发声。本着对历史真实的尊重，本着对读者不同认知的尊重，这些语录体散文没有了历史学式的评判，没有了意识形态式的审判，没有了学术史式的忙于下结论，让“史料”裸露在当代多元化的现实语境中，仁者见仁智者见智式地做出自己的评判，把评判的权力重新还给读者。试举几例略做剖析。

《南京条约》签订后，道光皇帝很难受。清史记载：“上退朝后，俯首于便殿阶上，一日夜未尝暂息，侍者但闻太息声，漏下五鼓，上乎顿足长叹。”（李异鸣编著：《非常事：1840—2000中国历史的惊鸿一瞥》）

短短的几行字，真实地再现了这位窝囊皇帝面对国土沦丧无可奈何的复杂矛盾的心情。场景清晰，画面感很强。语言简练，在平静中有着情感的波澜起伏。再如：

1945年8月15日，日本正式宣布无条件投降。从1931年“九一八”事变到抗战胜利的14年中，据初步统计，中国的直接损失约600亿美元，间接经济损失约5000亿美元。（李异鸣编著：《非常事：1840—2000中国历史的惊鸿一瞥》）

南开是私立学校，经费需向社会各界募捐，有学生提出：“我们不要官僚军阀、土豪劣绅的臭钱！”张伯苓校长说：“美丽的鲜花不妨是由粪水浇出来的！”

张伯苓讲：“人可以有霉运，但不可以有霉相！越是倒霉，越要面净发理，衣整鞋洁，让人一看就有清新、明爽、舒服的感觉，霉运很快就可以好转。”他还编了一句顺口溜：“勤梳头勤洗脸，就是倒霉也不显！”张伯苓特别信奉这样的理念：一衣不整，何以拯天下？（余世存主编：《常言道：近代以来最重要的话语录》）

赵元任和杨步伟结婚时，给亲友的通知书上写着：当您接到这个消息的时候，我们已在1921年6月1日下午三点钟东经百二十度平均太阳标准时结了婚；除了两项例外，贺礼绝对不收；例外一是书信、诗文音乐曲谱等，例外二是捐款给中国科学社。胡适作为证婚人，送的礼物是一本胡适做注解的《红楼梦》。（黄一鹤主编：《微历史：1919—1949的民国圈子》）

语录体散文的文化意义就在于这些原本属于学术边角废料的历史细节，但这些恰恰是鲜活历史冒出的热气，恰恰是我们世俗社会生活的生动呈现。它绕过了历史的宏大叙事，回到细微的民间叙事中去，这也顺应了 20 世纪 90 年代后日常生活审美化的审美诉求，对接了历史与现实生活的通道，改变了学术僵硬的书写方式，深化了语录体散文的写作深度。同时，这种语录体散文的勃兴，也是对现实单一乏味干瘪学人话语的反讽。进入 20 世纪 90 年代后，中国学人话语发生了很大的变化，随着大众文化时代的到来，尤其是在不断翻新的网络语境中，出现了话语表达的“图像转向”“视觉转向”，传统载道层面的学人诗学话语正在失去应有的表达魅力，所谓的精英话语也被淹没在泡沫似的大众话语里，文学话语也被开涮式的民间话语解构。“文学既然失去了明确的边界，文学研究自然也疆界难受，并从而拓展成了一种宽泛的文化研究。这便是‘文化转向’得以发生的内在语言逻辑。”① 这直接影响了学人散文话语的表达方式，有意去除封闭刻板的学术话语，还俗为自然直白诙谐的民间话语。语录体散文的兴起，不但是话语方式的转向，也是学人身份姿态的转变。毕竟，民间才是学人散文生根开花结果的沃土，才是学人散文发展的广阔空间。“民国热”，其热力辐射不但到达学术层面，也更深远地到达了民间层面。对民国书写的学人散文，它的读者群已经渗透到社会文化的各个层面。民国热“热”在民间，得益于大众传媒的助推，甚至一度成为流行性的阅读时尚。学者龚群认为在一个大众传媒发达的社会，我们常常看到流行性的时尚。我们自己就是这种流行时尚的制造者、追风者，我们在流行中享受，在流行中媚俗。我们在流行中消失了自我，消失了自己的个性。成为一个现代性病症，一个时代性痛苦。我们何以才能保持我们的个性？这个时代还有特立独行的人吗？

---

① 赵奎英：《语言、空间与艺术》，北京大学出版社 2018 年版。

这股民国热潮，是在中国学人精神内外交困的背景下发生的，一方面，随着中国与世界的接轨，西方现代主义、后现代主义思潮在中国文化传播的深入，西方文化不再神秘。相反，我们对现代化带来的弊端却看得更加分明，中国现代化道路如何走？困惑多多。一方面，随着中国市场化程度的加深，文化消费时代的来临，完全向市场敞开的功利化的审美诉求成为压倒性的审美时尚，如何拯救日益失落的人文精神又成为当代中国学人最大的精神焦虑。还有一方面，就是面对网络时代的到来，即以碎片化、商品化、信息化为传播特征的信息时代的到来，作为公共知识分子的学人如何界定自己的文化身份，这些问题集束式的扑面而来。在这种文化语境中，中国学人遭遇了前所未有的精神危机。学界急需得到强有力的精神援助。在“民国热”中，我们开始了精神扶贫，就如物质生活层面的兜底儿扶贫。在精神扶贫中，我们返回古典的原点，发现传统的“士精神”与当代学人精神不合辙，远水解不了近渴，即使是所谓新儒家的理论精神，依然不能挖掉精神的穷根。相反，行走不远离我们很近的民国，其精神气质倒是与我们息息相通，其精神的脐带倒是与我们有割不断的联系，于是乎，人们开始把“民国范儿”“民国精神”当成了文化批判的关键词。学人罗志田指出：民国“与后来确有一大不同，即斯文不曾扫地，故至少相当一些人（精英和大众都有），尚能有所为有所不为。有些事，即使迫不得已为之，也不能失格。”① 可是，新时期以来，随着中国学人的全面分化，学人面对频频示爱的权力意志，慢慢沦落为霸气十足的学术官僚，分割学术资源，霸占学术话语权，成为“精致的利己主义者”（钱理群）。学人面对频抛媚眼的文化消费市场，丧失了文化自尊，屈尊于市场指令，摇尾乞怜，获取巨大利益份额，成为所谓既得利益者。学人面对芜杂的网络空间的喧嚣聒噪，信口开河，成为网络时代的御用文人。他们成为“官人”

① 罗志田：《道大无外：校园与社会》，社会科学文献出版社2016年版。

“商人”“网红”，唯独没有成为“仁人”“学人”“真人”；他们获得“学士”“硕士”“博士”学位，唯独没有成为“志士”“国士”“名士”。王开林在《国士无双：清华大学的龙虎象》一书的“前言”中写道：

国士特立独行，大师苦心孤诣。大师是一个国家的学术重镇，是一个时代思想、文化、艺术、科学领域之翘楚，他们具备异禀、长才、创意、通识、洞见、雅量、傲骨、良知、使命感和责任心。谁也不要奢望大师是私德无懈可击的完人，谁也不应苛求大师是不食人间烟火的圣徒。他们有可能细行不检，大言不惭，贪杯好色，久假不归；甚至有可能曲学阿世，随波逐流，清操有玷，晚节不终。但他们夭矫狂狷，新北闽南，无不元气淋漓。①

当代学人的民国随笔，没有了余秋雨文化散文的矫情与煽情，文笔率真犀利恣肆，纵横捭阖，人物形象饱满真实，没有讳饰雕琢，铺垫衬托，而是单刀直入，自有一种独特的风骨气象，属于学人散文中的“上品”。这些民国随笔，要么以白描式的细节质朴动人，如描写金岳霖在开设选修课“符号逻辑”时：“学生很少，往往教室里只有几个人。金老师讲着讲着，有时会停下来，问得意弟子王浩：‘王浩，你认为怎么样?’一堂课多成了师生二人的对话。”要么以冷静的学理分析让人折服。唐小兵在《师者陈寅恪》一文的开篇劈面写道：

陆健东的《陈寅恪的最后二十年》曾经在20世纪90年代公共读书界风靡一时，此书所传递的陈寅恪的历史形象是一个坚持独立思考与坚持价值理念传统的知识人的形象，而专业史家对陈寅恪的书写更多地聚合在其具有惊人洞察力和严谨性的隋唐史、魏晋南北朝史和明清史著作

① 王开林：《国士无双：清华大学的龙虎象》，华文出版社2012年版。

之上。自由主义者与保守主义者都试图将陈寅恪引入自身谱系之中而强化其精神传统，前者着眼于“消极自由”式的低调反抗，后者侧重于借助陈寅恪的历史书写，而重新建构20世纪中国文化与传统之间隐秘性的创造性转化之关联。陈寅恪先生生命世界里一个重要的师者形象，也是构成其自我认同最核心的部分之一，却在这些主流的“陈寅恪学”里隐而不显，不太为世人所注意。师者，所以传道、授业、解惑也，陈寅恪先生在这三方面都称得上是20世纪中国最值得称道的师者之一，是知识、学问和人格上的燃灯者，而当今中国的某些大师，恰恰在如何更好教学、如何培养学生方面心不在焉，他们更在乎的是白纸黑字的权威期刊论文和专业著作，或者知识熟人界和公共领域的声誉，而不是发掘、培养和造就学术人才。①

这些关于书写民国的文化随笔，介于论文与散文之间，既淡化了文学抒情描写的浓墨重彩，脱掉了肥胖的文学羽绒外套儿，质地真纯，清瘦爽净，又吸收了论文的思辨分析以学理见长的优势，干净利索，不拖泥带水。“真正不朽的散文，不是艳丽浓郁的，而是清新，简明，隽永，可以读了再读，回味无穷。”② 因为认识的深刻，文章厚重而不虚飘；因为思辨的介入，公允客观而不偏激失衡。散文不是简单的事实裸露，也不是直白的简单叙述，更不是思想等肤浅的揭示，而是要有新的思想助燃点，新的精神生长点，要有新的超越俗见、偏见、庸见的独识与特识。“当下的许多‘文化大散文’作者，往往还缺乏基本的历史、文化和哲学训练，更缺乏专深的研究和思考，他们的知识、理解和看法多半来自零碎、流行和公共的书刊阅读，这就难免在行文中充满庸见、俗见和偏见。有时，在作者看来是‘新见’，但在某一领域的专家看来毫无新意，甚至是错误的。就连学者出身的余秋雨也难以避免就很能说

---

① 唐小兵：《师者陈寅恪》，《随笔》，2018 年第 6 期。

② 袁勇麟：《当代汉语散文流变论》，上海三联书店 2002 年版。

明问题，这一是因为他常常越出自己研究的边界，二是由于他越到后来写作的态度越不认真。当然，一般的非专家学者动辄搬弄‘文化’，并且今天谈‘西哲’，明天讲‘民族文化’，那偏向也就可想而知了。”①在反智浪潮中，学人散文的硬伤不仅仅表现在文化知识的无知匮乏，更表现在其乏善可陈的思想钙质。臃肿的学人散文需要用深刻的洞见和精神的高见为其把脉输血、固根铸魂。这些民国散文，因为资料丰富，避免了毫无节制的过度抒情，避开了自以为是而实非、想当然式的主观臆断。这是继余秋雨以“文化自我为中心”之后的新跨越，是以“历史自我为中心”，不仅仅是文化视角的审视，而是对民国生活的全范围、多视角的文化呈现。

对民国书写的学人散文的关键词就是士大夫精神。这种士大夫精神的书写方式，不是余秋雨散文中常出现的“倾诉文化紊乱之‘苦’”（范培松），而是士大夫精神的拯救与重建。表面上对民国士大夫精神的书写，实际上是对当代文化生态中的中国学人精神蜕变的映射，所以，大量书写民国士大夫精神的散文随笔，借助民国这一平台，扩大了文化批判的空间，有了更大的文化批判的自由，没有余秋雨散文的遮遮掩掩、躲躲藏藏、羞羞答答、弯弯绕，而是简洁明快，直抒胸臆，文章的活力更猛，话语风格更加坦率明朗，直面当代学人的精神软肋之处，痛快淋漓，直指鹄的。钱理群在《民国风度》一书的再版代序（《谈谈“民国那些人”》）讲到学人的“三个承担”：对国家、民族、人类，对历史、时代、社会、人民的承担；对自我生命的承担；对学术的承担。② 学人张笑恒先生在《民国先生：尊贵的中国人》一书的“序言”感叹道：

曾经有那样一个时代，曾经有那样一批人物，从年代上看离我们并

---

① 王兆胜：《新时期散文的发展向度》，广东人民出版社2014年版。

② 徐白柯：《民国风度》，九州出版社2016年版。

不遥远，却又仿佛遥不可及，变得越来越模糊。民国时期不长，但影响极深。民国时期的那批学人，有着与今天的学人迥然不同的风度、胸襟和学识。他们忧国忧民、铁骨铮铮，他们微言大义、学识渊博，教授与学生共处一室高谈阔论，青年学生以天下为己任，为国读书寻求救国之道，也有勇敢激烈的爱情故事。那时的文人骚客风度翩翩，提笔能写文章，张口能诵诗书，女性英姿飒爽而不失大家闺秀风范，如果深入去了解，会惊叹地发现，那个时代居然是如此壮怀激烈。

民国就像春秋战国一样大师辈出，更重要的是他们所呈现出来的精神，至今让人沉思，在思想变革的年代里，民国人身上都有儒家传统"士"的风范，他们将爱国转化成了救国，真的走在街上奔走呼喊，向黑暗势力游行抗争，并且不断地寻求救国的真正方法；他们著书立说、翻译西方经典、积极从政；他们集体在推动那个时代的发展，在动荡时代里发出一道道亮光。

"士"精神是一个国家民族维持进步的关键所在，这是锐意改革、敢于承担、引导大众的精神，文以载道，肩负沉重的社会责任。他们中"宁鸣而死不默而生"，以"国士"自许，爱国爱家，把民族、社会的事当作自己分内之事。如辜鸿铭发表《春秋大义》阐释中国人的精神内涵，以形动践言捍卫中国文化；山河破裂时徐悲鸿创作《田横五百士》《愚公移山》等画作，用以激励国人；傅斯年主持殷墟发掘，以保国粹，又主持北大复校，台大改革，病逝于任上。①

这是对民国学人精神的赞叹，同时，又是对当代学人精神软骨症的沉重叹息。这些散文随笔之所以称得上当代中国学人散文中的精品，就在于有思想的内涵，有明确的精神指向。面对当今那些向市场谄媚、向权力意志俯首帖耳的学人给予当头的棒喝，文笔更加老辣，思想更加尖

① 张笑恒：《民国先生：尊贵的中国人》，现代出版社2016年版。

锐。如对踽踽独行的国学大师陈寅恪先生通过对其“活字典”、教授之教授学术人格的高度赞誉，尤其对其“独立之精神、自由之思想”学术精神品格的深刻解读，以“醒世恒言”的笔调写道：

陈寅恪主张为学术而学术，主张学术研究的独立性，反对外来的、强加的束缚。坚持心灵之自由，独立之精神是他最根本的原则，“一切都是小事，唯此是大事”。与王国维一样，他认为学无新旧之分，无中西之分，无有用无用之分，学术本身不是手段而是目的。在治学生涯中，他自觉地建立自己的学术体系，提出多说自己的话，少批评他人的观点。①

因为有了当今学术生态的对照，这些关于民国学人精神的打捞就更有了针对性，不像余秋雨等人的文化散文，这些思想性极强的学人散文向现实开炮的火力更猛烈，命中率更高。如果说，余秋雨等人的文化散文是对着中国文化的田野放冷枪，那么这些书写民国学人的思想散文就是一枪一个准的瞄准射击。由文化散文向思想散文的发展，是中国当代散文发展史上一个跨越式的发展，具有里程碑式的意义。如果说，真情是散文的血脉，那么思想就是散文的骨骼。“从文体风格上看，学者散文的表现特点主要在于铺陈之文含蓄节制，不事枝叶雕琢，理趣所在务尽极致，活现智慧面目。同时，却没有明显的苦涩生硬和显才露能的流弊。”② 可以说，对民国书写的学人思想散文，是20世纪90年代后中国散文发展的高峰，也是引领中国思想飞跃的开路先锋。王开林书写民国学人的系列散文，可为其代表性个案。王开林散文，笔力雄健，文笔老道，不端架子，不掉书袋，不卖弄散文写作的技巧，下笔从容坦诚，以饱满的学人情感，以开阔的文化视野，以理服人，话语真切感人。没

---

① 刘克敌：《陈寅恪与中国文化》，上海人民出版社1999年版。

② 吴俊：《文学的变局》，广西师范大学出版社2005年版。

有烦琐的考证，没有强词夺理的学术霸气，儒雅恬淡，而又机锋四射，语言不哗众取宠，亲切感人，措辞不故作高深莫测而平易近人。文字细密质实，晶亮明澈，珠圆玉润，读之如饮乳酪。思想颗粒饱满，汁水丰沛。文章洋溢着一股冲天的豪气与才气，舒缓有度，舒展自如。

如写梅贻琦的“慢”：

这个“慢”不是傲慢，不是怠慢，不是缓慢，也不是梅贻琦不惜时、不守时，而是指他从容不迫，张弛有度。大革命家黄兴一生教人“慢慢细细”，就是教人慢工出细活，急就章难成精品。① （《寡言君子——梅贻琦的“慢”“稳”“刚”》）

如写刘揆一的“隐”：

历史就像一位大雪天派送糖果的圣诞老人，总会给后世的好奇者馈赠一堆待解的哑谜：有些角色曾经指点江山、叱咤风云，俨然是一世无几的雄杰，受到过推崇和拥戴，可是突然之间，他们就隐退于沉沉大幕之后，沦陷在深深暗影之中，再也无法回到原点，直至泯然众人，沉埋在千万顷寂寞的黄沙之下。命运何故要捉弄他们，使之大起大落？好奇者被这个哑谜撩得心痒，就会想去伸手揭盅。②（《刘揆一：民国政坛的失踪者》）

中国人物书写有两条书写路径：一条是始自司马迁的《史记》，《史记》改变了过去史书“左史记事，右史记言”的书写方式，专注于“记人”的“纪传体”书写，以此来“通古今之变，成一家之言”，“他把此前被孔子、左丘明等人阉割了的个体还原，他让那些肢体的碎片重新聚合，使他们复活了！他简直是嘘枯吹生、生死肉骨的司命之

① 王开林：《国士无双：清华大学的龙虎象》，华文出版社 2012 年版。
② 王开林：《随笔》，2018 年第 6 期。

神”，“是历史观念的伟大觉醒：没有人，便没有历史，历史的主体正是那形形色色的人及其命运。而历史的意义也恰好就是人的意义，而不是抽象的道德观念。”① 另一条人物书写路径是演义式的人物书写，虚浮夸大，扭曲变形，铺陈渲染，这是稗官野史式的写作套路。

民国热，热度最高的当属民国人物热。在这股热潮中，涉及了民国政界、商界、学界、艺术界的各色人物，几乎都是以随笔的形式呈现出了他们独特的风采、风骨、风度。20 世纪 90 年代后学人对民国人物的书写传统继承了司马迁人物书写的衣钵。中国散文中的人物散文几乎占居散文的半壁江山，贯穿人物散文书写主线的是人物与时代、社会的关系，他们要么在历史的星空熠熠生辉，光彩耀人，要么在历史的画布上浓墨重彩，要么在历史的人物排行榜上占据一隅。可是，当代人物书写，却暗淡无光，人物形象扁平化、同质化、脸谱化、空心化现象严重，其中原因复杂，主要原因是我们的人物书写观出了问题，我们在人物书写中自觉不自觉地扮演了化妆师、美容师、魔术师、设计师、手术师的角色，笔下人物被风干变形失真走样，人物太假太高太大，变成了人物木乃伊，变成需仰视、俯视才能看见的人物巨型塑像。我们对人物缺乏真诚的书写态度，缺乏对人物平视的心态，缺乏从人性视角审视的勇气。人物书写走极端，缺乏理性批判的立场，人物畸形化现象突出。这种状况在对民国人物的书写中得到了极大的改变。不拔高升华，不修饰美化，不规整群化，人物血肉丰满，真实可信。最难能可贵的是，这些人物书写，以审慎的批判立场，尽量原生态地呈现出历史风云中人物的真实表现。学者吴俊在《关于 90 年代的学者散文》一文中分析道：“从思想倾向上看，学者散文更以其文化批判色彩凸显在各体文学之中。学者是一个社会中的文化精英，代表的是社会的良知，他们的使命在于引导社会人群的理性发展和自由进步，因此，反媚俗、反愚昧、反

---

① 鲍鹏山：《司马迁：生存还是毁灭》见《永恒的乡愁》，长江文艺出版社 2016 年版。

强权、反专制，便是他们的批判性责任，也是学者散文应该具有的文化思想本色。在20世纪90年代中国文学中，没有任何一种文体（文学）能够像学者散文那样，一以贯之地保持这种文化批判的精神色彩，并以之作为自己的生命。"① 民国人物的魅力，就在于其鲜明的个性表达，这种个性体现在其生命个性的张扬，在时代的藤蔓上力争开出属于自己的一朵花来，他们固守中国传统文化，展示自己顽强执拗的民族文化个性风采；他们在中西文化的交流碰撞中形成激进前卫的文化品格。这是一群有"味道"的人物，有"中国味道"也有中西合璧的味道。他们身上散发出的不是像当代那种工业合成的化妆品涂抹出来的味道，也不是由香水儿喷洒出来的味道。李村在其《世风士像：民国学人从政记》一书中，展现了"胡适的胸襟与气度"，以此来强调"自由主义绝不仅仅是政治命题，也是一种人格概念。"在《不失书生本色》一文中，作者感叹道："像梁敬錞、凌鸿勋、沈怡、沈宗涵这样的人，当时都在学界享有盛名，学识、修养都是第一流的，他们肯在政府中、下层任职，安分守己，可见当时的官场，无论长官与同僚都有一定的水准，远非今天的官员可比。"② 张耀杰的《民国红粉》一书剑走偏锋，专门从"红粉"的视角，来看民国女性：1912年"光荣革命"中的隆裕太后、民国第一女官员刘一、民国第一如夫人黎本危、辛亥革命中殉情殉道的汤月瑛、作为男权社会的照妖镜的沈佩贞、女权高唱与绝情独身的吕碧城、"护国"名妓赛金花等等，对她们在历史风云中的巾帼风采，没有肆意的渲染虚构，也没有男权变态心理的淫邪把玩，正如作者在该书的"后记"中所表明的写作宗旨：他"痛感于中国几千年来价值混乱、真伪难辨的文人传奇或文史演义的糟糕，本书希望能够在理性思辨层面叙述民国红粉的传奇"，"在这部书稿的写作中，贯彻始终的是从古希腊、

① 吴俊：《文学的变局》，广西师范大学出版社2005年版。

② 李村：《世风士象：民国学人从政记》，生活·读书·新知三联书店2013年版。

古罗马以来逐步形成的现代工商契约及民主宪政文明中最具普世性的价值谱系和价值信仰”。[①] 对民国人物的历史书写，不仅仅是原生态的呈现，这里面也有对历史书写遗漏的补充、偏见的矫正。汪兆骞在《告别与新生：大师们的非常选择》一书中，就我们一直以来对国统区文学创作的集体性遗忘，以老舍创作《四世同堂》，张爱玲“在传奇里找普通人，在普通人里找传奇”，闻一多用生命做了“最后一次的讲演”，冯雪峰撰写《鲁迅回忆录》为例，纠正了集体性的偏见，还原了历史的真相。正如他在该书“引言”中的坦陈：

本书更多呈现的是国统区广大进步作家，为配合解放战争，有的无情揭露控诉国民党当局的腐败黑暗，有的作家在战争背景下，书写人性的幽暗、精神的寻觅，为现代文学增添了许多广袤浑厚的艺术新质，其审美世界也流光溢彩、空间广阔。如此反映解放战争时期的国统区文学，理当在现代文学史上拥有重要席位，但一直只被视为社会史在文学中的简单投影，这是一个值得我们重新审视、认真研究的领域。

这些人物随笔，不以充沛的才情取胜，而是以资料的翔实、平实的叙述、真实的剖析，让人物血肉丰满、形象生动。这些人物随笔，也不是以窥探个人隐私搜奇抉怪猎奇吸引人的眼球，而是有自己清晰明确的人物书写立场。而且在这些人物书写中，或隐性或显性地有一个今昔比照的逻辑预设，也就是说这些人物书写依然是以当代人物为写作背景，映衬出当今社会的“世风士象”，这种文化隐喻内涵丰富、立意深远。它为我们审视时代社会和个人提供了一面镜子，我们以此来映照出时代社会和个人的镜像；它也为我们审视世风人情提供了一个坐标系，让我们找寻到自己所应该立足的坐标点。它也为我们的社会生活质量的测度提供了一把标尺，让我们自己测量出自己思想的深度与精神的高度。学

---

① 张耀杰：《民国红粉》，新星出版社 2014 年版。

人唐小兵在《一切历史都是当代史——民国知识分子史热的透视》一文中分析道：

> 人们对于民国知识分子历史的兴趣，所折射的也许不仅仅是对于那个时代知识分子群体的一种缅怀与哀悼的情绪，更多的是指向今天的知识分子，是希望通过这种对于民国知识分子的精神生命、学术世界与社会生活的书写，来为今天的中国知识分子，乃至今天的中国文化灌注一种“隔代的养分”。这种对于民国知识分子的历史书写，至少具有双重的启蒙作用，它既是对于一直以来被官方历史所忽视当代民国知识分子历史的重新发掘，是在拆卸政治文化强加给历史书写的意识形态后的重新照亮，与此同时，这种对民国知识分子的书写记忆也是对现代的启蒙与照亮，它从民国知识分子的言语和行动里借来精神的火种，把那一套启蒙话语重新引进今天的中国社会，以承接这个未完成的启蒙任务。①

虽然，诚如唐小兵先生对当前民国人物书写中文化思想主旨的分析，文字中饱含一种舍我其谁的文化担当意识。但是，目前以民国人物为主体的系列随笔，虽然取得很大的成就，还远没有达到人物散文随笔书写的极致，其明显的硬伤主要体现在文体书写与题旨书写两个方面：从文体书写层面看，这些人物随笔在追求细腻的叙述风格中，缺乏严谨的提炼筛选，线索显得紊乱。同时，把人物放置在民国语境中就事论事就人写人来看，虽然凸显了其真实性，但是缺乏更拉远了看的历史眼光，人物的立体感、历史感稍显不足。人物书写不是单向度的书写，人物必须放置在多个维度的文化语境中，才能凸显其丰富多彩性。民国人物书写也必须放置在历史与现在及未来的线性的纵向维度里，同时也要放置在同时代的文化生活、世俗社会、思想语境等横向维度层面上，人物书写才能在多棱镜中折射出不同的色彩。例如一篇名为《大学史上

---

① 唐小兵：《十字街头的知识人》，中国人民大学出版社 2013 年版。

的“蒋、梅易势”》的人物随笔，作者概述性地描写了梅贻琦：“梅贻琦最大的特点在于身上‘官气’色彩淡薄，而温文尔雅学者风度外显，行事低调，待人谦和，像是一个被偶然放到校长位置上去的优秀教师。清华的教授们始终视他为圈内之人，稍有隔膜和距离感。”这样概述梅贻琦校长，虽然简明扼要，但是缺乏细密的逻辑论证出梅贻琦校长如何“官气”色彩淡薄？如何行事低调、为人谦和？这些都在泛泛的叙述中被忽略掉了。同时，对于民国人物书写，随笔式的书写中也夹杂人物传记式的报告文学与人物通讯的书写痕迹，向现实贴得太近，向历史隔离得太远，甚至一不小心，本来属于历史语境中的历史人物，结果被写成了现实语境中的现实人物，写成了人物老模、感动中国人物、厂长经理企业家。有的甚至把随笔写成了人物简介、人物事迹简评、人物档案材料摘编，文体杂糅而不够纯净，文体内涵拓展不够而略显单薄。如一篇名为《一生夹在政治与学术间》书写傅斯年的人物随笔，开篇就是盖棺论定式的人物评价：

他没有写下任何一本教育理论的书籍，却是顶尖大学的校长；他接触过欧洲最新的史学理论，却没有以新理论特立独行，而是以“史学只是史料学”推着中国史学脚踏实地；他没有胡适、蔡元培的名闻遐迩，却是胡适的保护者、蔡元培的继承者；他没有鲁迅的激进、罗家伦的圆滑，却终生为了自由主义和学术独立奔走。他是脾气不好，却爱憎分明的傅斯年。①

从随笔书写的题旨上看，我们当代学人内心因为对这些风流倜傥的民国人物太过于仰慕，写作时不由自主地就带有美化拔高的思维习惯，导致人物书写光滑度有余而涩度不够，人物身上亮度太强，无形中遮蔽了人物身上的缺陷不足，使人物可爱而不可信，可远观而不可走近。如

① 《作家文摘》编：《大师风骨》，作家出版社 2018 年版。

一篇题目为《黎元洪：法与刀》的人物随笔，作者以显然带有为黎元洪鸣不平的口气写道：

当袁世凯真的称帝时，这个忠厚人表现出了少见的刚烈。1915 年 12 月 12 日，袁世凯登基成了中华帝国的皇帝。洪宪皇帝的第一道诏书，便是册封黎元洪为“武义亲王”。数月前，黎元洪已经借口夫人有病，要求撤离瀛台，无奈袁世凯出资十万元，买下了东厂胡同的新宅子。①

这里用“忠厚”“刚烈”来评价黎元洪，权且不论妥当恰切与否，单单这种充分肯定毋庸置疑的语气，就可以看出是想为黎元洪掸去历史附着他身上的政治灰尘，还原他人性的原貌，但是，“忠厚”也好，“刚烈”也罢，是否还有可待商榷的空间？倘若，秉持单一、无向度、悲天悯人的人性还原法则，那么所有的历史人物是否都能逃脱道德的审判而得到人性的宽恕？显然，这是一种悖论，但这也是人物随笔书写时时处处要避开的逻辑陷阱。

第二节　思想的意淫

我们常说“精神支柱”“思想武器”，20 世纪 90 年代后，我们遭遇的文化危机不仅仅表现在“精神支柱”的倾倒，更面临着严重的思想返贫的恐慌、思想武器丢失的恐惧。“民国热”，不仅是“精神的打捞”，更是思想的拯救。

有学者概括我国有三大思想资源宝库：一个是中国千百年来积累的传统文化思想宝库，一个是从印度船舶过来为我所改造吸收所用的佛学

① 《看历史》杂志主编：《人文春秋》，九州出版社 2016 年版。

思想宝库，一个是所谓经日本周转西风东渐过来的西方思想宝库，这也是人类至今所创造积累的基本思想家底儿，包括近现代学人在内的历代学人对这些文化思想资源兼容并蓄，孜孜以求，不断加工完善，成为我们文化生活赖以维系的社会公器。那么，所谓人文精神的失落，不是我们思想库存出了问题，而恰恰是我们把这些思想边缘化、僵硬化、碎片化了，板结的思想土壤中长不出精神的大树，只能零星地在龟裂的夹缝中冒出一些精神的灌木丛，导致精神的矮化。一个有趣的社会现象可以证明这一点，如被学人称之为“黄金时代”的20世纪八九年代，译介西方学者思想理论著作成为风潮，那时的中国学人人言必称尼采、弗洛伊德、叔本华、萨特、福柯、鲍曼、汤阴比、伍尔夫、卢梭、康德、苏格拉底、柏拉图、布迪厄、哈耶克、罗杰斯、马斯洛，这些人成为我们学术实践活动的“座上客”，其著作成为我们案头的清供，成为我们五体投地崇拜的学术明星。我们生吞活剥他们的思想著作，在我们学术的苗圃中嫁接，在我们学术研究的论文、著作中被频繁使用，并且一度成为时髦流行的学术热词。可是，时过境迁，到了20世纪90年代后，随着中国社会的全面转型，尤其是经济GDP成为衡量社会物质财富积累的硬性指标，风起云涌般全面兴起的消费文化主义和犬儒主义文化以及意识形态领域的威权主义，我们已经感受不到全民族思想精神GDP下行的压力，我们一味地铆着劲儿在消费市场的狂潮中高歌猛进，人人心中燃烧着要发家致富的“一把火”，人人朝思暮想般地做着“让腰包鼓起来”的发财梦；在权力意志的舆论感召下，我们热血沸腾般地投入到了统一思想、促进社会和谐，进一步繁荣社会主义文化，增强所谓“文化自信”的时代热潮中。在这种时代文化语境中，我们突然感到精神无用、思想多余，因为这些务虚的文化质素，并不能为我们带来现有的经济实惠，并不能为我们随时随地带来感官的刺激性满足，其文化指令已经完全无效失灵，成为社会开涮的对象，成为从我们耳旁匆匆刮过的涡风。务虚与务实之间产生了溶血般的排异反应，一时间，学人的精英话语权旁落，集体性落伍，群体性失声，整体性开始了一场声势浩大的思想意淫。

笔者在这里之所以称之为“思想的意淫”，实在是因为还找不到比这个更恰切准确的词汇，权且以“思想的意淫”形容之。实际上，作为以精英自傲、以社会代言人自居、以“不自由，毋宁死”自炫、以“劳心者”自称的一代学人，拒绝充当市场的奴仆、思想的阉人、精神的小卒、文化的侍从，并不想心甘情愿永远充当时代的“观潮人”，他们也要“下海”试水，“下水”湿身，下嫁再婚，也要在“一线天”般的文化夹缝中寻找突围，他们开始寻找思想精神自由的理想国，开始寻找思想的转世灵童，开始把公共“文化库存”“思想宝库”转变成可以打折兜售的文化思想资源，可以招摇于市的文化行头。“自由”成为他们思想及行为表达的中心词，“从20世纪90年代以来，自由、自由派、自由主义等语汇是中国思想界和知识界的核心词汇，乃至朱学勤在1998年宣称‘自由主义浮出水面’，顾准热、陈寅恪热、胡适热都应该在这个历史语境来理解。”① 民国，是一座亟待开掘的矿脉深深的思想富矿，穿越到民国，就是回到了自己精神的属地，虽然是一处精神的太虚幻境，但是也是思想意淫的洞天福地。“好色即淫”，“好思想”就要进行思想的意淫。严复、马一浮、梁启超、王国维、陈寅恪、杨度、林风眠、傅斯年、蒋梦麟、钱穆、邵飘萍、章太炎、辜鸿铭、金岳霖、钱玄同、刘文典、梁漱溟、顾颉刚、苏曼殊、黄侃、吴宓、熊十力、刘师培等诸多民国学人，都成为我们思想意淫的对象。

“当今在世界范围内，缺乏思考已经成为通病。人类在迅速延伸生命的长度与宽度时，却丢失了深度，即生命的第三维度。”② 思考是思想的外在表现形式。进入20世纪90年代以后，无数学人在思考我们这

---

① 唐小兵：《十字街头的知识人》：中国人民大学出版社2013年版。

② 王充闾：《只缘胸次有江湖：王充闾谈散文》，广东人民出版社2017年版。

个时代的学术思想、学人的思想个性及思想走向、思想自由与时代的关系。这种思考的切入是从民国学人的思想构建入手的，“学术思想是人类理性认识的系统化，是民族精神的理性之光；学术思想发达与否是一个民族文化是否发达的标志；既顺世而生又异世而立是学术思想的特点；转移风气，改变习俗，学者之理趣覃思与有不灭之功焉；对学术思想不可简单以功利计。”① 在民国热中，学术思想随笔，以人物个案分析为基点，如唐小兵在《与民国相遇》一书中，全方位、多视角地剖析了学人不懈的思想追求与探索精神，在《岂有文章觉天下》一文中，体会出胡适先生“主张舆论应代表公意和理性，而不能被私利、党见所绑架的良苦用心”；在《学人论政〈大公报〉》一文中，探讨作为学人如何在媒体上发声？在《百无一用是文人?》一文中分析学人在“应对日常人生的无力感与无助感”中，如何“从狭窄的人生挤出一条心路，去关切社会、国家的根本问题”。在《众声喧哗里文人无行》一文中，揭示文人一味地仰他人鼻息，“最后的结局就是更势力”，而且“在这个依附的过程里，传统士人的气节与人格荡然无存”。唐小兵系列关于民国的思想随笔，用学者钱理群先生的话说是“随手写下的学术小品”，却在吉光片羽中闪烁着思想的灵光，让我们窥一斑而知全豹，看到文字下面涌动的思想暗流，思想的涓涓细流汇入到了磅礴的思想江河中。唐小兵的思想随笔，文笔坦率，文字干净明亮，没有弯弯绕，没有吞吞吐吐的欲言又止，没有人为地为自己独立的思想表达“涂抹上文化的甜面酱”，没有被浩繁的民国资料所束缚，而是大胆采摘其中有思想胚胎的史料，用自己犀利而不偏执的文字，呵护思想胚胎的发育完善。思想随笔，顾名思义必须有思想，必须从史料中引申出思想、挖掘出思想、创生出思想。唐小兵的思想随笔具有突出的问题意识、批判意识。钱永祥在为其《与民国相遇》一书的“推荐序”中

① 刘梦溪：《中国现代学术要略》，生活·读书·新知 三联书店 2018 年版。

写道：

本书的多篇文章尚有一个母题贯穿其间，对小兵具有存在性的急迫感，那就是知识分子的自我意识在道德上的茫然；在今天的中国，知识分子身份已经不具有现成的道德正当性，因此其社会功能显得暧昧模糊，从而知识分子本身的伦理也就找不到清晰的界定；在这种情况下，知识分子该如何诚实地生存？①

思想以随笔的书写方式呈现，对接的是碎片化的社会文化语境，面对的是思想的暗夜，一篇思想随笔，就是照亮思想暗夜的火把。“随笔的表达方式更为直接一些，它摒弃了纯情散文着意强调的词采及氤氲着的诗性而更趋于理性。这种话语是真诚的、生动的、哲理的幽默的。”②学人何怀宏在其《正义：历史的与现实的》一书中，谈到学人尼布尔借用《圣经》中的一句话来区分两种人：一种人是那些不承认在自己的意志和利益之外还存在着更高或更普遍的规律和约束的人。尼布尔称这种人为“此世之子”或“黑暗之子”。而那些认为自我利益应当受到更高也是更普遍的普世规律制约的人，他把他们称为“光明之子”。学人应该成为而且必须成为“光明之子”，尤其是在这个思想的暗夜里。唐小兵的思想随笔，就是为当代的“光明之子”（学人）找到思想的动力，因为思想存在的价值就在于它是社会存在的对立物，思想天生的使命就是照亮现实，思想者就是尼布尔所言的“光明之子”，虽然在尼布尔看来，“光明之子”容易是理想主义者，但他们同时也应该是一个现实主义者，即便他们在斗争中还会失利——因为敌人有可能无所不为，而“光明之子”们却必须考虑对自己使用手段的道德约束，但是，毕

① 钱永祥：《知识分子的道德难题》，见唐小兵：《十字街头的知识人》，中国人民大学出版社 2013 年版。

② 王剑冰：《散文时代》，河南文艺出版社 2008 年版。

竟“光明之子”是站在真正的“光明”的一面，这又是对方所没有的最大的优势，所以，“光明之子”们就往往还是能够取得最后的胜利。①

唐小兵的思想随笔，在这个滔滔物欲的社会语境中，思想随笔的读者群是很窄小的，不过是在有限的学人圈子里得到共鸣击赏回应。思想随笔是散文时代的稀缺物品。思想的冲击力非常有限，用鲁迅先生的话讲就是“时光依旧流逝，街市依旧太平”，几篇思想随笔照亮的范围极其狭窄。虽然，这只是一种思想的意淫，但毕竟已经引起了我们麻木身体的惊悚。思想随笔，本身就是个体思想自由的产物，它的批评指向不是装模作样扭捏作态给人看，但是，在这股民国热中，思想随笔因为在典故、轶事的钩沉中，有了所谓故事性的包装，其辐射面更为宽广，读者群更为庞大。孙郁的《鲁迅忧思录》《鲁迅与周作人》《在民国》《鲁迅遗风录》《苦境：中国文化怪杰心录》等随笔式著作，因为其温润的文字、明亮的思想而受到读者欢迎。王开林的《大变局与狂书生》《新文化与真文人》《敢为天下先》《非常爱，非常痛》《非常人，非常事》《语不张狂死不休》《国士无双：清华大学的龙虎象》，文笔大开大合，纵横驰骋，荡气回肠，其点石成金的文字书写，让人击节赞叹。黄永玉的《比我老的老头》，文笔平淡中透射出老辣，平静中流溢出人世沧桑之气。尤其是由民国文林主编的“细说民国大文人”系列丛书，对“民国大文人的生平逸事进行了梳理，重现了三千年不遇之大变局下，这些大师以其傲拔的风骨、高绝的学问志趣所展现出的真名士风采。他们自许无双国士睥睨天下，满腔热血解苍生于倒悬，一怪杰，一先驱，一情僧，一干才，一丈夫，真性情，真风流，展现了魅力四射的民国范儿。”祝勇主编的《重读大师》等书系，是对思想碎片的剪贴，也是对现实思想之火熄灭后的重新点燃。在这个泛文化时代，当代学人在对这些已逝的思想者的深情追忆中，也对当今学人思想的贫困进行了

① 何怀宏：《正义：历史的与现实的》，北京出版社 2017 年版。

深度的拷问，我们为何远离了甚至抛弃了思想？也许是我们害怕思想的尖锐会戳破我们追求四平八稳的安逸生活状态，恐惧思想的亮光会照射出我们心灵的怯懦。对民国学人思想的打捞，也就是对沉睡在铁屋子里人的呐喊。长期以来，我们的散文书写因为思想的匮乏而变得绵软无骨；因为思想的窘迫，我们的散文书写只能呈现华丽、光滑的表象，只能在现实光洁的皮肤上挠痒痒。

“一个对思想不感兴趣的写作者，也能够凭借一己的感悟、情感写出一些行时的作品，但肯定留不下传世的精神产品。以此类推，一个对思想不感兴趣的民族，一个时期内可能发展迅速，成果斐然，但肯定不是一个能够长久持续稳定发展，而且能稳健地把握自己发展方向的民族。因为这个民族的内心深处，充满了浮躁和茫然。”① 民国学人身上思想的厚重，恰恰反证出了我们当今学人思想的单薄。书写民国学人的思想随笔，其生命力就在于为我们提供了强劲有力的思想热源，温暖着我们冰冷的心灵，烤化了我们日益冻结的思想冰块。时代呼唤思想，时代也呼唤我们的散文书写中涌现更多的思想散文。“强调散文的思想内涵，增加散文的理性厚度是新时期散文作家和理论家的共识，也是读者的要求。”② 思想散文不仅仅应该成为新时期散文的奇葩，更应该成为我们散文随笔书写的主流。因为当前散文书写中的思想饥渴程度已经到了心中焦灼、“口中冒烟儿”、笔下“走火”的程度。

孙绍振、陈剑辉在其主编的“百年散文探索丛书”的“总序”中把散文理论的贫困分析为以下几个方面：“其一，缺乏有较高认同度且具有一定操作性的核心范畴；其二，缺乏流派思潮意识，更缺乏以流派思潮为标志的论争；其三，观念落后，理论陈旧，缺乏建构属于自己的散文理论话语的自觉；其四，一些散文研究者缺乏应有的自信，总觉得

---

① 王充闾：《只缘胸次有江湖：王充闾谈散文》，广东人民出版社 2017 年版。

② 李文莲：《新时期中国散文的生命意识》，人民出版社 2017 年版。

研究散文低人一等，而学界对散文研究有意或无意的贬低与漠视，又在一定程度上加重了这种自卑感。”这是一种“皮相”式的学理之见。实际上，从文化层面看，作为极具个体化、情感化的文体，散文与小说相比，是裸露心灵的文体，作者不能像小说一样躲藏在后面，其心灵的洪流必须漫出所谓理论的河床才能表达出四溢的心灵情感。散文不具备小说那样可操作的技术性，可操作可仿制的散文只能是僵死的散文，就如当代所谓散文三大家刘白羽、秦牧、杨朔的散文，使全民族都陷入了形散神不散的散文写作窠臼里。与诗歌相比，散文不能像诗歌那样躲藏在含蓄朦胧的意象里面抒情达意。散文书写不能与心灵“隔离”，一隔离，散文就变成了僵化的散文。与其强调散文理论的匮乏，倒不如强调散文思想的贫困。没有思想的散文只能是一具散文的骷髅。而在民国热中涌现的思想散文，是因为其字里行间迸溅出的思想火花，才让散文有了温度与亮度；是因为其不受所谓条条框框散文理论约束的一次思想大解放、文体大解放、视野大解放。腾正辉在其《民国大人物》一书题为《大时代，大人物》的“序”中，认为“以文明的维度来衡量，中国历史上有三个时代很特殊：春秋战国、魏晋南北朝及民国。它们的共同表象是，一方面改朝换代、生灵涂炭；一方面百家争鸣、圣贤辈出，似乎兆示着：新文明的诞生，需要经过血与火的凤凰涅槃。”而“民国则是东西方文明的直接碰撞，中国人不得不接受了两位新导师：德先生、赛先生。”“与春秋、魏晋相比，‘民国’不过短短数十年，却是一个枭雄辈出的大时代。”① 没有思想繁盛的当今时代，只能是郭敬明所言的“小时代”，“小时代”会产生无数的经济明星、娱乐明星，却产生不了思想者，更产生不了思想大师，尤其是在当今，正如鲍鹏山先生所描绘的那样，“那么多知识分子嗷嗷待项目、争项目，争到了项目就争到了地位、资历、名气和金钱”，费神费脑、无用而又危险的思想早

---

① 腾正辉：《民国大人物》，民主与建设出版社 2015 年版。

就被趋利避害的学人扔到爪哇国里去了。思想，仿佛已经成为令人笑粲的时代小丑。思想必须产生在文化危机的波峰浪尖上。平庸的时代，产生不了思想，也就产生不了所谓电光石火般的“流派思潮”，尤其是上上下下都在强调“统一思想”的沉闷气氛中，散文书写者只能在流行的、共识的、安全的公共思想话语体系内进行散文的书写，完全丧失了“建构属于自己的散文理论话语的自觉”。所谓的散文时代，实在是文化创生无力、思想平淡乏味、精神疲软萎缩的时代。所谓的散文时代，实在是人格被削低、人文被抽空、人心被镂空的时代。在学人张远山看来，“没有一个文学大国是以散文为拳头产品的。由于二十世纪的中国文学乏善可陈，于是有人爱说中国是散文大国。固然，你能够从先秦子书中截取不少黄钟大吕的大散文，也可以从《史记》中选出不少汉家气派的大散文，因为大厦除了栋梁的骨骼，必有墙体的血肉。然而当代散文有肉无骨，有粉墙而无支柱。没有支柱产业的当代散文，其拳头产品充其量不过是三陪女式的粉拳。没有诗歌、小说、戏剧的宏大想象世界，当代散文竟开始得意忘形地顾盼自雄起来。对当代散文的最佳判词，就是‘世无英雄，遂使竖子成名’。”① 至于散文研究家“总觉得研究散文低人一等”的根源就在于骨子里思想贫瘠虚弱的散文，研究不出什么思想的干货，透析不出什么思想的钙质。而“学界对散文研究有意或无意的贬低与漠视”，其本质就是对这种歌功颂德、附庸风雅、自我炫耀卖弄、小格调、小格局、小情调、小家子气的软体散文的蔑视。散文降格以求的书写方式，散文把自己变成了思想的侏儒，散文成为散文自身的敌人，散文走向了散文的反面。没有思想的时代，我们只能在民国的思想里意淫。从某种意义上来说，散文写作不但不需要理论，甚至要排斥理论，因为过于缜密完整的散文写作理论体系恰恰会成为散文发展的羁绊，散文迫切需要思想为其固根壮骨铸魂。

① 张远山：《告别五千年》，西北大学出版社 2002 年版。

书写民国的思想随笔，全景式地呈现出了民国学人身上柔韧的思想根系如何顽强地穿越风雨如晦的时代而人格依然青葱蓬勃。“踽踽独行的国学大师”陈寅恪，“有学问的深度，更有道德的高度，为后人留下了宝贵的著作及学术成就，更留下了明亮如星的精神，指引着我们前进。在陈寅恪先生的身上，无论是学术研究还是做人，都能够发现有益于我们的宝贵财富。”“但开风气不为师”的胡适，“对于别人的谩骂、批评，胡适于1930年4月30日致杨诠的信中说道：‘我受了十余年的骂，从来不怨恨骂我的人。有时他们骂得不中肯，我反替他们着急。有时，他们骂得太过火了，反损骂者自己的人格，我更替他们不安。如果骂我而使骂者有益，便是我间接于他有恩了，我自然很情愿挨骂。’胡适的人格魅力正在此散发出来。”[①]“文似看山不喜平”，这些思想随笔的魅力就在于对学人独立之思想的尊重，思想让随笔跌宕起伏，文章才有了熠熠生辉的独特思想文化价值与文体价值。哈耶克指出：“自由的终极目的乃在于扩大人们超越其前人的能力，对此，每一代人均须努力贡献自己的一分力量——亦即为知识增长和为道德信念和审美观念的不断进步做出自己的贡献。在此领域中，任何上级或上级机构都无权将一套关于何为正确或何谓善的观念强加给人们，而只有进一步的经验才能决定什么观点应当成行。”目前，中国散文书写因为跳不出所谓公共话语的限制，独立思想被阉割，散文就没有了鲜明的思想棱角和精神气象。所谓思想统一，是一个伪命题，因为凡是“统一的思想”就不是思想，只能算是思想的僵硬教条，是思想上的愚民伎俩。只有作为个体的思想才是真正的思想，思想自由需要以更为宽泛的自由作为基础才能实现。思想只有不受任何外在的权力意志的支配才能有旺盛的生机与活力。散文不是思想妥协的产物，而是思想自由绽放的花朵。鼓吹思想统一者的背后，存在着不可告人的目的，那就是在所谓的思想统一中，彻

① 张笑恒：《民国先生：尊贵的中国人》，现代出版社2016年版。

底“消灭私人空间”（鲍鹏山），是极为卑鄙无耻的“弱民”“愚民”“抑民”的手段。哈耶克发现当下的社会已渐渐沦为了一个庞大的雇佣等级社会。大多数都成为被雇佣者，根据别人的指令行事。他认为“此一被雇佣人员多数的发展，不仅不能成为自由社会的驱动力量，而且往往还与这些力量相反对。”被雇佣者往往认识不到自行决策的必要性，也几乎没有进行决策的机会。更有甚者，他们倾向于认为那些独立人士对自由的运用无甚必要，这些状况都会对自由构成严重威胁。不仅如此，被雇佣的事实会使一个人减损乃至于丧失其原创力、主动精神和责任感，从而与那些根据自己意志主动行事的独立者发生重大区别。统一的雇佣等级中不可能有自由。在一个自由社会中拥有独立生产的人十分重要。因为他们不仅仅以其资本追求物质利益，也将其资本用来实现那些并不带来物质利益回报的目的。他们既是一个自由社会经济秩序的维护者，也是一个自由社会思想观念的创造者和传播者。显贵且独立的知识阶层的完全消失将是社会的严重缺陷。不幸的是，当下我们的社会文明明显呈现出了这一发展趋势。哈耶克将此视为我们时代的大悲剧之一，并预言这将造成一个停滞或日益衰败的世界的出现。① 20 世纪 90 年代后中国散文的繁荣，在众语喧哗的表象背后，只是大范围内的情感宣泄，是情感泛滥式的陶醉，甚至是情绪化的跟风式的假面舞会，而不是思想自由的呈现，恰恰是哈耶克所言的“庞大的雇佣等级社会”中思想的呻吟，是思想幽灵的游荡，是思想的凭吊，而不是思想的点亮与复活。民国热的背后，思想依然蜗居在冰冷的床上，我们依然培育不出思想的胚芽，因为他们依然不具备哈耶克所倡导的“独立生产”思想的条件。目前，还没有任何思想黎明到来的征象。

思想散文的写作，还必须建立在有思想的人的基础之上，“有思想的人”包括书写者和被书写者，只有二者都有思想或者都有思考的趣

① 闫孟伟、王作印主编：《自由主义问题研究》，广西人民出版社 2018 年版。

味，才有可能产生思想的碰撞与共鸣。回顾20世纪90年代以来，中国社会进入了全面转型期，在文化的全面繁荣中，我们就进入了一个如学人许纪霖所言的“没有时尚的后现代，一个没有是非，没有对话者，没有公共话题的独白时代”，严肃的思想被解构，思考者被挖苦嘲弄，我们这个时代是一个泛文化而缺思想的时代，在泛文化的社会语境中，文化缺少尖锐的思想对抗性，缺少深刻的洞见性，平面化的温和的多元的文化话语系统代替了立体的、批评的个体性的思想话语系统。人们都在谈文化，文化成了思想贫苦的遮羞布。因为文化除了作为一种价值观体现方式之外，文化更体现一 种普世性的趣味与风格。通过文化，人们尽可以随心所欲地表现其审美情趣与个体情调。今天随着文化的包容性和多元性，文化变得丰富多彩，不是由于不同的文化形态在价值上有天壤之别，而是由于其在审美情趣与个性风格上千差万别。这也是文化散文风靡一时的根本原因，就是因为它们以文化探讨为主，文化批评代替了思想批评，文化批评成为放之四海而皆准的审判标尺。对于当今人来说，你可以说一个人没有思想，但是，你决不可以说一个人没有文化。因为文化对接的是文明，思想对接的是真理。在泛泛而论的文化批评中，我们试图为自己找到了一条掩饰思想窘迫的遮羞布与隐身衣。但是，作为一种泛批评模式，它根本不是本着分析、解决问题的目的，而纯粹是个人情趣观点的表达，毫不顾及思想的存在。文化批评使批评成了无的放矢的哑炮。学人吴炫认为目前中国的文化批评被忽略了以下几个问题：一是以西方文化理论和文化批评为依附对象的文化批评，在当前的文化语境中存在很大的问题；二是在中国文学独立是不是西方式独立还没有研究清楚的情况下，当前文化批评是对文学独立之现代化走向的消解；三是中国文化批评应该催生出我们特有的问题和研究对象，但当前文化批评是对中国文化自己精神问题之遮蔽；四是当前文化批评是对文史哲合一的理论创新文化之遗忘，所以与当前文化创新的现实要求不尽相同；五是当前文化批评的“现代性反思”由于依附西方的审美现代性，从而与中国式现代性建设错位；六是当前文化批评在与文学结合上存在着混淆审美批评与文学批评、非文学性文化批评与文学性文化批评的盲点上。① 文化批评空间巨大，可以把一切问题都包容进去，但是，包容的同时，也消解了思想的对立性，遮蔽现实问题的严重性，从表面上也化解了思想争论的针对性，就如我们常谈的“国学”“传统文化”“西方文化”等流行的文化名词，都是有意识或无意识地对不同思想意识形态的遮蔽。其实，“文化大散文”命名的本身，就存在着一种文化包装的阴谋，它以文化包装后的面目出现，就是表明自身的文化文本的属性，而淡化其思想文本的属性，就是表明自身文化学者的身份，而淡去自己思想者的身份，抵消掉思想者的文化风险。在这种文化生态中，就出现了人人谈文化蔚然成风滔滔不绝，人人谈思想却噤若寒蝉风声鹤唳。“没有思想已经在多大程度上成为现代人的第二天性，这体现在他的交际活动中。在与同伴交谈时，他总是提醒：只应泛泛而谈，不要真的交流思想。现代人已经不再有自己的想法，并且总是担心有人要求他表达自己的想法。”② 一个没有思想的书写者，在散文书写中，只能依赖无限泛滥早已经变得矫情、伪情的情绪与情感。同样，我们当代也面临“被书写者”思想的贫困。人们在各种文化生态的虚假而又热闹的语境中，学人的单向度倾向变得异常严重。用学人鲍鹏山的话讲，“在今天，可能只有极少数的寥落而张皇的知识分子，才有这样的身份意识：文化的传承者、科学的研究者、独立的社会批判者、道义的承担者、大众的请命者。”③ 很多学人，已经开始成为哈耶克所言的“雇佣阶层”，被威权主义者雇佣，被各种各样的市场经济主体雇佣，被各种媒体集团雇佣，成为所谓的“文化学者”，忙着烹制各种各样的文化快

① 吴炫：《当代中国文化批评批判》，学林出版社 2004 年版。

② ［法］阿尔贝特·施伟泽 著，陈泽环 译：《文化哲学》，上海世纪出版集团 2013 年版。

③ 鲍鹏山：《仰望星空》，福建教育出版社 2016 年版。

餐；成为各种学术官僚，忙着在各种级别的项目里分一杯利益之羹；成为技术官僚，忙着在各种项目的研发中寻找才能施展的舞台。学人的扁平化、空心化、单一化现象愈演愈烈，学人面容枯槁、情感麻木、形象单薄、思想稀寡、维度单一，在这种情况下，缺少思想随笔书写的基本条件。而民国学人，一个个形象丰满多元，他们身上有着太多可圈可点的思想质素，有着太多太多让我们唏嘘感叹的传奇故事，有着太多太多值得我们沉思默想的人文精神。“他们怎样做人，怎样治学，怎样教书，怎样育才，怎样在浊世抱朴含真，怎样在乱世中爱国忧民，桩桩件件都给后生晚辈留下了千金难买的借鉴。”（王开林），这些学人的身前身后事留给我们思想随笔太大的书写空间，他们一个个都是一座开掘不尽的思想富矿。

思想随笔是天时、地利、人和偶然聚合的产物。它需要天时的机遇、地利的发酵、人和的相遇。思想随笔也是学人与学人历史相逢的思想对话，在对话交流中，思想得以延展，精神得以传承。民国热中，无数有良知的中国学人，怀着对思想的无比敬畏之情，紧紧追随民国学人的思想足迹，在我们这个思想灰暗的天空投下了一个个清晰而又完整、真实而又真切的精神倒影。

第三节 心灵的自慰

学人王小波说我们身处一个无趣的时代，这种无趣在学人身上的体现就是生活性情上干巴巴的无聊、无趣、无味，没有生命至情至性的无限韵味与况味。在民国热中，学人的生活趣味与精神情趣也成为我们不断追忆的文化内容。学人孙郁在《台静农往来书信》一文中深情地写道：（台静农）的“那些文章，举重若轻，文字是在古老的文明里浸泡过的，金石气和六朝气均在，悠然多中古遗响。他写陈独秀，气韵仿佛有阮籍之色，而谈北平学人旧事，总让人想起晚清文人的儒雅和干练。即便是书信，文字亦好，可作美文来读，那文气，也得鲁迅夫子的光泽。”① 精神的萎靡、思想的贫困，其实都源于我们心灵情趣的枯竭。狄德罗说“情感淡泊使人平庸，情感衰退使杰出的人失色。只有情感，而且只有大的情感，才能使灵魂达到伟大的成就。”当今，中国学人情感的“平庸”与“衰退”更加触目惊心：自我满足于小富即安的安逸舒适状态，在事不关己高高挂起的文化逍遥中，躲避崇高，放逐精神；自我麻醉于现实生活的小情调里，放弃人文关怀，自我欣赏，自我迷恋，自我迷醉，自我感觉良好；在现实利益的斤斤计较中，患得患失，愤愤不平，唉声叹气，牢骚满腹，虚伪肤浅，成为一个市侩主义者。“一个消费社会的崛起生成了一个庞大的有教养的市侩主义者群体，这个群体以文化的名义玩弄、曲解和损害文化，特立独行的卓异品质成为一种可以包装的文化标签，标新立异的作品可能隐含了最深的利益动机，最玩世不恭地对待文化以显示反叛个性的人，很可能是最会算计文化价码的人，虚伪和势利成为这群人的典型人格特征，而严肃和认真也是这群人难得一见的精神品质。”② 青年学者唐小兵对学人的评判可谓一针见血。学人的精神颓废和品质腐败，根本原因就在于心灵在社会利益再分配中产生的焦灼、焦虑中的迷失，敏感脆弱的心灵在迷茫中痛苦而又变得麻木。原本以社会文化精英、思想导师自居的学人，在扑面而来的消费市场大潮面前，措手不及，精神大厦轰然倒塌，思想的堤坝猛然决口，学人的心灵受到重创，抛弃“万般皆下品，唯有读书高”的清高，放下“士可杀不可辱”的人格尊严，丢掉精神至上的操守，消解掉了心灵内在的惶惑与忐忑不安，消退了心灵内在的愤懑之气，大踏步地走向市场，汇入到市场的滚滚洪流中去，变成文化的制造商，心平

① 孙郁：《椿园笔记》，海天出版社 2018 年版。
② 唐小兵：《十字街头的知识人》，中国人民大学出版社 2013 年版。

气和地与市场合流，理直气壮地开始了各种利益的争夺。

面对几乎“垮掉了的一代学人”，在这种社会文化生态环境中，有社会良知的学人开始把关注的目光投向了民国学人。他们发现民国学人是最有精神风骨和学人气度的“尊贵学人”，在他们身上，看到了一代学人超脱的生活姿态，洒脱的精神气度。在对他们生活境况的追述中，比照出了当今学人生活情趣的缺失，心灵之光的黯淡。心灵不再驻足停留在形而上的无限拷问中，而是开始了形而下的无限追寻。特别是，面对学问的贬值、文化圈子的窄小化、社会身份的边缘化、社会价值判断的物质化，心灵失去了定力，精神失去了方向，精神超越的源头被切断。“人生的意义完全成为私人的事情，意义可以随意地被自我所附加，生命成为一场没有终极指向的单向度过程。”（唐小兵）心灵抵抗不住外在的诱惑，精神禁不住外在的解构与嘲讽。即使是坐着冷板凳的高等学府里的学人，也把投机取巧当成一种生存的智慧，把“混得开”“吃得开”的学痞、学混混，当成了自己崇拜并极力效仿的偶像，为心灵减负，为社会生活增加世俗化的重量，最终变成了老成持重的庸俗市侩。

生活依然是一个问题，生活类散文的书写更是一个问题。生活是生命个体最真实的生存状态。随着世俗化社会生活程度的加深，面对日益物欲化的社会生活，中国学人也以自己的生活方式加入到了世俗化生活的洪流中去，享乐依然是生活的流行词和主题词，反映在散文书写层面，就是对生活的全方位呈现。吃喝玩乐、花鸟虫鱼、琴棋书画、亲情友情爱情、购物旅游、家长里短、柴米油盐、穿着打扮等都成为生活散文书写的内容。对生活的书写，吸引了包括学人在内的众多社会阶层人员的广泛参与，也成为散文时代的主色调。但是，这些生活类散文泥沙俱下、良莠不齐，总体来说，质量不高。大量的生活散文大多是炫富、炫美、炫情、炫才，缺乏对生活思想精神层面的深度追问，缺少对生活冷峻严肃认真的拷问，甜腻腻，油乎乎，粉嘟嘟，香喷喷，爽歪歪，学人冯杰形象地称之为“口水散文”和“口红散文”，实际上就是一种平面化、情绪化、大众化、生活化的宣泄与卖弄，是生活的泡沫，本身文化价值就很低，更谈不上有思想价值、精神价值。

身体是一种欲望联系，头脑是一种理性联系，心灵是一种情感联系。这些所谓的生活类散文还只是停留在欲望联系的层面。当代学人周国平先生认为，人的智力生活其实包括了智力生活和心灵生活，前者面向世界，后者面向人生，两者可以合称为心智生活。这些生活散文呈现不出智力的快乐和心灵的愉悦，不能把人引导到作为一个整体的人类心智生活体系之中。大量的生活复制，形成了泛滥成灾的散文垃圾。我们说“散文热”，其实就是这种散文书写垃圾化的文雅称谓，不是散文热，而是人们情绪化表达的欲望燃烧与沸腾，是散文泛滥成灾的写照，也是散文自身走向反动，成为自身掘墓人的反讽。包括当今很多学人的生活状态，也是不容乐观。笔者概括为“五少”：少情趣，少格局，少内涵，少气象，少风度。在书斋里缺少我行我素的从容，手无缚鸡之力，胸无为天地立心之志；蝇营狗苟，投机钻营；窝里斗的伪君子，唯利是图的假道学；在既得利益中逍遥自在，在利益攫取中贪婪不厌；自我人格沦丧，自轻自贱，学人斯文荡然无存。在这种情况下，民国学人的生活走进了我们的视野，“民国范儿”成为我们虽不能至心却向往之一把比对生活的标尺。学人们写下了大量关于民国学人生活的散文。这些生活散文，从各个侧面写出学人的生活范儿，“写的是私人生活的某些侧面、片段、细节”，让我们“去看看当年那些‘大人物’以及更多的小人物是怎样过日子的，过的是什么样的日子”，① 这些生活散文的书写，对于我们今天如何生活以及如何书写生活散文都有多向度的启示。

学人生活散文里有人生哲学的况味。生活散文不是对生活的提纯、

① 刘仰东编著：《去趟民国》，生活·读书·新知三联书店 2015 年版。

过滤、美化，而是对生活的反刍、反思、反问。生活不但要有浓厚的烟火色，还要有悲悯的沧桑气、独特的人生哲学意味。民国学人的生活，因为杂糅了中西文化生活理念，生活味道别致，生活情调雅致。阅读是一种心灵的寻找，在繁多的书籍中寻找与自己灵魂最相契合与共鸣的一种。孙郁先生的系列专著，就这样自自然然地走进了我的阅读视野。笔者一本本地搜罗殆尽，摆放在书架上、书桌前、床头旁，时时品读，摩挲玩味，褶皱的心灵得到了舒展，慵懒的思维被慢慢激活。生活与生命、生存与思考、职业与事业、学术与性情，在孙郁先生那柔性与血性、才气与灵气的文字里水乳交融，勾画成了与天下文人学者心灵交感悲悯与共的苍茫画卷，他用最柔软细腻的笔触呈现出最具人性的生命温暖亮色。

剥去学术坚硬的外壳儿，嗅闻才情馥郁的芬芳。长期以来，学术一直被所谓的理论硬壳儿紧密包裹，似乎思考必须钙化为思想，情感必须被遮蔽为清贫，才能完成学术的嬗变。其实，这正是目前中国学术的缺陷，扬理性贬感性导致学术面目可憎，同时也给大量唯理论至上的学术赝品制造了甚嚣尘上的遁词。在经过 20 世纪 80 年代西方蜂拥而至的思想启蒙后，食“洋”不化的学者奉西论为圭臬，在对以感兴为本土特色的中国文论的拒绝中，甘愿成为拾人牙慧的西崽儿。孙郁先生的著作，在很多所谓正统学者眼里似乎不能算是纯正的学术著作，只能算是读书杂感，即使本应该成体系的学术专著，如《鲁迅与胡适》《鲁迅与陈独秀》《鲁迅与周作人》等著作，也是松散体系后面带有自身体温的学术感悟。在这些皇皇巨著中，孙郁先生似乎放纵情感，逃离理论那紧绷的锁套，在心灵的敞开与情感的逼近中，在时代的维度与人性的视角下，解读人物，剖析思想，品评得失，躲避先入为主的理论对历史人物人生维度削足适履般的剪裁，解除概念钩织的理论气场对时代社会及个人片面的观照，消解正襟危坐的学术对自由倜傥的生命思考的拘囿。在《鲁迅与周作人》一书开篇“初梦”一章中，孙郁先生直言：“旧的时光永远的逝去了，但它依稀的旧迹和朦胧的记忆，却使往日的一切成为永恒。我快意于这寂寞的漫游，虽然我未必获得昔日的原本的存在，但重新经历或体味已逝的灵魂的历程，使我感到了巨大的满足。”当今很多中国学者热衷于坚守这种理论癖式的所谓学术纯正，严格地划定学术与情感心灵的界限，洁身自好般地蜗居在那一方自我设置的不敢僭越的雷池中，其实，这是一种情感的幽闭症与思想的败血症。孙郁先生在《求疵与废话》一书的《广东有个林贤治》一文中，这样表露自己对思想的认识，“思想并不依靠权威与地位，不属于媒体与学院。只要那颗鲜活的心还在跳动，只要直面着上苍与大地，精神便会与人结伴。”可是，中国学术在体制机制与自身建构体系的怪圈儿中，宁愿成为学术的木乃伊，也不愿起死回生为有血有肉的生命个体；宁愿在僵硬的理论游戏中打转转儿，也不愿回到“独抒性灵，不拘格套”的生命气场中与生活闹市里。软化学术僵硬的语言质地，复活筋骨血脉的生命机理。学者语言的表述风格最能看出他的学术态度，很多学人语言僵硬的背后，是他把学术当成了远离本体生命的局外物，没有生命的热气与温度。学术是个体生命精神灌注的学术，是充满个人体温与品格的学术。近些年，孙郁先生和很多学人都一样沉浸在对上一世纪二三十年代学者的追忆之中，实际上也就是追忆那些学人做人与做学问所流露的真性情。“每每想起五四那代人，就觉得我们在许多方面不及他们，实在是一种历史尴尬。”（《真假闲适》）孙郁的学术语言不是概念的堆砌、逻辑的推演、材料的罗列，而是一种随心所欲的个人评点，一种生命与生命邂逅后的娓娓交谈窃窃私语。“不热衷那些生硬的大概念，没有学院派苦涩难懂和僵板的冬烘气，而是把外壳剥离，于温文尔雅中见锋芒，只留下温情。更没有那种现代人俯视前人的傲慢心态。他是用心去书写，因此每每有新鲜的、带血肉的见解。”（于仲达《孙郁：用文字抵制精神的粗糙》）阅读孙郁先生的文字，没有惯常学术语言的生涩僵冷，甚至没有那些学术著作外在形貌的庄重与严肃，或者坦言之，孙郁先生的系列著作似乎都避开了惯常学术研究的路子，著作都是“读后感”式的思想碎片。但是，恰是这样的路径选择让我们感觉到了学术文字表述的别样风格，让我们看到了学术文字散射出的温暖的亮色。他对很多作家的评价，都流露出他对这些作家人性的尊敬与理解，如对丰子恺先生的评价就颇具人性的理解与体悟：

> 学过美术、音乐的丰子恺，他看世界的角度，与只弄文学的人不同，多有艺术家的散淡气，不像趋势文人那么事功。他满脑子里装的都是禅士的理趣，这样一来，文章就自然而然地流出一股清淡幽深的情调，如同远离都市、独居山上的闲人，对人间林林总总的世态谈笑风生。但又不是隔岸观火的不食人间烟火的人，说一些不痛不痒的话。丰子恺有很浓的悲怜精神。他的散文是真实情感的流淌，是从俗界中升起的一缕超俗的性灵之光。你简直可以在那里闻出从生命深处溢出的醇香的气息。(孙郁《灯下闲谈·悟性》)

这些柔软的文字，仿佛春夜的萤火，点点的明亮，丝丝的温暖，掠过心头，酥酥痒痒穿透人的筋骨血脉。“行文之中那种历史的沉重，笔触之处流散的那些深沉的思辨。他的文字里仿佛散发着某种消逝已久的韵味，轻轻地按摩着我焦灼的灵魂，文字背后对前人的虔敬与敬畏让我动情。”（于仲达《孙郁：用文字抵制精神的粗糙》）孙郁先生不屑于或者是不善于做那些建构完整学术体系的皇皇巨著，他喜欢感同身受地贴着人物的情感机理寻求生命与生命的息息相通，不喜欢或者不善于从整体上观照人物事件，偏重于从那些细枝末节的片段体悟中来书写。因为，也许在孙郁先生看来，整体观照有时恰是对复杂生命个体的简化，生命是由一个个微不足道的细节组成的，由一个个碎片化的生命场景组成的。人文学术研究决不能动用解剖刀进行人为地肢解，而是要用体温计去测量同类生命个体的温度，用生命的邀约走进人物心灵的深处。他说扬之水女士的研究“文字很温和柔软，又不泛滥哲思，有时点到为止，鲜见漫溢。”（《文人的胡同》）他认为“萧红是个天籁。从寂寞的北方一落脚到上海，便有异样的韵致袭来。她几乎没有受过什么国学训练，可文字天生的好，是晨曦般清晰的感觉，照着灰暗的地带。北方枯燥而可爱的生活，就那么如诗如画地流来，带给人的是野味的遐想。”（《写作的叛徒》）文学研究靠的是灵敏的艺术感知，这种艺术感知不是靠先验理论的比照，不是靠对生命个体切片式的化验，而是靠生命与生命的对话，靠生命与生命彼此心灵的烛照。

孙郁先生对张中行、汪曾祺等先生的研究，在同类的著作中，孙郁先生的《张中行别传》《革命时代的士大夫：汪曾祺闲录》就更有特色和分量。在这两部专著里，孙郁依然是从自己的文本阅读及个人交往的过程中，向世人呈现出孙郁视野中两位老人内心复杂多变的生命轨迹。他对两位老人的追忆实际上是孙郁先生试图为自己寻找到情感赖以维系、心灵赖以慰藉的对象，他们身上的那些文化基因正是孙郁安身立命的资本。“生命中不可缺少文化之性情，它是内心的需要，是对精神家园的焦灼渴望。孙先生以臻于炉火纯青的笔法，向你描述一个个远去的文化巨人的背影：章太炎、鲁迅、苏曼殊、陈寅恪、张爱玲、林徽因、钱钟书、沈从文、孙犁、张中行、孙福熙、孙伏园、张廷谦、李秉中、荆有麟、高长虹、李霁野、台静农、韦素园等。”（于仲达《孙郁：用文字抵制精神的粗糙》）在孙郁先生的笔下，他从两位老人身上牵扯出丝丝缕缕的文学青藤，那些如烟往事背后生命情感的嬗变。他认为沈从文“是一个纯情的人，没有教授腔与文艺腔的人，而且他的驳杂、多趣，又带有淡淡的哀伤的情感方式，打动了汪曾祺。”他从张中行身上感悟到，“精神被宗教式的东西裹持，就不免浅，是匍匐在前人的躯体上的，玩的不过是小玩意。与哲学相比，文学已让人陷在情的井里，从情感到情感，是解决不了灵魂的问题的。所以张中行要追问的生命的原态，时空里的有限性在哪里。”孙郁的文字往往在不经意间点破天机，让人豁然开朗，“那种细腻沉郁的文字流露出来一种寂涩的情感，仿佛静夜河边的微风，让人心动。孙先生的文字里，没有常见的八股气息，没有学院枯燥的辩论，没有抽象的概念推演，仿佛是领你去做一次心灵的遨游，引领你去谛听，去体会一个个复杂而又痛苦的灵魂。”“孙先生知道该扬弃什么，该守住什么，他的文字挥洒自如，任心闲淡，以一颗诗人之心，去聆听品味他的研究对象。先生的文字，是纯正的文人随笔，平实、冲淡、沉静、老道、书卷味很浓。在冷静的叙述中潜藏着感情的暗流。像这样有体温感带有真性情的文字，真的是太少了。”（于仲达《孙郁：用文字抵制精神的粗糙》）也许，在所谓正统的学人眼里，孙郁这些感悟式的文字，显然有悖于学术的正道，路子太野，文字太个人感性化，观点缺乏缜密的考证，似乎孙郁的学术路数人人皆可为之，言外之意，孙郁先生对研究对象的解读太旁门左道，个人随意性太强。但是，旁人一旦模仿其笔调，却又往往走了样，没有孙郁文字内在的韵味。这是因为这些人没有孙郁那种宽广的胸襟、没有孙郁先生那种深厚的学养，没有孙郁先生那种体察入微的细腻与从容。孙郁内心深处有一种文人士大夫的浓厚情结，这种情结使他对传统文人学者有着一种血缘家族式的亲近感，与其说，孙郁是凭借对他们的研究为自己圈占一片学术地盘，倒不如说，他对他们的解读是对这些学者文人心灵的呵护，是在打通与他们心灵相通的道路。这些著述是他坚守传统文人学人立场阵地的堡垒。《百年苦梦：20 世纪中国文人心态扫描》《文人的左与右》《远去的群落》《新旧之变》《苦境：中国近代文化怪杰心录》，这些著述依然是对现当代文人学者的解读，但分明看出来孙郁先生内心的悲凉与孤独，悲凉缘于与自己对话的人物内心图景，在时代的喧嚣聒噪中被深深地遮蔽了，他们正在变成历史发黄书卷里那几行盖棺论定式的冰冷文字；孤独缘于很多学者躲进书斋玩弄学问丧失的心灵感应，他喷吐出的热血文字在翻手为云覆手为雨的时尚变迁中，没有更多人的响应与对答。内心的落寞是可想而知的，他不倦的文字书写也许是他镇痛的丸药，是他时时聊以把玩的生命念珠。他从尼采身上发现，“中国人的许多文章，读后印象平平，像是被人工堆砌的。但尼采与鲁迅的文本，是以血肉之躯支撑的。那里汩汩流动着生命之流。这个时候，也唯有这样的时候，你才觉出个性之美。人在绝望里的不安于绝望的苦叹，是永远让我们为之心跳的。”他这是在剖析别人，实际上也是在提醒反思自己，“多少年来，像患了腿疾的病人，还没有学会自由地走路。那些工作之余偶写的文字，不过蹒跚于小路上的足迹，和真的人生，是有些隔膜的。”孙郁文字的味道是薄荷般的清透爽朗，夹杂着一种苦丁茶的淡淡苦涩，还有一种淡雅洁净的佛香味道。他读王国维，“看透了人间的芸芸众生，世俗的利禄早已淡化到历史的黑洞里。他的精神的深层结构，遇到了深切的难题。”孙郁切入人物内心世界，文字直抵人心，三言两语，便胜过学者引经据典的烦琐考证。

穿透鲁学研究的历史雾霾，呈现鲁迅生命本色的质地。最能代表孙郁研究成就的当数那一系列研究鲁迅的著作了。孙郁先生研究鲁迅最突出的贡献体现在他那三大比较书系中：《鲁迅与周作人》《鲁迅与胡适》《鲁迅与陈独秀》，在这三部书里，孙郁先生用细腻的笔调把人物“复原到一种有血有肉的形态里”，周氏兄弟的性情、鲁迅与胡适、陈独秀的往来及各自思想的变化都细致地勾勒了出来，没有文学史书写依据时间推演的单一维度，而是以随笔的写法表达出了自己最真实的感悟：

当鲁迅回到国内，开始沉浸于古代，被绝望的情感包围着的时候，胡适正在美国承受着人文精神的沐浴。鲁迅似乎站在地狱的门口，不断向人间发出惨烈的吼叫；周作人则仿佛书斋中的道人，苦苦地拒绝着人间涩果，把无奈化为轻淡的笑意，超然地弹奏着人性之歌。

陈氏似乎更喜欢将问题推至极端，如晴空响雷，滚动于人们的心头。不同于陈氏的是，胡适有点温文尔雅，周作人沉着、平淡，鲁迅峻急、沧冷。

这些中肯而又优美的评判让人叹服。孙郁的语言儒雅风致，超然练达。配合这三部书，再阅读孙郁先生其他随笔式的著作，如徜徉民国画廊，那一幕幕消逝的镜像重新鲜活地呈现在读者面前。《在民国》《鲁迅藏画录》《微笑的异端：影像中的胡适》《对话鲁迅》《周作人左右》《周作人和他的苦雨斋》《鲁迅书影录》《鲁迅忧思录》《走不出的门》《混血的时代》《鲁迅与现代中国》，他的文字依然圆润依然拥有独特的诱惑力。孙郁文字净化心灵，升华境界，你可以随意地或躺或卧，随意地拿起一本书，便会自然地进入到那种由孙郁文字营造的读书意境中来。笔者读孙郁的文字，大多是在心境不好的时候，这些文字能减缓我心灵的焦虑，让我看到很多比我更加痛苦的灵魂，看到更加美丽的学术风景。偶然读到笔者喜欢的当代中国作家凸凹先生描写孙郁先生的一个细节，谈到他与孙郁的一次旅游经历，“孙郁厚道，他虽不同意我的观点，但也不反驳，只是儒雅地笑，放任黄口小儿发狠。也许，有了孙郁这样的雅量，又有了我等不知天高地厚的性情，中国的文学，至少是中国的散文，才不缺钙质、血性，给读者几分喜色。”（《石板宅日思录》）孙郁的文字值得我们一读再读，孙郁的胸襟值得我们永远的敬仰。正如他夫子自道：“一个在书斋里生活的人，并非都是枯燥的自言自语，假如他热爱生活，有济世的冲动，那么文字间的精神意象，则有着暖人的气流。我们看章太炎、严复的书，读胡适、马一浮的文字，都会有不小的体会。较之‘五四’前后的许多文人、学者，鲁迅可能更具有人生哲学的意味。他不是象牙塔里的存在，但却丰富了象牙塔里的精神，拥有一个静穆得伟大的形而上的价值。”① 当代人书写的生活散文，缺少自己独特的人生哲学况味，有的只是公共话语空间下人云亦云的陈词滥调，有的只是对物欲生活千人一面的档案式记录。而对民国学人生活的点滴描写，却总能看出文人的生命气息：

---

① 孙郁：《椿园笔记》，海天出版社 2018 年版。

许广平曾当着鲁迅的面半开玩笑地和朋友说："我有300块钱，我没有把它同周先生的钱混在一起。如果有朝一日我们不能共同生活下去了，这300块钱是足够维持我找到工作的。"鲁迅也曾向人打趣说："中国的妇女啊，总有些体己钱。许也不例外。"

朱自清晚年胃病加剧，朱夫人陈竹隐严格限制他吃零食。一次家里来客，陈竹隐用花生、瓜子之类的东西招待，朱自清也趁机伸手去拿，被陈断然制止，朱立刻显得不太高兴。陈竹隐对客人说：他现在有些孩子气，管他不好管，有时会发脾气的。

寥寥几笔，人物情趣跃然于纸上。没有为美化人物，为尊者讳，为名人讳，而为人物做无聊的辩护，故意遗漏掉这些生活的细节，而是秉笔直书，凸显出人物真实的性情，显现出民国学人真实的生活情状。这要换作今人书写家庭夫妻生活，似乎唯恐别人看出人性的真实，唯恐别人看出自己生活的"另一面"，多的是伪饰后的恩爱之词，多的是矫情失真之语。散文，不仅仅承担着人类审美的重任，也承担着人类"审丑"的责任，生活的"不和谐"恰是最本真的生活镜像。真正的生活散文就要弹奏出这些种种不和谐的变奏曲。"生活在他处"。也许，此在的没有经过生命哲学审视的生活就不是真正意义上的生活。"在场"的生活都是被遮蔽修饰过的"伪生活"，就像我们看到的那些文质彬彬、儒雅倜傥的夫妻参加宴请时的琴瑟和谐，其实大多都是伪装后的生活假象，你没有看到他们卸妆后的生活邋遢、生活中唾沫四溅的横男、泼妇形象。

生活散文绝不是生活的情歌、恋歌、颂歌与赞歌，也应该是生活的悲歌与挽歌，生活散文里也应该有批判的成分。王彬彬的随笔集《顾左右而言史》一书，在生活随笔的书写中，就通篇贯穿着批判的成分，他以文化牛虻的身份，飞舞在那些已经被盖棺论定了的民国生活时空里，叮在生活的肌理上，让我们透过本来光滑的表面看到生活粗糙粗野的另一面。在《“华人与狗不得入内”的公德教训》一文中作者通过翔实的材料论证，发现“外滩公园门前的华洋冲突，是一种‘公德’意义上的中西冲突”，作者随即引出缺乏公德意识的国人在国境之外的种种表现：吃过方便面乱扔垃圾、机场晾晒内裤、飞机上要横等等，作者呼吁今天的我们“不只是愤怒谴责帝国主义的欺人太甚，也要反省一下我们的公德太差。”① 王彬彬的生活随笔，揭开生活的另一面，以公心看，以学理辩，条分缕析的观点客观公允。他总能在横平竖直的生活中看到被遮掩的生活拐角，让我们看到别样的生活纹理。目前，我们的生活散文，甜味太浓，辣味不足，只愿躲在生活的隐身处，为社会生活涂脂抹粉，而不敢以杂文的笔调质问生活、拷问生活，缺乏拷问生活的敏感与激情。生活散文的书写，不能光用彩笔、蜡笔、画笔，还应该用刀笔，直面生活的纵深处、横切面。学人王充闾先生也发现，“敏感与激情，都是社会担当意识与历史责任感的产物”，“是靠着生命激情的滋润、思想力度支撑的一种人生智慧，是根植于现实土壤而展现的对于人生价值和生活哲理的探索”。② 介子平的《民国旧事》一书，收录了“东鳞西爪、支离破碎”的“民国随影”：废缠足、废辫子、废鸦片、废太监、废“万岁”，这些民国生活的细节，以小见大，见微知著，却让我们看到了被正史所忽略掉的民间剪影，看到了非正常生活与正常生活间的奇妙变换：

当裹脚成为一种共同的审美取向时，无人以之为怪诞离奇，荒谬绝伦。刘向《说苑》云：“世异则事变，事变则时移，时移则俗易。”当“三寸金莲”不再成为美的追求，它又顿时变得丑陋无比，所有审美皆如此。唐朝的丰腴与时下的瘦骨，互为美丑，清时的束胸与时下的天

① 王彬彬：《顾左右而言史》，江苏凤凰文艺出版社2018年版。

② 王充闾：《只缘胸次有江湖：王充闾谈散文》，广东人民出版社2017年版。

乳，两厢俊陋，谁看谁都不顺眼。①

生活散文不只是面对阳光与鲜花的书写，也应该有历史灰暗阴影的投射。这些书写民国生活的散文，虽然角度不一，但是因为拉开了历史审视的距离，学人们书写的态度更加理性，而我们目前的生活散文与现实贴得太紧，我们在书写的时候总是左闪右躲、顾虑重重、扭扭捏捏、小心翼翼、遮遮掩掩、羞羞答答，把生活散文书写成了花瓶、花篮、果盘儿、花园、美餐盛宴、歌舞升平、花枝招展，少了对整个社会生活的理性观照。“我们喜欢与时代同步的散文，因为这种散文与生活紧密相连，我们能从中读到所需的信息，能感受到生命的质感和力量，在这种力量中，有和弦的声音，有不屈的奏鸣，也有痛苦的奋争。”② 但是，这种同步散文，必须有批评的成分才能显出它的文学价值。同步，因为失去了审美的距离，我们看不清生活的全貌，只能看到生活的皮相，而不能深入地看到生活的内瓤。

生活散文不是对生活的泛泛仿写，而是要书写出典型性、唯一性、私密性。在这整齐划一的同质化时代，人和生活也被同质化了，人人都要向往一种同质化的标配生活，学人要么被相同的政治体制同质化，按部就班、循规蹈矩、老老实实、慢慢吞吞，缺乏独立设计自己生活的勇气与毅力；要么就是被市场运行机制同质化，亦步亦趋、紧追慢赶，缺乏超越并创造生活的热情、激情和能力，导致人的思想、情感、情趣具有惊人的相似性甚至一致性。每位学人被规规矩矩地安置在一个老死不相往来的生活圈子里，私密的生活空间被日益扩张的公共生活空间挤压到一个狭隘的角落，人们在这狭窄的圈子里以近亲繁殖式的自我陶醉、自我封闭、自娱自乐，避开了异质生活的冲突，规避了异质生活给自己心灵带来的不适感、不安全感。冲突就是生活，融合亦是生活，融突的

① 介子平：《民国旧事》，海天出版社2018年版。

② 王剑冰：《散文时代》，河南文艺出版社2008年版。

合体，便是生活体。学人熊召政说自己："四十余年来，我从未改变每天读书的习惯。我喜欢在下雨天读书，喜欢在冬天下雪时读书，因为这个时候大家都很少走动。这个时候待在家里读书，感觉很快乐。我经常一到下雪的时候，心情就特别好，因为只有这样萧瑟的环境，才能给人非常充足的时间以及非常闲适的心情把书读下去。所以，我说读书人的要求很低，只要天上有雨、有雪，只要有一杯清茶、一盏淡酒，就可以读一本书，思考人生的大问题。"① 在这种无形的"躲避"中，学人才拥有了自己的生活空间，才能恢复学人独特的社会身份。威猛强大的公共空间，肆无忌惮"圈地运动"式地冲破你所有隐私的栅栏，飞扬跋扈地强奸你的民意挤压你的心灵。学人艾云在为刘海燕《如果爱，如果艺术》一书所写的"序"言的开头写道："我在南方楚楚的阳光下走，见到因溽热而常年蓊绿的树木，有迎面而来匆匆疾步的行人，马路上嗖地驰过的车辆。这时，在户外，我总觉得悬浮、空洞、不真实，然后就会烦躁。阴雨天会好些。我有些反季节，别人在幽暗向晚中会感到压抑，我会在梅雨之夕的迷蒙中、在隐秘幽曲的蜷缩中感到熨帖。敞开不适应我。"② 学人在不同的时间和地点，总是想方设法地构建属于自己的私密空间，因为只有私密空间才是心灵的寓所。心灵的安全是最大的安全。生活散文不是对公共空间的美学呈现，而是在对公共空间的抗拒中对私密空间也即心灵空间的自然皈依。在民国学人的生活中，私密的生活空间不仅仅属于个体，它还属于志趣相投的群体。这种对心灵空间的书写就有了审美价值存在社会学意义。公共空间只会发生"事件"，只有私密化的个体空间才有"故事"，才能被生活散文纳入书写的范畴中来。唐小兵在《"单身汉"金岳霖的美好生活》一文中，认为学人"最在意的就是这一份不落俗套、不被羁绊的精神自由。""金岳

① 熊召政：《文人的贵族精神》，中国友谊出版社公司 2018 年版。
② 刘海燕：《如果爱，如果艺术》，河南文艺出版社 2008 年版。

霖是一个‘智慧的沉思者’，在智性上他能够‘孤独’在知识与思维的‘自由王国’里，但在生活中，他仍旧烙刻着传统知识分子的印记，需要在一个知识社群的内部交往中寻求归属感。”在《诗意地栖居是如何炼成的》一文中，唐小兵分析朱光潜与其志趣相合的学人，认为他们“既有传统中学的早期熏陶，又有西学的学院训练，对中、西两种生活方式都有切身的体验。在这里同样可以看见，朱的私人生活与公共活动如何在一个时间里既分离又聚合”。[①] 学人生活散文，是由各种生活要素、文化元素、思想质素组合成复合体式的一种雅致散文，这是对新时期铺天盖地的庸俗生活散文的提升与超越，也是对包括生活散文在内的其他散文书写庸俗化愈演愈烈的有力矫正。在网络文化空间不断扩大的今天，似乎一夜间人人都成了喋喋不休的“话篓子”，各种文化身份文化阶层的人都在进行散文化的“吐槽”，散文文体的纯粹性、规范性、雅致性被泡沫化、随意化、新闻化的粗糙表达所淹没。尤其是“在大众传媒的作用下，那种富于刺激性和冲击力，耸人听闻、吸引眼球、轻松随意、直白通俗的语言方式，受到极大的鼓励。相应地，文本细读、微言大义式的批评，长线的、历史总结式的批评，注重学理规范、讲究技术法则的批评，则无可逆挽地受到大众传媒的排斥。进入20世纪90年代以来，大众传媒上活跃的批评，刺激了诸如随笔、札记、印象、书评、书话、谈话、访谈录之类的批评文体的广泛运用，它们不仅成为大众报刊和图书出版中受欢迎的方式，也在专门的文学批评报刊和文学杂志上大量出现。”[②] 大众传播的本质就是世俗化，而世俗化最容易滑入庸俗化的泥淖中，瑕瑜互见，良莠不辨，成为杂草丛生的文化丛落，作为最易大众化的散文文体也被污染成了面目模糊、不伦不类的书写工

① 唐小兵：《与民国相遇》，生活·读书·新知三联书店2017年版。
② 鲁枢元，刘峰杰等著：《新时期40年文学理论与批评发展史》，浙江文艺出版社2018年版。

具。在这种散文的沼泽地中，学人的生活散文，尤其是对民国学人生活书写的生活散文，就成为极为难得的坚守散文文体纯粹性、规范性的示范类写作。民国生活也成为对应现实生活的蓝本，民国学人的生活形态也成为审视当代学人生活的参照系。这些书写民国学人生活情态的散文，其叙述策略是以现实生活情态为背景，以细腻含情感伤的笔触，考量当代学人承受生活之轻、感悟生活之浅的现状，揭示出包括当代学人在内的中国人文化生活质量的问题依然没有得到解决的症结。相反，随着物质化生活的全面渗透与覆盖，中国学人在精神徘徊不定的风雨飘摇中，也逐渐丧失了坚守思想立场抗拒物质化生活侵袭的能力，由社会的精英摇身一变为社会的谋食者和谋利者，而开始了思想的溃败与精神的撤退。学人的文化生活被卷入到了物质化、消费化、市场化的滚滚洪流中去了。

生活散文的书写要调整好历史与现实之间的焦距，以历史的眼光与现实的情怀来书写生活。所谓历史的眼光，就是要把当下的生活放置在一定的历史文化生态中来客观审视，才能观照得更加真切、更加理性、更加具有书写的前瞻性与承续性。所谓现实的情怀，就是要以饱满的感情去关注当下的生活，只有不厚古薄今，也不以今非古，才能正确地看待并直面我们今天的生活镜像。比如，民国热中的张爱玲热，作为一个重新走红进入我们今天文学视野的才女作家，张爱玲的日常生活也成为我们关注其人其文的一个重要侧面。目前，各种关于张爱玲的传记，林林总总，不可胜数，但是，因为过分追求传奇，夸大、虚构、渲染的成分太多，张爱玲的日常生活显得失真变形。台湾学者蔡登山先生的《重看民国人物：从张爱玲到杜月笙》一书，对张的书写，就避开了常见的传记文学式的套路，而是以细密的考证，直接的引证、当事人的旁证，来真实地再现张爱玲日常生活的心路历程。他在《张爱玲“上海十年”——1943—1952 年张爱玲与其他作家的交往》一文中写道：

张爱玲的写作受《红楼梦》影响极大，她认为曹雪芹在前无古人、毫无依傍之下，“完全孤独”地摸索着创造一种全新的写作之路，他从幼稚一步步趋向成熟的阶段，其中有过摸索中的犹疑徘徊，因此“从改写的过程上可以看出他的成长，有时候我觉得是天才的横剖面”。而这话又何尝不是张爱玲自身的写照？我们亦可以从他不断地改写的过程中看出她写作技法的愈趋娴熟和她在故事原型外的“灵魂偷渡”。

张爱玲1964年4月23日的信（编号3），此信在称谓上称“夏先生”。据夏志清的按语说，张爱玲托他把《金锁记》的英文稿拿去请人看，但又不见她把稿子寄来，夏志清性急，便请高克毅（翻译名家乔治高）带口信给张爱玲，这反而把张爱玲急坏了，也因此有些介意，所以此封信称“夏先生”，显得有些生分。这是118封信中的唯一一次，可以看出张爱玲敏感的个性。①

文风温润朴实，没有当今生活随笔油腔滑调式的调侃、窥人隐私探秘般的渲染、浮华虚伪的才情卖弄，以历史客观冷静的眼光，真实地呈现人物的生活个性，以现实关怀的真情写出世事沧桑中人物的心灵世界。目前，很多人漂浮在物欲沸腾的生活层面，行走在利益得失的生活边缘，挣扎于名缰利锁的生活囚笼中，心态浮躁，文笔轻佻，用散文书写生活隔靴搔痒、浮光掠影、蜻蜓点水，气象逼仄，矫情小气，缺少思想的干货，缺乏对生活沉静的梳理和思考，“散文热”的背后，流露出的是浮躁、焦躁的文化心态。而“世纪末思想性散文随笔的兴起，不是偶然的，它像一团火，点燃起独立思考的烈焰，在转型期社会中发挥思想启蒙的战斗作用，同时也预示着新世纪我们精神生活能得以大发展”。② 我们之所以能从民国学人的日常生活中，看到那么多“有料”的生活，是因为这些学人本身就是有个性的学人，民国时代的生活本身

① 蔡登山：《重看民国人物：从张爱玲到杜月笙》，中华书局2015年版。
② 袁勇麟：《当代汉语散文流变论》，上海三联书店2002年版。

就是倡导张扬生活个性的时代。“在整个中华民国存在的三十八年历史中，在如此错综复杂、风云际会的社会大背景之下，涌现出并活跃着各色各等的众多名人。他们当中既有矢志不渝为民主而奋斗的英烈志士，也有抗御外侮甘洒热血的军事将领；既有殚精竭虑希冀发展民族工商业而实业救国的企业巨子，也有赤城献身科学事业力求改变衰弱国运的科学精英；既有为强国奠基而笃志教书育人的教育泰斗，又有为传承中华文化而奋进创新的文化名流等等。”① 这同时也给书写民国学人生活，提供了可以纵横驰骋的无限写作空间。

生活的丰富，不仅仅表现在外在的物质生活的丰富与个人物质财富的富足。心灵空洞是当代人最大的生活空洞，内在心灵生活的富足是最大的富足，心灵贫穷是最大的贫穷。当代生活散文书写的庸俗贫瘠，根源就在于我们不是用心灵书写，而是用冲动无形的情绪、随波逐流的大众化的情感书写，心灵的不在场，导致生活散文书写的“伪”“滥”“滑”“虚”“浅”“浮”。如一篇名为《老父最后的心愿》的生活散文，从中就颇能看出当前这种大众化情感泛化的痕迹：作者在概括地描写“老父今年82岁，一米八的个头。幽默风趣，个性刚强，耿直豪爽，里外一样，朋友成群。当了一辈子的基层领导，群众评价为：论公，对党无限忠诚；论私，对朋友、对身边的人重情讲义，具有侠肝义胆的心肠与情操”之后，文章又写老父弥留之际，我“见他两手比画着，大大地往身上一盖。我立刻明白了，老父是希望自己走了，身上能盖一面鲜艳的党旗啊！”本来很朴素很真实的情感，因为在这种“普世化”泛滥的社会情感渲染下，小民生活被写成公式化、模式化的大众生活。这与朱自清先生《背影》笔下的“父亲”形象，其情感的朴实厚重相比，写作的质量要大打折扣。这里，不是才情多少的问题，而是话语表达的方式问题，是否有个体心灵在场的问题。社会公共话语会挤压、淡化、

① 谢世诚主编：《民国文化名流百人传》，南京出版社2013年版。

弱化甚至替换个体心灵话语的表达，这直接导致文本相似性的社会类化。书写民国学人生活的散文，因为绕开了这种忽视心灵表达的路径，而是贴着人物的心灵书写，没有那种泛化社会情感表达的类化公共化散文给人的不舒服的感觉，才让人感到真实可信。李村在《学者的应酬》一文中写到马幼渔先生：

据周作人《知堂回想录》中说，马幼渔本来“性甚和易，对人很是谦恭”，但是到了校评议会上，便“与平时的态度截然不同”，“遇见不合理的议论，特别是‘正人君子’的一派，他便要大声叱咤，一点不留面子”。可见其凶悍跋扈。乃为如此，“三沈二马”尽管学问平平，只能算得上二三流角色，但是凭借着派系的力量，朋曹共进，都成了北京学界的“学阀”。①

心灵话语就是人性话语，心灵的表达就是人性的表达。这段文字，站在历史与人性的维度，秉笔直书，有褒有贬，褒贬分明，多棱角地凸显人物的生活性情，能够与我们的心灵产生共鸣。公共话语在散文书写中的最大危害性，就在于隔离疏远了心灵表达，纯粹把生活放置在公共生活的语境下，即使是真实的社会情感表达，也会让人感觉干瘪无味。比如，上述文中的“老父”，即使是真的希望死后身上盖一面鲜艳的党旗，因为游离于个体心灵表达之外，读起来，总让人产生一种情感别扭的感觉。即使是描写伟人的生活随笔，也必须遵守心灵的真实，才能书写出伟人生活伟大寓于平凡的生命质地。比如，一篇《是谁让毛泽东做了北大图书馆管理员》的生活随笔，就写得坦诚可信：

1918 年，李大钊经杨昌济推荐，提携了一位湖南来的晚生后进，做他的图书管理员，此人就是毛泽东。毛泽东此后一面工作，一面旁听

---

① 李村：《世风士象：民国学人从政记》，生活·读书·新知三联书店 2013 年版。

哲学和新闻课，总想找名流请教。后来毛泽东回忆说，当时大家都不理我，他们都是大忙人，没有时间听一个图书管理员来说湖南话。已经是学界权威并且名扬天下的李大钊，却对这位只有中等师范学历的属员，不仅有问必答，而且经常推荐新书。①

这就是“民国范儿”，学人许纪霖概括为“纯真”“德行”“趣味”“尊严”四个关键词，并且认为，“民国时期的确有很多庸人和烂人，但是那个时代有一批卓越之士，不是一两个，而是一群。最重要的是，这些‘民国范儿’主导了士林的风气，让那些庸人、烂人不敢明目张胆地当真小人，只能做伪君子——口是心非的伪君子。有真君子在那儿，有好风气在那里，所以学界比较正派。”②

毋庸置疑，“民国热”会随着时光的流逝悄然退潮。但是，书写民国学人生活的散文会作为散文发展的一个里程碑必将载入中国散文发展的史册。学人，作为一个具有独特文化身份的社会群体，也会不断地调整自已适应社会发展的姿态，站在包括民国学人在内的一代代学人的肩膀上继续完善学人的内涵，传续学人的优良传统，自我更新，自我净化，重塑自身形象，回到学人应有的轨道上来，以“铁肩担道义，辣手著文章”的文化担当精神，为文化的传承与发展做出自己应有的贡献。

---

① 凤凰书品编著：《民国那些年》，团结出版社 2015 年版。

② 许纪霖：《何以安身立命》，中信出版社 2016 年版。

第三章

回到讲堂

时代总是裹挟着人类向前一路奔走。20 世纪 90 年代后，众多的学人开始回到讲堂，这个讲堂既包括大学课堂，也包括各种电子媒体的讲堂（坛），也包括各种研讨会的论坛。这是一个有趣的文化现象，一方面，大量的作家回到高校当教授，甚至还招研究生。马原、刘震云、贾平凹、二月河、阎连科、孙郁、王小妮、祝勇等纷纷被高等学府（研究院）收编，当起了传道、授业、解惑的教书先生；一方面，大学教授（专家）们也融合大众媒体，开始在各种媒体上开坛设讲，成为红极一时的媒体讲主，叶嘉莹、易中天、余秋雨、鲍鹏山、钱文忠、康震、于丹、闫崇年、孙绍振、谢有顺成为所谓的电视教授、演讲明星；又一方面，各种文化论坛不断召开，论坛成为学人开展学术文化交流的平台。一时间，“课堂讲”“媒体讲”“论坛讲”成为学人介入社会的三大入口。当代著名学人刘梦溪先生将此概括为三种讲学方式：“现代的讲学，可分为三目：一为会讲。斯义既可以理解为开学术会议，大家一起讨论，也可以围绕一本书、一题意的众学人聚于一处的会读会讲。是‘会讲’也是‘讲会’。所谓以文会友是也。二是堂讲。即课堂讲论，大学讲习最堪此任。三为演讲。即由一人担任主讲嘉宾，面对各种不同的听众，开坛讲论。二十世纪八十年代的台湾，公开演讲最流行，以至成为风气。90 年代以后，中国大陆开始盛行此义。如今借助现代传媒手段，大有愈演愈烈的趋势。”①

与此同时，坊间也出现了“演讲体散文”，演讲体散文延伸了散文的文化功用，拓宽了散文与学术融合的通道，促进了散文与演讲的互相渗透。孙绍振在其《演说经典之美》一书的“自序”（《演讲的智慧与散文之谐趣》）谈到“演讲体散文”时明确地指出：“这样的演讲虽然讲的是学术理性，但作为一种文体，已经不属于学术文类，更多的属于文学，从根本上来说，它就是散文，和当前最为流行的学者散文、审智散文在精神上异曲同工。”② 看来，散文也在与时俱进地向前发展，不断繁育着自己的子孙，不断出现了新的散文人丁。随即，我们也迎来了所谓的散文时代。在这个散文时代，无数的学人开始声音嘹亮地传达着自己的观点，汇聚成文化启蒙的巨大音箱。

第一节　舒缓的转身

20 世纪 90 年代以后，中国学人纷纷成为各类“讲主”，传经布道，开始了与时代社会保持同步同向、同频共振的华丽转身。这种弧度很大的舒缓“转身”是自愿轻松的，没有急转身时产生的惯性眩晕，没有产生心理极度的不适应感。学人变成“讲主”现象的背后也存在一个巨大的文化隐喻系统，作家转身进校园当教授，本身就说明文学传播的小众化，文学正在被学术研究收纳，成为学术研究的资料。作家的权威性被无形消解，似乎作家只有在学府里才能找到自己的安全与尊严。学人触电成为媒体上的文化达人，也正说明了大众文化消费市场有着强大的消化力与吸纳力，作为文化精英的学人只有适应媒体传播的要求，才

---

① 刘梦溪：《七十述学》，生活·读书·新知三联书店 2018 年版。

② 孙绍振：《演说经典之美》，福建教育出版社 2017 年版。

能变为社会大众认可的社会精英；好像学人只有在媒体上传经布道，文化被包装成“讲故事”的文化汉堡，才能被快餐化的文化消费市场接纳消化吸收。学人谢有顺在其《成为小说家》一书的“后记”中写道：“我的老师孙绍振教授不久前给我来信说，他想提一个‘演讲体散文’的概念，我深表赞同。孙老师是出了名的演说大家，他渊博的学问我学到的不多，其演讲风格我更难望其项背，但有一点是孙老师教我的，演讲要吸引人，必须多举例子。例子好比窗户，光是从这里透进来。多年来，听我讲过课的作家朋友，也许早已忘了我讲的观点，但很多人依然还会向我忆及我举的某个例子或我讲的某个小故事，这足以让我感到欣慰。”① 轻松通俗好玩有趣的“故事”与刺激眼球怪诞离奇的“新闻”正在成为我们最容易消化吸收的文化钙片。各种论坛，也成为学术圈内的一小撮人学术意淫的文化道场，一种手淫式的自娱自乐的文化游戏。同时，滔滔不绝的“讲堂”，也是中国学人情感宣泄的通道。学人罗志田谈到对某电视论坛节目的观感时说：“我有一个印象，一般以为说话平和的读书人，到了那里便激动如斗鸡，说话像下圣旨，仿佛节目提供的饮料里含有兴奋剂。那情景，已不是什么斯文扫地，根本就是与斯文隔绝。”学人在论坛中，才能找到自己社会身份的存在感。在罗志田先生看来，“如今我们的学术，高下由政府认定（大学里现在就特别重视政府奖），讨论和提升则多在电视屏幕之上。虽说学术无禁区，然既号称学者，说话似应与常人略有不同。钱穆先生曾说，‘文薄风器’是‘衰世之象’，表现在‘刻薄为心，尖酸为味，狭窄为肠，肤浅为意’。一旦‘俏皮号曰风雅，叫嚣奉为鼓吹’，则‘陋情戾气，如尘埃迷目，如粪壤之窒息’。”姑且不论当今的散文时代，是不是就如钱穆先生所言的是一个“文薄风器”的时代，但就这种文化传播的泛滥，也正反映了越来越不学无术而又思维懒惰、情感冷漠、唯利是图的国人与学人

① 谢有顺：《成为小说家》，北岳文艺出版社 2018 年版。

正在共玩一场场文化的“跷跷板”游戏。北大教授，著名学人陈平原说：

提倡“公开地、大声地”自我申辩，那是因为，很多人文学者觉得委屈，憋着难受，但只是自言自语，或私下里嘟嘟囔囔，那样是不行的，不仅应该打开天窗说亮话，而且还要在大庭广众中亮出自己的身份与底牌。①

但是，各种讲堂只是适应文化消费市场的需要，或者自我安身立命的需要，属于民间文化娱乐的瓦栏勾肆，所讲只有“故事”“历史”，不涉及文化批判，不涉及思想的抗拒，中国学人似乎已经在讲故事中找到了自己的用武之地，找到了自己乐不思蜀的洞天福地。

2012 年陈平原发表《人文学之“三十年河东”》一文，其中有这么一段自嘲的文字，颇耐人寻味：“我曾戏称当下中国人文学面临‘三座大山’——政治权威、市场经济、大众传媒。其实，还应该加上社会科学的思路、方法及趣味。如今衡量人文学者成功与否的标准已经跟社会科学家很接近：申请重大项目、获得巨额资金、拥有庞大团队、辅助现实决策。此等研究思路自有其合理性，但相对压抑个人化的思考与表达，对文学、哲学等专业明显不利。原本心高气傲、思接千古的人文学者，如今远离‘文辞’‘趣味’与‘想象力’，彻底抛弃老辈学者的‘文人气’，恨不得马上变成经济学家或政治学家。”

2007 年陈平原在《当代中国人文学之“内外兼修”》一文中又谈及：“经过这么一番‘积极扶持’，大学里的人文学者，钱多了，气顺了，路也好走了。只是原本强调独立思考、注重个人品位、擅长沉潜把玩的‘人文学’，如今变得平淡、僵硬、了无趣味，实在有点可惜。在我心目中，所谓‘人文学’，必须是学问中有‘人’，学问中有‘文’，

① 陈平原：《讲堂上的学问》，华东师范大学出版社 2016 年版。

学问中有‘精神’，学问中有‘趣味’。但在一个到处是生机勃勃而又显得粗糙平庸的时代，谈论‘精神超越’或‘压在纸背的心情’，似乎有点奢侈。”这种精神疲软、思维懈怠现象愈演愈烈，在这种中庸式的妥协中，一代心潮澎湃器宇轩昂的学人与社会与时代达成了和解备忘录，找到了自己优哉游哉“风雨不动安如山”式的安乐窝。同时，也应该看到，“讲堂”的变异也扩大了学人话语表达的空间，众多的作家回归大学课堂，身份的意义远远大于文化传承的意义，因为现如今的大学课堂，也只是学人自我文化表演而喝彩声极其微弱的一个小小舞台，学人们在电子媒体上争做讲主，扩大了受众的范围。但是，显然它还属于文化消费的范畴，是学人与市场合谋的文化快餐。

央视“百家讲坛”以理性的内容、感性的包装找到了学术理性与媒介娱乐感性的最佳契合点。学术电视化的成功运作，改变了人们惯常把电视媒体纯粹当作大众娱乐消遣的思维定势，更为学术从深宅大院的学府书屋走向大众茶余饭后的文化休闲屋开掘了一条绿色的通道。“坛酒”飘香，盛宴杂陈，它招人青睐的深层原因是什么？在当代意识形态文化、精英文化、大众文化三分天下的视野中，央视“百家讲坛”透射着怎样的文化信息符码？它未来的发展走向及态势又如何？对上述问题的分析思考，也许能给我们提供考量测度当前中国文化版图的又一全新视角。

近年来，“文化热”温度攀升，它的主要表征首先是对中国传统文化的再认识再批判的“国学热”，如新旧儒学之争，道家哲学的系列现代阐释，儒道哲学对西方后现代的启示等等，这在出版界呈现出出版传统文化书籍的盛况，《数字里的中国文化》《色彩与中国人的生活》《中国人名文化》《中国姓氏的文化解析》以及包括《朱子家训》《幼学琼林》等国学启蒙读物和“四书五经”之类的中华传世名著系列丛书及中西文化比较等学术专著。其次是以文化学观点为批判视角，审视当代中国文化现象的“审美文化热”，表现在众多学人对大众文化的阐释、文化病症的诊疗。其代表作有朱大可的《守望者的文化月历》《话语的闪电》和虞友谦、陈刚主编的《当代中国文化走向》等书。火热的情怀，激荡的文字，个性化的批判立场，使此热多了份对当前大众文化消费的警惕和心理叛逆的色彩。第三股热浪就是由学院发起到由出版业推波助澜的“讲座热”。一时间，各个学术领域的专家权威们纷纷登台传经布道、答疑解惑、指点迷津。率先兴起的是以洪昭光、向红丁、胡大一等保健医疗专家们为龙头的所谓“健康快车”讨论，接着是充斥媒体和书界的企业文化讲座、社交礼仪讲座，绵绵不绝，风头正盛。随后接踵而至的是《在北大听讲座》《在岳麓书院听讲座》《在文学馆听讲座》等书籍的迅速走红和央视《百家讲坛》的异军突起，它们借助声光电图强大的媒体优势及央视媒体话语的权威性迅速成为集各种讲座之大成的龙头，由“座”升“坛”，空间扩大，风光无限。

国学热、审美文化批判热、讲座热，成为当前中国文化三处灿烂的文化景观。央视“百家讲坛”在这股股热浪中，也成为审视学术民间化，学术立体化的风暴眼。加拿大著名传播学家麦克·鲁翰一语中的地指出“传播即信息”，在当前这个传播过剩的时代，“百家讲坛”成为文化消费中注意力经济、眼球经济的文化桥头堡。毋庸置疑，它每天传播的文化信息，在潜移默化中熏染影响着人们的社会认知，干预着社会批判和社会文化行为。

站在社会文化学视野中，我们会很容易拽扯出上述种种文化热背后的条条脐带儿。社会转型、价值判断多元化、精神支撑失去稳固的根基、市场经济无疑对人文精神有强烈的销蚀作用。理想的追求为现实的利害计较取代；感官的满足成了文化的最高指令；庸俗文化淹没高雅文化；金钱权威性冲决道德堤坝；日益扩大的财富差距亵渎着社会公平；以新技术为基础的话语霸权钳制着人们的思想自由；精英意识式微的知识分子日益边缘化……20 世纪 90 年代的“人文精神”大讨论，在今天不过是个象征性的符号，知识分子在市井喧嚣中角色退化，未泯的良知潜滋暗长，“躲进小楼成一统”，顾影自怜，书屋自慰，一阵阵的文化热浪中，围炉而坐，小窗夜话，玩味学术，佐餐下酒，呵护取暖，正如移居海外的著名美学家李泽厚先生所言：“（20世纪）90年代大陆学术时尚之一是思想家淡出，学问家凸现。王国维、陈寅恪被抬上天，陈独秀、胡适、鲁迅则‘退居二线’”① 在学术的浅吟低唱中，“反骨”犹在的身躯里疯长着表达的渴望，内缩的学术盆景中蔓延着布道的青藤。但在整个物欲文化的歌舞升平中，曲高和寡、阳春白雪的学术家们知音难觅、弦断有谁听？不跟受众接触，“表达”永远是一厢情愿的奢望，永远只是面对沙漠戈壁孤芳自赏的布道。谁青眼有加，为这些麦克风依赖者们提供广场平台？他们在“百度”搜索伯乐的身影。最终对他们揽而入怀的是“百家讲坛”，让躲在深宅幽府的他们抛头露面，声名远扬，跨出学院大门的他们逞才显能，激扬文字，绽放思想。

央视媒体为何有此古道热肠？作为视受众为上帝的媒介能预测节目的出台会好评如潮吗？因为媒介产业就其本质来说，是专门搜集注意力资源的一个产业。传媒是人体的延伸。网络时代，也是人的个性化发展的时代。传媒的社会影响力构建由三大块组成：吸引注意、接触环节、提升价值（提升环节），倘若没有一定的受众群支持，这样一个学术化节目即使从形式上再包装美化也是自作多情的一招儿险棋，因为市场上的弱势化一定会导致媒体影响的边缘化。敏锐的市场意识，使“百家讲坛”找到了分娩的道门，因为目前的中国文化版图随着改革开放初期的大众感官文化的泛滥成灾到改革中期大众审美文化的觉醒及新世纪后追求小资情调对准精英文化的呼唤。文化版图江山易主轮番变换，启示我们，“当代大众日常生活质量变化成艺术模式转换的前提性存在，在具体实践过程中改变了艺术和艺术活动。艺术与大众日常生活的广泛

---

① 李泽厚：《该中国哲学登场了》，《二十一世纪》1994年第6期。

对话，彼此相互趋近和认同，而不是间隔或分离。”① 从物质层面看，中国目前也正处于由“生命不能承受之重”的生存时代过渡到“生命不能承受之轻”的温饱后的享乐时代，在这种时代转型中，越来越多的人发现，物质欲望的不停挖掘，收获的只有荒诞和荒淫，只有掉转头来向精神层面不停地掘进，才能获得尊贵与富足。这就如英国文学家萧伯纳所言，“人生最大的不幸是基本欲望得不到满足，温饱解决了；人的第二大不幸，是温饱这么容易解决。”当代中国人也正在这“第二大不幸”中，茫然失序、精神失调，如何填补生活的意义成为一个大问题。“未来解决心理受挫的问题将大大地重于解决温饱问题。”② 如果说，社会当前层面不同的各种文化热，只是为富足后心灵焦躁的人们提供了片片绿荫的话，那么“百家讲坛”却为精神干枯、思维风化的人们灌注了股股解渴的清泉，为整个社会知识滋养，下了一场场“及时雨”。

时机终于来到了。一厢是做着重树精英权威形象美梦的学者们，望穿双眼被人赏识，试图在话语喧哗的公共空间里发出一呼百应的最强音；一厢是众多的打着饱嗝剔着牙花的“富贵闲人”们渴望精神的按摩、心灵的沐浴；一厢是由引领文化消费时尚，提升文化消费品位的媒体撮合。三厢情愿，一拍即合，“百家讲坛”粉墨登场，对自己眼光越来越挑剔、对欣赏的胃口越来越刁钻的现代小资们，无疑是为疲惫的视觉、味觉抹上清爽的风油精，恢复了一度消失的听觉快感。

作为文化盛宴的“百家讲坛”，它要在“众口难调”中寻找一个平衡点，让大众传播的符号信息来强化学术对大众日常生活文化性喻示和表现，艺术不再是纯粹的个人心灵的高贵独吟，也不是艺术家们个人运用精致的技巧来展现自身特立独行的活动，而是直接具体地满足着大众

① 王德胜：《文化的嬉戏与承诺》，河南人民出版社 1998 年版。

② 郑也夫：《后物欲时代的来临》，中信出版集团 2017 年版。

日常生活各层次的欲望、需要和追求，表现、象征大众文化的现实状态，一句话，它要实现行动娱乐与文化信息娱乐的完美融合。浏览“百家讲坛”自开办之初到现在的节目单，我们会惊奇地发现，每道文化大餐都具有与当代人们文化消费需求相吻合的对接榫眼儿。如社会人文科学层面，当宫廷戏瞎编乱造任意涂改历史真相，“戏说”泛滥得让人生腻时，人们渴望听到来自权威专家们眼中那没有任何油彩粉饰比较质地纯净的史实，“百家讲坛”相继推出了“汉代风云人物”（易中天）、“清朝十二帝”（阎崇年）活色生香拨云见雾；当人们观赏阅读只是浅层地陶醉于言情和武侠而疏远经典时，“百家讲坛”以恢宏的气势、强大的媒体引力，把各路“红学”专家学者请来烹饪“红楼梦系列讲座”盛宴，一时间“红学”发紫，“荒唐言”找到恰当的注脚，“辛酸泪”唤起更多人的同情。这正如号称“平民红学家”的著名作家刘心武所言：“不必强迫他们去读中国古典名著，最好的办法是先让他们觉得有趣。”群英荟萃，少长咸集，“百家讲坛”俨然成了中国知识文化界的大讲堂。文学抹去神秘的油彩，马瑞芳的“聊斋”讲座、莫砺锋的“杜甫的文化意义”讲座、董健的“从《牡丹亭》看戏剧的文化意义”讲座、张抗抗的“写作与生活的关系”讲座，引领我们走进诗意的空间；哲学卸下了玄奥的袈裟，亦庄亦谐，可感可亲。张志伟的“智慧的痛苦”讲座、方尔加的“无为而治、儒道之争、独尊儒术”讲座、姚淦铭的“老子智慧系列”讲座，开人心智，生硬的哲学被炮制成了“调节生活的速溶剂”。天文地理也从专家学者的实验室和旷野中走进了演播大厅，奇妙无穷，美轮美奂，如彩万志的“中国昆虫文化”讲座、张青文的“隐匿在我们身边的昆虫杀手”讲座、周忠和的“古鸟寻踪”讲座、徐星的“恐龙大地”讲座、周开亚的“巨无霸——鲸”讲座等等，使人目不暇接、手不暇采。“百家讲坛”伸延无限的触角，医疗保健、子女教育、外交风云、家庭婚姻、生活消费，无所不包、一网打尽。信息高速公路上，文化信息扑面而来，让你窒息，让你眩晕，使你以时间的瞬间感和当下性取代了历史性、平面性。“百家讲坛”以强大的文化冲击力，短平快地提升着你，熏化着你直至最后淹没了你，不知不觉，把你裹进文化的场流中，陷入那个深不见底的信息巨洞里，它的胃口极大，消化功能惊人，不管你是哪方学术原料，都会统统地被吸纳加工成诱人酥松的文化面包，水火不容的精英文化和大众文化，在这儿握手言和，实现完美的无缝对接。“大众明星”“电视教授”也成了时下很多书斋呆坐的专家教授们潜意识下强烈的渴望与最大的梦想。在央视“百家讲坛”一展风采，也成了他们当下矢志不渝的追求目标。

文化是什么？是千百年来人类生产实践、科学实践、思维实践的升华积淀而出的结晶体。文化干什么？它不是人们膜拜的图腾和神祇，它是让人们在文化的安静中，不慌不忙地变得坚强。“百家讲坛”灿烂成景，蔚为大观，文化启蒙的作用不可低估，但也不能过分地对其拔高放大。理性审视它，我们发现它呈现如下诸般镜像。

首先是话语权威的孤岛效应。新时期的文化热是对物欲压榨人精神性灵的反抗，是对“单向度人”形象一种立体的还原。市场经济的狂热退烧后，我们惊讶地发现，金箔裹身的“物质人”内心呈现可怕的空洞，纯净的精神表达力已经退化。精神失语症把人折磨成了积贫积弱的空心人，人们渴望文化信息的填充，人们更渴盼专家权威给予文化精神立竿见影的诊疗，因为他们阅读的功能、自身文化思考的造血功能几乎丧失殆尽，尤其是在模具制造、批量生产的大工业社会，消费个性被标准化磨平，人追求区别性的本能被无情地遮蔽。在这种哀鸿遍野般的文化呼唤中，专家学者们传布的文化信息变成了诱人的磁场，变成了慌不择食的文化干粮，变成了灵魂泅渡中拼命抢抓的那根救命稻草，成了无数被物欲风干后的人们急欲登渡的孤岛。“百家讲坛”开出了无数良方：信息时代如何学习（陈建翔）、“探究我们的时间分配”（王琪延）、“从中国式离婚看家变”（张颐武）、“从同伴关系看独生子女”（孙云晓）、“智力与家长的关系”（王宝祥）、“吸引眼球的传媒”（喻国明)、“口才与成功”(邵守义)、“吃与癌”(宋清菊)、“传染病的历史”(韩启德)……这些良方缓解了人们因为精神饥渴所形成的胃肠痉挛，但绝不是药到病除可以怡享天年的火炼金丹。权威的崇拜是继技术崇拜、金钱崇拜之后的又一精神崇拜，这种盲目的唯命是从只会使现代人离自己的本真越滑越远。引海焚溺的同时，却淹没了自己。

其次是话语角色置换中的忧思。是“文化热”而不是思想热，就预示着我们的专家学者们早已纳入了“思想淡出、学问凸现”的怪圈中，他们喋喋不休反复玩味的是学问的旨理情趣，他们成了挖去思想果核的糖水罐头，文化、学问成了他们安身立命的衣钵。“人们总是喜欢不断地发表自己的看法，这几乎成了狂妄自大的根源，于是人们真以为一叶可以见秋了，而忘记它其实只是一个形容词。”蒙田的这句话告知我们重要的不是话语讲述的年代而是讲述话语的意义。比如“红学”讲座，恐怕全世界的文学名著再没有比《红楼梦》被分解研磨得再细的经典著作了。他们在“红学”中穿梭，流连忘返，精耕细作，探谜寻宝，乐此不疲，在把玩品评中显示学问的功夫能耐，给人的总体感觉是有趣有味儿而理性色彩淡薄。正如美学家潘知常先生所言：“中国文化是平原，《红楼梦》的出现使之成为丘陵，中国文化成为丘陵的时候，《红楼梦》的出现使之成为平原。中国人的灵魂要用泪来洗磨，一切都要以情和泪衡量。”专家学者们的红学解读，只能引领人们成为文化的贵族和思想的哀悼者。“百家讲坛”盛宴过后，留给我们的是文化菜肴的美味芳香，而乏善可陈的是思想的骨块。“精神一出现/物质就消失/精神和物质的混合物在变形/在衍生为另一种陌生的事物/一切愤怒的反抗都是徒劳的、无效的。”① 哲学过分追求现实关怀而冷淡终极关怀，只能使它成为诠释生活的婢女，哲学家成了文化时尚的休闲家。“百家讲坛”推出当代哲学家周国平先生的“谈孩子、谈婚姻、谈爱

① 凸凹：《大师出没的地方》，广西民族出版社 1992 年版。

情、谈女人”系列节目，耐人寻味沉思的同时也在证明着哲学已经开始世俗化，哲学家们也要在世相纷披的社会中，变成了点石成金、一语中的文化代言人。哲学的市侩气预示着哲学正在迈向死亡，“哲学家的著作按说是不应该畅销的。如果畅销，便是哲学家的失职。”（祝勇《改写记忆》）对“百家讲坛”的思索只是刚刚开始，也许我们的看法总要陈旧过时，而事实永远不会陈旧过时，这正印证了希腊的一句哲言：“命运的看法比我们更正确。”

第二节　文化的教父

人类进入新世纪（21 世纪）以后，从表象上看，文学精神疗效的作用在降低。在各种新兴媒体中，文学变成了调味生活的佐料，特别是随着网络文学的异军突起，文学的民间化、娱乐化、大众化色彩愈加浓厚。从其实质上看，其实只是文学的作用发生了变化，文学由药品治疗变成养生品的保健，文学从“经国之大业、不朽之盛事”的庙堂神坛走到了“红泥小火炉”的市井民间。比如当下诸多电视媒体的文化讲堂节目，虽然屡屡遭人诟病，但是在文化的普及方面，功不可没，尤其是央视的“百家讲坛”，虽不能说坛坛都是美酒，但可以说坛坛都是绵软醇正的粮食酒，是滋补精神的人参酒、枸杞酒，是苹果醋、高粱曲。个人购书总受时代风潮的影响，看似自由，实际上是在社会出版风尚的裹挟下，一种被动选择的自由。央视“百家讲坛”引领读书潮流，出版的各类著作中，笔者自觉不自觉收入囊中，粗略盘点一下，赫赫然也有20（种）本之多：纪连海先生的《历史上的和珅》、周汝昌先生的《周汝昌评说四大名著》、王立群先生的《王立群读〈史记〉之汉武帝》《王立群读〈史记〉之秦始皇》《中国古代山水游记》、赵玉平先生的《向诸葛亮借智慧》、刘强先生的《竹林七贤》、孙丹林先生的

《孙丹林品读历史人物》、马瑞芳先生的《百家讲坛这张“魔鬼的床”》《马瑞芳讲聊斋》《幽冥人生：蒲松龄和〈聊斋志异〉》、董平先生的《传奇王阳明》、毛佩琦先生的《平民皇帝朱元璋二十讲》《毛佩琦细解明朝十七帝》、姚淦铭先生的《孔子的智慧生活》《老子与百姓生活》、康震先生的《康震品李白》《康震评说李清照》、曾仕强先生的《易经的奥秘》、钱文忠先生的《传统的再生》、于丹先生的《于丹〈庄子〉心得》《于丹〈论语〉心得》、刘心武先生的《刘心武揭秘〈红楼梦〉》、易中天先生的《易中天品三国》、阎崇年先生的《明亡清兴六十年》《中国古代都市生活》、隋丽娟先生的《说慈禧》，等等。看一看上述笔者不厌其烦列举的这些著作，真是一桌桌让人文化食欲大开的精美的文化盛宴。作为读书人，能够收听收看这些老师们口吐莲花、含英咀华的讲解，再细读这些趁热出笼的著作，撇开个人成见，这是生活在21世纪初的中国人多么幸福的文化生活享受。“百家讲坛”是这个时代中国读书人永远值得留恋的文化事件，是值得大多关注中国文化进程的学者们认真研究的文化现象。有时候，想把自己的书房里的书重新整理一番，换掉那些零零碎碎的书，重新购买成体系、成规格的书，后来发现这不可能，一个人的购书也是随着一个人思想兴趣爱好的变化而不断发生变化的。再说，书房里的每一本书都是笔者自掏腰包、精挑细选、权衡斟酌购买来的，每一本都舍不得扔掉，这些是笔者终身相依的人生伴侣，笔者对她们敝帚自珍式地珍爱。有时候，读书人也自恋得可爱。“百家讲坛”的先生们，永远是笔者尊敬的老师；他们的书，也是笔者常读常新的精神导师。笔者想通过印象式的粗浅点评，来表达笔者对他们发自内心的尊敬。

易中天先生。笔者认为易中天先生是“百家讲坛”最有思辨色彩的智慧学者，也是笔者至今亲眼目睹、亲耳聆听的唯一一位学者。那是某一年的秋季，笔者和众多的郑州学人在郑东新区CBD国际会展中心，一起聆听了易先生主讲的“儒墨道法的救世之策”，易先生讲解鞭辟入里，幽默风趣，很有震撼力。演讲结束，易中天先生问有什么问题吗？全场沉默。易先生看来很是遗憾，呆坐良久。笔者坐在那儿，脑海里本来准备了几个问题，在这种集体沉默中也打消了念头。后来，细想，大家沉默的原因不是不想问，而是在博学的学者面前，感到无啥可问。这些问题，对于追逐现实利益患得患失的学人与易先生构不成对话的可能性。要知道，对话是需要在一定理论水准上的默契与思辨的。随后，易先生匆匆离开现场，赶往机场，到另一个都市演讲。书架上，笔者已经林林总总地购置了先生几乎所有的著作：《中国智慧》《高高的树上》《书生傻气：人物、事件、看法》《祖先》《国家》《斯文》等等。这些书，笔者经常翻读，每次都感受到先生思考问题视角的独特与深刻。他的幽默是对那些僵固不化学术生态的调侃与反叛，包括他在国内最早以随笔体写的学术著作，早就摆脱了学术僵硬呆板的面孔，文章写得有机趣、情趣、理趣。学术不是高高在上保持九五之尊式的威严与神秘，就如鲁迅先生所言“伟大也要人懂”。近些年，他在江南某镇默默撰写的“易中天中华史”系列著作，就给人耳目一新之感。幽默的易中天在缺乏幽默传统的中国人眼里，经常会被幼稚的读者误解扭曲，被卫道士们无端地挞伐，被眼泡红肿者攻击谩骂。多年前，钱钟书先生就发现：“一般人并非因有幽默而笑，是借笑来掩饰他们的没有幽默。笑的本意，逐渐丧失；本来是幽默风趣的资源，慢慢地变成了幽默贫乏的遮盖。”这就导致中国学者面孔的僵硬和文字的生涩。生涩有时也是思想僵化的伪饰。即使如学术著作如《闲话中国人》《中国的男人和女人》《艺术人类学》《读城记》《品人录》《大话方言》《人的确证：人类学艺术原理》《破门而入：易中天谈美学》等专著也是写得活色生香。易中天先生的文字机警幽默俏皮，让人在忍俊不禁中茅塞顿开、豁然开朗。比如论及中国人的生命与身体，易先生考证中国文化：“生命既与身体同一，则灵魂也与身体混同，或以肉体代心灵。比如意志不得自由，本是‘心不由己’，却说‘身不由己’；体验他人情感，本是‘感同心受’，却说‘感同身受’。看来，中国人的知觉、感受、体验、领会，都是先‘身’而后‘心’的，就连体验之‘体’，领会之‘领’，都与‘身’有关。”易先生的文字没有生涩的术语，家常话却能道出朴素的文化哲理，这是一种功夫，也是一种可贵的民间学术立场。学术不是学者书斋里自娱自乐的游戏，而是让有文化感悟力的国民都能心灵相通、情感共鸣、思想共振。易中天先生谈论中国历史的系列书籍：《易中天品读汉代风云人物》《先秦诸子百家争鸣》《我山之石：墨儒道法的救世之策》《帝国的终结》《公民心事》《帝国的惆怅——中国传统社会的政治和人性》等书，文笔洒脱，语言质朴幽默，在很多学者眼里，这些“随笔式”的文字不能算是真正的学术专著，但这恰是易先生冲破学术外壳的“野路子”，让我们普通读者看到了学术田野里的美丽风景。以现代学人的视角品“三国”，谈中国文化，易先生的文字充满了人性的灵光，深奥的东西通俗化，笔墨纵横；艰涩的问题口语化，饶有情趣。“我们是一个农业民族，农业民族既不主张巧取，也不主张豪夺，而主张实干。根据实干精神，清谈是要误国的。这就使我们对议会民主之类的制度，先入为主地不以为然。于是，中国历史上就只有宫廷政变，没有议会民主；只有逐鹿中原，没有共和政治。同样，我们也不可能有宪政制度。因为，我们更看重的是信义而不是契约，是道德而不是法律，怎么可能有法治，又怎么可能有宪政呢?”这些观点不论或深或浅、对与错，如果要让一些西崽们论述，不知道要几番引经据典，要几番烦琐的考证？易先生的文字就是这样通达醒豁。在大众麦克风的时代，如何拓展我们精英文化的空间？问题的关键不在于两种文化形态的合流，而在于两种文化如何打破人为构筑的壁垒，互相吸收，彼此融合，寻找文化接受的均衡点？在某些学者看来，易先生的文字显然还缺乏更精细的打磨、更精致的雕琢、更精美的考究，但是，易先生作为一名接地气的民间学者，文字倒也有虎虎的生气，就如草长莺飞的原野，固然没有都市花园的整齐有序，但是，这种无拘无束的野性倒更能荡人情怀，启人心智。

阎崇年先生。阎崇年先生是“百家讲坛”最具有大家气象的学者。先生气宇轩然，腹笥充盈，儒雅大度，博闻强记，条理分明，娓娓道来，立论有据，资料翔实。从阎先生身上，我们感悟到了学术的无限魅力。作为一名教书人，笔者也从阎先生身上看到了如何做一名文化思想精神厚重的思者、悟者、行者。笔者购买了阎先生的三本书：《正说清朝十二帝》《明亡清兴六十年》（上、下卷）、《阎崇年讲中国古代都市生活》，非常喜欢阎先生持论有据的文字，他条分缕析地梳理历史，脉络清晰，链条衔接紧密，浑厚齐整，很有气度。作为学者，如何讲述历史？这涉及学者的历史观问题。历史需要一代代学人讲述，历史只有在不断的讲述中才能变得鲜活生动。在阎先生看来，历史不是由一个个完整的故事构成的，而是由一个个细节组成的。历史叙事学不是一种简单的呈现复原，而是一种梳理表现，要找出那一条条潜藏在历史雾霾中忽隐忽现草蛇灰线般的历史叙事学的线索。阎先生文字简短有力，散文化、诗化的文字，概括精准，耐人寻味，文字灼灼，言辞刚性十足。随便引一段文字，便可窥一斑而知全豹：

年羹尧与隆科多二人，对雍正来说，是狡兔死，走狗烹；飞鸟尽，良弓藏。对他们自己来说，则是知进不知退，知显不知隐，泰极否来，自酿其祸。《清史稿》论者谓：隆、年凭借权势，无复顾及，即于覆灭，古圣所戒。

这样的文字，出自阎先生这样的史学家之手，实在比当今的所谓大文化历史散文要真实生动，别有情趣得多。最好的学术文字是充满诗性、散文化等文学色彩的文字。当今很多学者，最大的问题就是文字表述粗糙，文字功底儿很差，只能靠大量的摘引，掩饰自己文字表达的贫弱。阎先生文字功底儿深厚，语言运用调配自如，情感渲染适度，理性把握客观公允，文字气韵饱满，清正明达。如在《明亡清兴六十年·

下卷》对袁崇焕的评价，颇有文采、情韵、理趣：

我认为：袁崇焕是中国历史上一位大仁、大智、大勇、大廉者。袁崇焕的仁与智，令人赞颂；勇与廉，令人敬佩。这种爱国精神，同他的浩然正气密切相连。袁崇焕留给后人熠熠永辉的思想、薪火永传的精髓，是“正气”，就是“浩然正气”。什么叫“浩然正气”？《孟子·公孙丑》说：“浩然正气”就是“至大至刚”“配义与道”“塞于天地之间”。通俗地说，“浩然正气”就是正大刚直、合乎道义、充满天地、超越时空之气。袁崇焕身上的这种“浩然正气”，主要表现为爱国的精神、勇敢的品格、求新的旨趣和廉洁的风范。

学术文字也是为人生求得意义确证的文字。从一个学者的文字表述，最能够看出这位学人或通明或灰暗、或正义或猥琐的生命情怀，最能够看出学者的历史旨趣。面对历史的烟云，我们如何拨开浓雾见青天？如何选择历史叙事的视角和方式？阎崇年先生设坛开讲，中正理性，敦厚端方，一派大家风范。历史叙事的背后是明理，是让所有活着的人对历史保持客观理性的尊重和敬畏。我们喜欢谈史论史，因为我们都是历史进程中的人，每个人都逃脱不了历史那宏大的叙事范畴。阎崇年先生的讲座，有一种撩人心魄的磁力场，很有文化的穿透力和辐射力。阎崇年先生的文字，有一种高瞻远瞩的历史俯瞰和让人沉思的历史在场感。

马瑞芳先生。马瑞芳先生是“百家讲坛”最有作家气质的女学者。作家与学者融为一身，先生的文笔洒脱清秀。马瑞芳先生是当今“红学”专家、“聊斋”专家，听马先生讲“红楼”说“聊斋”，有女性细腻的感受，有学者鞭辟入里的分析，有作家饱含感情的描绘，水灵灵的文字中漫溢出缥缈的水汽。在笔者有限的阅读视野里，比较喜欢的女学者有叶嘉莹、赵园、艾云、马瑞芳、夏晓红等几位学人，她们的书笔者都爱读。这些女学人著作深入浅出，细腻坦诚，很有韵味。马瑞芳先生笔下的蒲松龄颇传神入画，“康熙十八年，在子夜荧荧、灯昏欲蕊中，萧萧瑟瑟地在案冷凝冰中写作《聊斋志异》的蒲松龄，曾感叹他的写作生涯如惊霜寒雀、吊月秋虫般孤寂，他期待着知音：‘知我者，其在青林黑塞间乎？’”马瑞芳先生的学术研究也是从自己对文本的认真细读、独特感受开始，观点往往率性而出，没有惯常学者那样烦琐的考证，没有引经据典的资料堆积，文字清新疏朗，似乎在字里行间没有研究的沉重，倒有文本阅读的自足与快感。“爱情是文学作品的永恒主题。无数作家探索过爱情的秘密和爱情迷人的奥秘，爱情描写随着时代发展而发展，一曲《西厢记》轰动文坛，杜丽娘还魂又几令西厢减价。蒲松龄继承前人又超越前人，他在《聊斋志异》里构建了一座爱情百花园，春兰秋菊，夏荷冬梅，纷纷绽放自己的美丽。”作家原本就应该与学者融为一体，才能感同身受地体会作品的真正内涵。可是现在的学者与作家角色分得很清，学者文字要力避感性化，作家文字也要避免过多理性思考的介入。孰不知，好的文字都是感性与理性结合得最好的文字。马瑞芳被易中天先生称之为“作家性学者”，学者的面孔是温和的、是很家常、很有亲和力的，学者的文字肌理也是细密真诚、可感可赏的。就如易中天先生所言：“学问这东西，也有两面性。它能使人丰富，也能使人异化。僵硬的学术体制和研究模式，就更是‘害人不浅’。它制造的是‘死学问’，消磨的是‘活灵魂’。许多学者的个性，其实就是被它们弄没的。”我们如何做一位名副其实的学者？最重要的是学者必须是懂得人间烟火的人，必须摆脱日益板结的学术土壤，必须掀掉僵硬的学术外壳儿，学术才能在宽广的沃土中根深叶茂。“百家讲坛”让学者走出青灯孤照的书斋。

康震先生。喜欢康震先生主讲的李清照、李白、柳宗元等文学大家，他把文学家还原到历史的气场中，让我们看到文学家复杂多变的生命轨迹。笔者购买了康震先生的两本书：《康震评说李清照》《康震品李白》，我们在品读文学家们的作品，得到艺术熏陶的同时，实际上每位艺术家的生命经历给予我们每个人的生命启迪也更加深刻厚重。艺术与艺术家的关系，艺术家与芸芸众生的关系，都是一个复杂而需要深入探究的课题。病蚌成珠，苦难磨砺生命，其实背后都是对生命精神境界的提升，对心灵深度的探寻。作为中文老师的康震先生，把文学大家从历史模糊的烟尘中拉回到现实生活中来，让艺术家与其作品一样温暖着我们因命途多舛烦恼多变而人生产生的冰冷与绝望，破解着我们每个生命都面临的诡谲的悖论。康震先生认为"理想与现实的巨大反差造就了李白人格的巨大矛盾，造就了他诗歌思想内涵的深入深刻，也造就了诗歌艺术的剧烈起伏与浪漫色彩。李白在政治上越简单、越幼稚、越单纯，他的诗歌艺术就越纯粹、越杰出、越不同凡响，他的政治悲剧也就越来越深重。这是李白永远也无法摆脱的现实悲剧，而李白对这悲剧人生的演绎却成为古代诗史中最奇崛的一道风景。"活在现实生活中的人们，与同样活在现实生活中的艺术家最大的区别就是，普通人与现实生活达成妥协，甘愿淹没在生活的洪流中，而艺术家与现实生活始终保持着警醒的距离，保持着对峙与对抗的姿态，他总想试图从现实的天罗地网中挣脱出来。艺术的完美与现实的粗糙成为艺术家永远处于痛苦状态的根源。"道"与"术"虽然都为人服务，但是服务的境界迥异，"道"为形而上的生命服务，"术"为形而下的生活服务。艺术家都是求道之人，众生都是偏术之人。艺术的魅力就在于对大道的不懈追求。艺术家们留下来的闪光篇章，都是肉成道身的吉光片羽。就如李清照，这样的"千古第一才女"为生活中的女性树立了生命的高标。康震先生在这本书的结尾动情地写道："一代婉约词宗李清照永远离我们远去了。她没有子女来传承诗歌艺术，也没有入室、私塾弟子继承她的衣钵。她似乎将要永远一个人在暗夜里咀嚼那些缠绵悱恻的诗词了。然而不！李清照的诗词文章至今依然在我们的血液里流淌，在我们的书本上燃烧，在我们的内心里放声歌唱。只要我们还需要表达自己的真实情感，还需要面对世事沧桑的轮回变化，李清照和她的诗词文章就永远不会消失，就永远流传下去，世世代代，永不断绝。”艺术的功用不仅在于启迪智慧，更在于点化人生。一个时代有一个时代的文化气场，唐宋文人风流倜傥，有健康的文化审美自觉意识，生命就超越了琐碎庸常，脱俗而出，绽放出生命大美的光彩。人至老境，文学就不仅仅是欣赏，而是疗治，是舒缓心灵的痛苦，生理之病，中草药可治也；心理创伤，只有艺术品才可以慢慢缓解，沧桑阅尽，才发现人生最大的痛苦就在于词不达意的表达痛苦，那些欲说还休、欲说不尽的痛苦。庆幸的是，艺术家们已经给我们传神地表达出来了，而且表达得那么含蓄通透、淋漓尽致。就如酒能暂解生活中的小忧伤，唯有剑才能消解人心中的大块垒。“虽南山之竹，岂能穷多口之谈；惟智者之言，可以止无根之谤。高鹏尺鹌，本异升沉；火鼠冰蚕，难同嗜好。”艺术之药效，不可与草木精华同日而语也。艺术直抵心灵深处，它是心灵释放的透气孔，是心灵最隐秘清澈的表达。康震先生也是一位讲课有激情、才情与热情的先生。在“百家讲坛”上，先生先后主讲了李白、李清照及唐宋八大家。作为国人，我们对这些彪炳千秋的文学宗师，知之甚少，不过是从各时期的语文教材上读过他们有限的几个篇章。康震先生讲课常常眼睛微眯，似乎已经陶醉到了讲课的气氛中，激情中融合着无限的才情，才情在忘我的讲课境界中被发酵成一坛浓烈清醇的美酒。讲课也是生命热情的释放，热情是生命活力的象征。作为文化普及性的一个电视栏目，热情更是生命对生命的唤醒，是生命与生命情感的传递。在这个浮躁、急躁、焦燥的时代，很多学者的社会关怀热情消减，学术职业化、娱乐化、技能化、功利化的现象愈来愈严重。同时，才情枯竭现象更是触目惊心，传统学者那种皓首穷经、兀兀穷年的心劲儿慢慢丧失，在一知半解中自得其乐，在自我满足中自我陶醉。学术研究的边缘化现象越来越凸显。康震先生在“百家讲坛”的系列讲座，是激情的燃烧、才情的喷射、热情的挥发，是他健康劲健精神生命的集中呈现。文学作品塑造着民族的文化性格，提升着一代代国人的审美境界。这些文学大家们的生命轨迹，同样也值得我们后人一唱三叹地评说，因为评说他们其实也就是评说我们自己。因为每一个人都活在与之相濡以沫的文化气场中。这些作品，描绘了我们每个人在生活中都会遇到的情感波折与困惑。文学是疗救我们心灵创伤的良医，文学作品是包治心灵百病的良药。当代学人有一个心照不宣的偏见，就是与相关媒体特别是广播电视媒体说不清道不明的暧昧关系，要么排斥媒体，认为媒体传播都是浅薄、幼稚的快餐文化、大众文化，因此，那些在电视上传经布道的学者就被调侃称为电视教授、学术超男；要么就是与媒体胶着在一起，成了电视明星。实际上，客观地讲，媒体为书斋里的学者提供了宽广的平台，公共性是文化的基本属性，文化只有在传播中才能获得恒久的生命活力与旺盛的生长力。媒体也是文化传承的基本方式，传承就是文化的发展与延伸。很多学者把做学问当成了个人自娱自乐的私密活动，气象就变得狭小了，趣味变得寡淡了，胸襟变得狭隘了，参与社会文化建设的热情降低了。因为在公众场合讲授那些似乎很专业、很学术、很枯燥的文化，这本身也是作为一名学者的基本素养，也是参与社会文化空间构建最真诚、最实际的践履。书斋里做学问，课堂上会讲课，媒体上会演讲，这是界定合格学者身份最基本、最根本的三把尺子。回到公共社会文化空间中来，这是当今中国学者告别“书斋里的革命”后，必须应该抉择的学术路径。

纪连海先生。笔者酷爱文史，但是一直没有遇到一位让人心悦诚服的好历史老师。纪连海先生是笔者看到的最好的历史老师之一。很羡慕在北师大附中听他讲课的学生们，想想，那该是多么幸福的一件事啊！在笔者看来，历史不仅仅是对教科书上粗浅的知识点的记忆，而是应该回到历史的细节中去，回到历史真实的场景中去。纪连海先生讲历史上的和珅，就让我们看到了一个有血有肉的士子如何蜕变成官场油子政治投机分子。历史就是让我们认清自己的位置，认清世人的真面目。历史不仅仅是一个时间概念，还是一个具有空间意义的概念。历史文化修养是一个人最基础的文化修养，是所有文化发生学的根源。中国人的历史教育，意识形态化的历史教条灌输过多，导致我们对厚重历史文化的人为取舍。作为中学老师身份登上“百家讲坛”的纪连海先生，一下子改变了我们对中学历史老师的印象。纪连海先生主讲的和珅，史料丰富，逻辑性强，让人信服，而且他融入历史的语境中去，让人喜欢在那些历史诡谲的游戏场中的那些让人长久唏嘘感叹的细节。笔者酷爱文史哲，尤其是历史，但是在应试教育环境中熏染日久的笔者，没有遇到几位让我佩服之至的优秀历史老师，甚至笔者怀疑他们对历史的认知也只是停留在教科书那些粗浅的线条勾勒中。笔者一直渴望重回中学讲堂，向学生讲授笔者热爱笔者了解的文史哲。可是，当笔者接触了几位中学历史老师的时候，他们一脸的疲惫与无奈，历史课在学校不是受重视的主课，而是被边缘化的副课。历史失去了细节，干瘪乏味。“百家讲坛”一大多半内容都是讲史，因为一切历史都是当代史，我们都处于绵延不绝的历史时空的经纬网中。笔者喜欢央视“百家讲坛”开设的各种历史讲座，它们细节生动传神，线索清晰晓畅，语言通俗活泼，情节引人入胜。很多当代学人缺乏宏阔的历史视野，特别是越分越细的专业，导致很多学人文化整体把握能力退化，只会在局部挖挖掘掘，学术的胸襟变小了。历史不仅为我们思考问题提供了背景，也为我们在历史的坐标系中找到了自己精准的学术位置。纪连海先生历史视野开阔，对历史的脉络把握清晰，同时又能深入浅出地娓娓道来，讲史是智慧的表达，是对生命的深入解读。让人忧心的是，当代国人的历史教育大多是从“戏说”的历史影视剧中了解历史史实，这些“戏说”的历史成为很多国人接受历史教育的文化快餐。“百家讲坛”在正说历史方面功不可没。纪连海先生讲史，依据史料，还原人物到鲜活的生活语境中，拉近历史人物与我们的距离，让人物起死回生，走近他们，贴近他们，让他们可真、可信、可感。纪连海先生展示了一位真正历史老师的风采，他纠正了人们对中学历史老师的种种偏见。中学老师同样可以成为某学科的专家，历史课照样可以讲得引人入胜。历史课有无限拓展的空间，历史教育也应该扩大范围，二十四史应该纳入公民的阅读体系中来。一个民族的历史是民族情感赖以维系的基本链条。身边的很多人，对民族的历史大多一知半解，这是民族虚无主义产生的历史根源，也是心灵焦虑迷茫失落的主要根源。笔者购置了一本纪连海先生的《历史上的和珅》一书，时时放置案头品读，明白如话，逗人遐想。历史不仅是已经定格的生活，而且是典型人物的典型生活，本身就充满了无限的乐趣，充满了无限解读的可能性。纪连海先生讲史，是从平民化的视角切入历史，这样的历史就充满了亲和力。和珅艰辛曲折的奋斗史、发家史，也给当代人的事业奋斗提供了正反两面的有益启示。纪连海先生讲史，讲出了历史深处那些风云变幻中的真实场景，包括历史裁剪中丢弃的边角废料，小巧可爱，同样色彩鲜艳，不失历史的本色，这也许就是历史带给人们的无穷魅力吧。

于丹先生。学者一旦经常在媒体上抛头露面，便成为大家街谈巷议的公众人物。有时候，我们的读者与公众缺乏应有的宽容与包容，缺乏理智的欣赏与评判，常常在过度吹捧的"捧杀"和吹毛求疵的"棒杀"中，无意中充当了扼杀公众人物的刽子手。于丹先生是"百家讲坛"的一只百灵鸟，她讲孔子、庄子、昆曲、唐诗宋词，聪明的于丹都能把它们搅拌成了酸甜可口的文化果汁，烹制成入口即化的速食品。笔者购置了她的两本书：《于丹〈论语〉心得》《于丹〈庄子〉心得》，小点心般的快餐养眼爽口，酥脆润心。于丹口才好，再加上她作为女性主讲人，伶牙俐齿，侃侃而谈，融故事性与哲理性为一体，成了我们喜爱的文化便餐。也许是因为她宣讲的内容早就先入为主，定格的形象在人们的脑海中根深蒂固，比如孔子、老子，一旦把他们艰深的理论做成巧克力味道的奶油蛋糕，在舌苔甜腻的味觉体验消失后，传统的口味追求就会成为人们更根本的期待。于丹主讲孔子、庄子，也就成了打着捍卫传统旗号的人们反叛于丹的重要把柄，这是阅读中极容易出现的"水土不服"、口味失调综合征。于丹这种被人称为学术超女的形象遮蔽了她好学、深思、理性、深沉的学者形象，于丹又被贴上了学者明星、电视教授的社会称谓，定格成了肤浅、幼稚的学人塑像。坦率地讲，作为主讲人，年轻是一种资本，同时也是一种潜在的危险。就如口才也是一把双刃剑，她成就了于丹，同时也因为过于出众的口才遮蔽了其思想的锐利与深刻。于丹试图还原孔子、庄子到现实生活中来，试图让这两位文化宗师来为现实生活中的人们传经送宝、指点迷津，可是急功近利的当代人却把这些圣训当成了风油精，当成了生活中充饥的文化快餐。走下“讲坛”的于丹，最需要的就是不断充电。时刻记住，这个社会不存在西方救世主的角色，学术依然需要沉下来，需要我们慢慢地积累，需要我们在积累中发生嬗变。所谓公众人物，面孔单一是大忌，也是最容易被喜新厌旧的公众淘汰出局的杀手锏。在马瑞芳老师看来，“百家讲坛”是张“魔鬼的床”，“人被捉到床上，长了截断，短了拉长。”量体裁衣的于丹需要更换行头，换一张面孔重新走进观众的视野。有时候，淡出恰是为了更好地复出。

姚淦铭先生。温文尔雅的姚淦铭先生在“百家讲坛”一亮相，就让人看到了作为学者的幸福就在于用丰厚的学养来滋养身心。学养是催发生命健康最好的滋补品。据统计，学者大多长寿，钱钟书、钱穆、季羡林、周有光等先生，学养是他们最好的营养品，也是最好的保健品。姚淦铭先生在“百家讲坛”主讲老子、孔子，他的《老子与百姓生活》《孔子的智慧生活》两本书都让人看到了厚重的学养是如何渗透于我们日常的生活里。学养是一个人修养、涵养的基础。学术不是学者独坐书斋的自娱自乐，就像厨师做好的饭菜不是供自己裹腹充饥，而是要让众多的食客品尝欣赏。学术也要走进民间，让学术丰富提升我们的生活水平与境界。姚淦铭先生把老子、孔子的思想学说讲活了，讲到了我们日常普通的生活中去。他那慈悲温和的笑容，那深入浅出的讲解，都让我们感觉到学养也是生活的一日三餐，也是我们精神营养的钙片。正如姚淦铭先生在《老子与百姓生活》一书的“后记”中所言：“希望在有限的时间内为观众每次提供一碗心灵的鸡汤，或一盏文化的香茗，或一杯精神的奶酪，或一道智慧的醍醐。”在当今人文学术日趋边缘化的情况下，人文学者有何作为？人文学科是不是已经濒临衰亡之境？其实，越是功利化的时代，越是需要人文来缓冲舒缓人们过于急躁、浮躁的心灵。市场经济时代，正是人文学者大有作为的黄金时代。老子、孔子为我们提供了心灵的智慧、提供了疗治我们精神创伤的药方。姚淦铭先生试图“通过媒体的演讲，让老子的智慧和观众，和千千万万的普通老百姓沟通，将其文化的、智慧的琼浆玉液直接灌溉人们的心田，滋润人们的血脉、澡雪听众的精神，丰美听众的灵魂，从而转换成为新的现代心智。”姚淦铭先生把自身学养与社会所需的文化诉求结合起来，找到了学养输出的渠道，找到了自己幸福自足的落脚点与生长点。这就是姚淦铭先生给我们的学术启迪。

王立群先生。马瑞芳先生在其《百家讲坛，这张魔鬼的床》一书中这样评价王立群先生：“王立群几十年如一日，枯坐书斋，读书，写书，教书，眼看要以此终老，忽如一夜春风来，乘百家讲坛之风，成了学术明星，成了畅销书作家，日程排得满满的，天上飞来飞去，头像上了邮票。”当河南大学教授王立群先生在“百家讲坛”一露脸，河南众多的学者们就深深地记住了这位耳朵大如蒲扇，讲课嘴巴稍稍偏斜的学者。十年磨一剑，到了人生中老年期，王立群先生终于有了扬名天下的出头之日。《王立群读〈史记〉之汉武帝》《王立群读〈史记〉之秦始皇》两本书立在笔者的书桌案头。一位学者如何忍受住孤独，默默地积累知识？王立群先生为我们树立了高标。作为人文学者，按理说，应该通读、熟读、精读历代中国文化经典，可是，当今学人中能有几人能够坐稳冷板凳、心无旁骛、气定神闲地细细研读呢？王立群先生几十年如一日地研读《史记》，古人云，《史记》《汉书》《后汉书》可以佐酒，王立群先生把《史记》酿造成了芳醇的美酒，这就是学术的定力与功力。较之古人阅读经典，当今学人差之远矣；较之王国维、陈寅恪、梁启超、吴宓这些先生，我们也不能望其项背。浮光掠影、浅尝辄止的阅读，让我们的学术视野狭窄，学术研究刀耕火种，学术成了我们徒有其名的虚假装饰，成了我们苟活于世的借口。中国文化典籍浩如烟海，但是能够代表一个时代的经典作品粗算起来也就二百多部，这是奠定中华民族文化品格、文化气质、文化思维、文化心理的奠基之作、扛鼎之作，我们只有认真地阅读，才能使学术天地不再荒芜。王立群先生那深入细致扎实的文化功底，让“百家讲坛”酿制的好酒更加浓烈醇厚。学者必须苦练内功，才会增加自己的高度，增重自己的学术分量。聪明人往往下笨功夫，这就是王立群先生人生成功的重要秘诀。

这些演讲体散文，打通了文化生产的时空隧道。文化生产进行时，也让散文有了更灵活多样的书写载体，有了更大的社会功用。文化经济学家发现，文化生产时间体现在对时间意义的寻找、包装与生产的过程之中。作为文化产品生产者的大众传媒，按照中国文化消费市场的指向标，认真分析受众群体需要哪些蕴含时间文化意义的文化产品。当代学生面临求职诸多困惑时，学人潘知常开讲“职场红楼”，出版了《职场红楼》《红楼梦为什么这样红》等书，文化产品体现的时间意义指向现实意义层面。当文化消费成为流行时尚时，余秋雨开始在媒体上与北大学生谈文化，出版了《从北大到台大：中华文化四十七堂课》等书，文化产品体现的时间意义又指向过去的意义层面，所以，“消费”依然是各类电视媒体讲座的主题词。

第三节　声音的重量

2010 年第 23 期的《读者》选摘了一篇名为《大声说话的哲学》的文章，该文认为，人的地位越高，讲话声音就会越低。讲话音量与社会地位成反比例关系。作者分析认为：“这只是中国人关于声音的众多看上去匪夷所思，其实奥妙无穷的哲学之一。迂回曲折、错综细密的东方思维模式，使我们深谙声音的奥秘：我们听得出大音希声的意境、欲言又止的无奈、弦外之音的分量，我们善用声东击西、指桑骂槐的战术，也会在点到为止的留白中，不动声色地享受‘此时无声胜有声’带来的精神满足。”作者在文末呼吁：“大声说话的人多了，声音才可能恢复其原本的功能和形态。人们不用再整天绷紧着神经等着‘于无声处听惊雷’，不用再担心自己的声音吓着别人或吓着自己，讲话也就有了底气。”

作为布道者，20 世纪 90 年代以后的学人由原来的“孤独的大多数”“沉默的大多数”开始变成了“发声的大多数”，他们开坛设讲，传经布道，成为社会表达力量中的一个重要群体。这种表达，虽然也受文化消费市场的制约，但是，毕竟为学人思想的流布提供了契机和通道。演讲体散文，也开始走入我们的阅读视野，这些口语化、通俗化、故事化的表达风格，虽然削弱了思想的分量、精神的高度，但是，这些演讲体散文已经开始并正在影响我们的阅读生活，影响着我们日常生活的审美价值判断。程遂营在《程遂营讲六大古都》一书的“自序”中，以抒情的笔调感叹道：

我爱她们的博大、隽永，爱她们的沧桑、厚重，爱她们的风流、雅致，也爱她们的大气、包容！她们曾经极尽壮丽辉煌、见过无数大场面，也曾久经战火的洗礼、遭受过磨难与屈辱。在六大古都，你可以陶醉在无数美丽的传奇故事中、徜徉在撼人心魄的文化遗存里，去触摸她们的高、大、雅、尚；也可以自由地在古街、胡同、鸟市里游荡，去体验皇城根文化的友善、乐活、自足和温情。①

这种近乎“导游词”式的演讲体散文，鲜明地体现了学人所扮演的文化传播者的角色，那也是文化启蒙者的角色。当我们这个社会不断

① 程遂营：《程遂营讲六大古都》，河南大学出版社 2015 年版。

进行物质财富的积累增长，在荒诞虚无的社会情绪中，文化启蒙就显得尤为重要，文化生活的营造就显得尤为迫切。特别是，随着中国全面转型，市场化程度的不断加深，人心不古，世风日下，文化生态恶化，各类“讲坛”就生逢其时，虽然声音微弱，但毕竟作为大众化传播的形式，成为人们日常生活的阳光和空气，不断地涵养水源，净化着社会的文化风气。正如尼布尔所言，现代文明不是由“黑暗之子”创造的，而是由那些有点犯傻的“光明之子”创造的。当今中国社会的“黑暗之子”，从学人层面看，就包括那些拜物教的崇拜者与宣扬者、那些欺世盗名的学术造假者与投机钻营者、那些偏激武断的社会文化资源与学术资源的掠夺者以及那些文化垃圾、思想毒品、精神雾霾的生产者，这种危害性，目前，还没有引起中国学界的高度重视，诚如尼布尔对世人的警告，如果我们不能清醒地理解黑暗，应对黑暗，文明的成就还是有可能毁于一旦。中国学人在自我感觉良好、听众喝彩不断的演讲陶醉状态中，也慢慢消解掉了与社会、时代保持思想批判的立场与意识，尤其是面对各种社会“黑暗之子”文化蛊惑的嚣张气焰，缺乏充分应对的从容和自信，最严重的是在“形势一片大好”的明媚阳光中，忘记了潮湿的阴雨和冰雹的侵袭。所以，我们看这些演讲体散文，虽然器宇轩昂、引经据典、旁征博引，妙趣横生，但是这些柔软的与现实隔离的声音，到处是文化知识的“莺歌燕舞”，到处是电视教授的身影，还没有形成一种与社会“黑暗”相对抗的力量。即使批评，也只是小心翼翼地停留在风险系数极高的文化批评层面。比如孙绍振对梁衡散文的批评就颇具有代表性：

可能是由于记者出身，又是政府官员，对于历史文献并无兴趣涉猎又完全忘记了余秋雨的文化人格批判和自然景观和人文景观的相互阐释，他的文化散文是典型的“两张皮”。文化景观与历史故实是一回事，他自己的人格是另外一回事。

梁衡的想象和语言也跟不上趟，这就产生了只是以记者和官员思维来代替历史人物的思维，连李清照的“寻寻觅觅、冷冷清清、凄凄惨惨”在他那里都是忧国忧民。忧国忧民有这么个凄惨法的？为什么要把这个弱女子的个人的忧愁硬扯到忧国忧民上去，这就说明，作者灵魂太狭隘了，学了余秋雨还是原封不动，没有长进。

我之所以要提起这些煞风景的事情，实在是痛感于世道太不公平了，模仿余秋雨的，跟着余秋雨转，才力不济，学不像的，貌合神离，纷纷得奖，余秋雨却给人骂得狗血喷头。弄得不管写出什么新作，都有人来骂一通。直到他宣布“封笔”，弄得一下子鸦雀无声，一些人士并未感到失去对手的寂寞，纷纷热闹地班师回朝。我们的文坛的破坏性是不是太凶残了？是不是太黑暗了？①

激愤之言，也只是到情感的愤怒为止，这里面只有情绪的批判，而缺少理性的深度剖析。同样，在各种各样的讲座中，学人给人的要么是温文尔雅的谦谦君子形象，要么是“故事大王”的形象，要么是志得意满、看破红尘、仙风道骨的形象，他们好像已经与这个生活的世界达成了“谅解备忘录”？学人对“黑暗之子”的漠视，就是对其无原则的纵容。尼布尔认为，“黑暗之子”们之所以邪恶，是因为他们除了自我之外别无所知。但他们尽管邪恶，却是够明智，因为他们懂得自我意志的力量。“光明之子”之所以高尚，是因为他们能够理解比他们自己的意志更高的规律。而他们之所以往往犯傻，是因为不明白自我意志的力量。所以，“光明之子”必须要有“黑暗之子”的明智的武装，但同时又要不受邪恶的侵扰。学人的演讲体散文就是对这些“黑暗之子”的抗击，是以散文为批判的工具，是梁启超先生所倡导的具有鼓动力、平易畅达“新文体”的具体实践。因为，他们必须明白自我利益在人类

---

① 孙绍振：《审美、审丑与审智：百年散文理论探微与经典重读》广东人民出版社2015年版。

社会中的力量，但却不为其进行道德的辩护。他们必须拥有这种智慧，以便能够为了共同体的利益，引导、调停和控制个体或集体的利益。尼布尔反对的并不是“光明之子”不够善良，而是说他们不够明智，他们对人性的弱点和文明的脆弱性认识不够。结果，当他们过于乐观地奔赴他们的理想的时候，企望着世界大同或自由民主思想的时候，就反而被“黑暗之子”们钻了空子。① 尼布尔在这里所言的“光明之子”，就是坚持社会正义公理的维护者与践行者。学人纷纷以“主讲人”“讲主”“演讲家”的身份出现在舆论媒体的平台上，没有振臂一呼、应者云集的社会影响力，没有把思想长矛直指社会“黑暗之子”胸膛的勇气，没有成为一名维护社会公序良俗文化斗士的意志与决心而是小心谨慎地为自己划定了绕开“雷区”的文化批评边界。文化批评是一种泛批评，它没有明确的批评对象，没有责权分明的文化标的物，似乎言之凿凿的批评，其实是毫无思想指向、精神附着的“软批评”。如谢有顺在一次《从俗世中来，到灵魂里去》的演讲中谈到国人汉语能力的衰落时，以义正词严的语气批评道：

现在的一些官员，素质就更加让人无法佩服了。哪怕开一个小小的会，哪怕只是面对自己的下属开会，离开书面稿，离开秘书为他写好的那些话，他就根本无话可说。不会即席讲话，说明他对自己所从事的工作没有成熟的想法，或者从未想过要有自己的想法，他只是一个机械地听命的人。这样的人，怎么能管好一个地方上的事?②

这是典型的“软批评”，看似深刻透彻，但实际上因为没有明确的批评“能指”，便无关痛痒，乃至隔靴搔痒。因为即使所有的官员都读到此文，也会认为这是说别人的，而与自己无关，这就是“悬空”式

① 何怀宏:《正义：历史的与现实的》，北京出版社 2017 年版。

② 谢有顺:《成为小说家》，北岳文艺出版社 2018 年版。

的文化批评软弱无力的根本原因。文化批评有时候充当的是一种滑头而又中庸的哲学批评，这也导致批评的声音轻飘飘、虚空空、软腻腻、麻酥酥。这是一种犬儒主义式的批评，也是无原则的庸俗哲学批评，这也导致批评的对象模糊、批评的内容含混、批评的结果失效。批评疲软乏力的根本原因在于学人批评心态的变化。20 世纪 90 年代以后的中国学人，因为威权主义倡导的社会和谐论，正常的学术批评也被视为干扰社会和谐的所谓“不稳定因素”，思想拯救疲软乏力，文化担当撂挑子的学人开始乖顺地与时代达成谅解、与社会宽容地合作，实现所谓的家庭和睦、社会和谐、天下和平的“三和”道德理想状态。缺乏对“黑暗之子”的应有的文化警惕和身份辨识，散文书写的拳头往往打向社会棉花堆上。书生气十足的学人在思想的缴械投降中变成了时代的俘虏和社会的顺民与良民，天真而又充满社会理想主义的学人在精神无助、思想乏力的困顿中学会了被动地顺从与适应。正如学人老愚所言：“身旁皆是成功的面影，但财富和权力都掌握在那些人手里，身处似乎无限向上的社会，却有坠落之感。我知道自己的局限，明白生命正在拐头，自己的热度慢慢下降，已是斜阳光景。心理与生理皆有颓废之势，常常不自觉地怀疑自己的选择，从职业到婚姻，灰暗，绝望，甚至产生了某种幻觉，指望用一次恋爱拯救自己。有一段时间，笔下倾泻出诸多‘春天’‘妩媚’之类的字眼，诗意的吟唱里，抒发的实为无力与迷茫。”①而我们这种皮软的文化颓废心态，也直接影响了我们对社会文化灾难问题预防与产生的警觉判断力与批判力，学人没有成为思想的拿破仑而变成了文化的罗伯斯皮尔。尼布尔指出，人类在 20 世纪发生的有些大灾难正是因为“光明之子”们太天真而在与“黑暗之子”的斗争中暂时失败了。演讲体散文的兴盛，也在于更多的学人在这种“暂时失败”中一种思想的对冲，精神的对阵，因为，他们对人性的道德弱点知道得

① 老愚：《暮色四合》，新星出版社 2016 年版。

非常清楚，而且善于利用这些人性上的道德弱点——因为他们自己就是浸在其中的。① 尼布尔在这里所言的“大灾难”蔓延整个世界国家与社会的民粹主义、狭隘自私的民族主义、泛化的社会达尔文主义，这些思想给人类带来无尽的有形或无形或巨大或微小的灾难。我们的学人虽然往来穿梭于各种社会讲学活动中，但是如蚍蜉般微不足道的思想，已经撼不动根深蒂固的社会物质大树。演讲体散文，充当的不是直击社会肌肤的鸣镝，而是供无数文化小资消遣的文化面包和思想泡面。在这种“万马齐喑”的消费时代，似乎每个学人都难逃消费或被消费的命运，在消费时代文化语境中穿行的学人声音，也如喧嚣的市场，虽然人声鼎沸，嗡嗡一片，但是我们依然不知所云，只是感觉“热闹异常”。就如，我们听到的各种学人讲座，听时激动，思时感动，品之心动，过后就没行动。我们每个人都摆脱不了社会飞速发展的文化惯性。学人的声音，已经不代表专家权威的声音，已经不是人人耳提面命、俯首倾听的精英的声音，也不是趾高气扬、权力威压的意识形态声音，而是“吴侬软语”的文化叫卖声。他们跟随文化消费市场的脚步，在自然景观与人文景观中行走，然后烹制成入口即化甜软松脆的文化面包。学者余秋雨直言不讳地说自己一直在找和同行之间的区别，其中比较明显的一点就是表现为，自己通过旅行的方式来考察人类的各大文明，最重要的文明几乎都走遍了。作为一个带着文化目的去旅行的而且真是走了很多很多路的人，应该是个文化的旅行者，一个文化行者。

我不喜欢以前的那种生活状态，学者生活的特点就是知识的来源全部来自书本，很少有自己去考察的。知识的来源，书本到书本肯定是狭隘的，知识的去向基本上在我的学生和我的小范围的同行里面自我消耗了，我要告别这一点，知识的来源我要亲自去考察，知识的去向我要努

① 何怀宏：《正义：理想的与现实的》，北京出版社 2017 年版。

力去寻找，寻找一种能够为广大读者接受的文体，你叫它散文也好，叫它别的文体也可以，能够和生活在这个时代的读者亲切地去对话是我的目标。我想给这个现实的或者过去的文明废墟一个切身的附录。所以说，这些不仅仅是我与同行之间的区别，也是和以前的自己区别。①

表达是多元世界赠予一元世界的礼物。“讲坛”是学人游走于文化消费市场的一种方式，他们是文化的教父，而不是精神的导师、思想的智者，更不乐于成为真理的圣徒、正义的守护神、良心的人格神、“对群众进行动员的先锋队”。说白了，他们是文化消费市场的跟屁虫，是在为这个复杂多元的社会提供各种各样文化服务的侍者，他们试图将文化生活的终极见解解释为对感觉印象的单纯理解。他们作为所谓的“公共知识分子”。曼海姆认为这样的知识分子是一种又红又专、博学多才、超越学科边界的那种大知识分子，他们不仅向少数精英说话，而且向大众说话；他们不仅占领庙堂，而且在广场上激情演讲。他们是“自由漂浮的”“非依附性的”，他们不属于任何特定的阶级，因此属于所有的阶级，演讲体散文热的背后是学人对自身文化批判身份的确认，同时也是知识分子衰落的文化自救，就如“演讲”之“演”，“演”的是外在角色的故事，“讲”的是广场话语，正如“百家讲坛”所倡导的那样，“汇集百家学养，追慕大师风范，通向大众的桥梁”。许多人谈论知识分子的衰落，就是指的这种独立的、批判的、普遍的知识分子的消失。②“下级职能”，这一语道破了当前所谓的文化学人，他们在强化自己的文化人身份，在有意地淡化自己“思想者”的角色。

碎片化时代的形成，原因很多，根本原因还是缘于由社会开放程度的加深、网络文化生态环境的形成以及市场经济下不同利益群体的出现等共同构建的多元化文化语境，人们越来越重视自己的话语表达权，越

① 刘春香：《余秋雨：跟随文化的脚步》，中国言实出版社 2015 年版。
② 阎孟伟、王作印主编：《自由主义问题研究》，广西人民出版社 2018 年版。

来越重视维护自己的话语表达权。我们身处这个所谓碎片化的时代，我们的时间、空间被切割成碎片，不但导致我们生活在不同的文化生活区间，而且这也导致我们的心灵、情感、思想等上层建筑也被画地为牢般地固定在社会的某一个定位点上。我们在自说自话、自言自语的社会分层话语中，更渴望得到社会公共话语的共鸣与回应，只有这样，我们才能寻找到抚慰我们孤独而又焦灼文化心灵的家园。文化服务和其他消费服务在本质存在着家族式的相似性。人们越来越习惯于吃“现成饭”，喜欢囫囵吞枣般吞咽那些由专家烹制好的、消化吸收过的文化现成品。在文化消费从众心理的驱使下，更喜欢扎堆儿在一起，感受一种文化氛围，从心理上找到文化的归属感。这就是“演讲”及“演讲体散文”产生的根本时代原因。“演讲”是一种最为便捷也是最为流行的公共传播方式，它拓宽了话语传播的空间，让文化由狭窄的精神通道回到了广大的生活舞台。由“演讲”整理出的“演讲体散文”也把声音传播与文字传播有机地结合起来了，突破了传播的时空限制。

近些年来，步入耄耋之年的著名学人叶嘉莹先生，也成为诗词讲堂的一棵不老松。她到处演讲诗词，用她的话说：“我是第一个在台湾电视上讲古诗的人，也在教育电台广播讲过‘大学国文’。西方的汉学家，那时候到台湾来看见我到处在讲课，就有人邀请我去美国讲课。”叶先生诗化的生活方式重新激活我们生命的热情，其儒雅的气质、深厚的学养、矍铄的精神深深折服很多小资听众，他们从叶老那明畅通透的诗词讲解中，不仅仅长了学问、开阔了视野，更重要的是感受到了学养对于生命的重要性，区分开了漂亮与美丽的界限，明白了漂亮是一种外在的膨胀，而美丽是一种文化滋养后的节制。在叶嘉莹先生所著的《与诗书在一起》的“出版说明”中，编者这样表述该书的编辑意图，一方面“希望每个人能够从容走进古诗词的世界，那里确有让美好变得更加美好、让忧患变得可以坚持的力量”；另一方面，“读者从中或可读出叶先生的人生心路，感受到其中的力量。读诗词，品诗词，更创作诗词：‘与诗书在一起’，是叶先生所深信的美好人生不可或缺的部分”。① 随即其“演讲体散文”书系也应运而生，《迦陵论词丛稿》《迦陵论诗丛稿》《叶嘉莹唐宋词十七讲》《迦陵讲演集》等等，走入我们日常文化生活中来，她成为教读我们诗词的文化祖母，让我们在沉闷烦躁的现实物欲环境中，感受到了一股清新温润的儒雅之风，体会到了文化价值的魅力。作为中华传统文化重要瑰宝的诗词，叶嘉莹先生乐此不疲地传播这些诗词的种子，因为“在中国诗词中，确实存在一条绵延不已的感发之生命的长流”。叶嘉莹诗词演讲热，唤起的不仅仅是人们对诗词的热爱之情，更唤起人们对这位以“诗词人生”为终身追求目标的老人的尊重，尤其是在这个文化生活粗俗化的时代，海德格尔所言的“诗意的栖居”，在叶嘉莹先生的“诗化”践行中，其意义更加深远和丰富。“演讲体散文”的文化意义，就在于其文化传播学的意义，它以自己生活化、口语化、现场化的写作模式，让不同文化层次的读者随时随地感受到其演讲的魅力、分享其思想与文化的盛宴。历史证明，这种介于学术体与散文体之间的“演讲体散文”，不单是学人走出书斋介入生活的一种行之有效的文化活动方式，而且还是对散文功用的新发展，使散文由情感生活介入的单一维度位移为情感与实用的双向介入。据学人不完全统计，鲁迅先生一生做过将近 70 场讲座，尤其是根据演讲留下的文字记录：《娜拉走后怎样》《老调子已经唱完》《无声的中国》等演讲体随笔，依然脍炙人口，成为演讲体散文、随笔的经典作品。演讲力是学人参与社会文化生活、扩大文化影响力的基本能力，是打通书斋学府与时代社会的基本能力。正如一位学者所言，文化造就群体，群体创造知识。② 20 世纪后期，信息技术广泛应用于文化创作、生

---

① 叶嘉莹：《与诗书在一起》，生活 · 读书 · 新知三联书店 2016 年版。

② ［澳］约翰 · 哈特利（John Hartle）何道宽 译：《文化科学：故事、社群、知识与革新的自然历史》，商务印书馆 2019 年版。

产、分配和消费的各个环节，进一步推动了文化大众化趋势。新一代消费者大量使用互联网、移动电话和数字化媒体，不仅扩展了自身文化体验的范围和范式，而且从文化信息的被动接受者转变为文化内容主动创造者，文化对经济社会的渗透力、影响力在裂变式扩大增强。① 这也形成了散文时代新的文化消费亮点，形成一个庞大的文化消费群体。演讲体散文也是在一定的演讲氛围中形成的散文文本，它不受严谨的学术逻辑约束，而是在浓厚听讲氛围中的即兴感发，不经意间灵感爆发、观点迸溅、爆料十足，与通常的散文相比更接地气，很有生命的元气。自从演讲、访谈成为学人介入生活的文化实践方式之后，大量的学人开始以“演讲体散文”作为自己著书立说的新方式。作家张玮所著的《陶渊明的遗产》一书就是“一部录音整理稿”，廉旭在该书的附录《听课附记》一文中，详细地叙述了自己听课的感受：

2014 年 9 月，笔者有幸聆听了张玮先生关于陶渊明的讲座。

开讲那几日，正赶上秋风萧瑟，细雨缠绵。当时张玮先生坐在一丛粲然摇曳的绿菊旁，缓缓开讲。

此前读过张玮先生的《楚辞笔记》《也说李白与杜甫》，印象深刻，感觉与学院派风格迥异。这些文字能够直抵文本，遥感、品咂、咀嚼和触摸古代诗人，体悟和破解生命的密码，字里行间弥漫着鲜活多趣的情思和慧眼独具的洞察。就像久居拥挤嘈杂、高楼林立的闹市，忽然置身于绿色葱茏的自然之中，滤掉了眼障和心霾，唤醒了内心深处沉睡已久的渴望。

演讲体散文也是最有文化个性的散文品类。它在“演”的层面，表现在文体的不拘一格的写作个性，可以开门见山，也可以从故事讲起；它在“讲”的层面，可以谈天说地，亮出自己的观点，批驳错误

① ［英］露丝·陶斯著，周正兵 译：《文化经济学》，东北财经大学出版社 2016 年版。

与谬论。讲得有文采、有激情、有见地。当代著名学人画家范曾先生可谓当代演讲的高手，他的演讲体散文也写得文采飞扬，充分显示着一个画家学人的文化修养水准，谈古论今，信息量饱满，有一种居高临下、坐拥书城、玉树临风的儒雅高洁之感。读范曾的演讲体散文，会让人从心底里生发出对文化由衷的热爱之情，让人的心灵沐浴在清澈的知识之泉，仿佛在清晨为你打开一扇面对青山绿水的悬窗，顿时，文化的美景、清新的空气向你扑面而来，提振着你的精神，激荡着你的情怀。比如他在《国学开讲——国家汉办 2010 南开大学暑期培训营的演讲》，全篇洋洋洒洒，纵贯中国文化发展史，简练概括，醒目灼心，很有一种博雅开放的文化气场。

我们研究中国“国学”，它的“源头活水”是什么？今天我要谈一谈国学，用一句最简单的话来概括，就是“先秦之学的生发”，这是对国学一个最简洁明了的论述。我从《四库全书》里挑出八百卷，这是其八万卷的百分之一，准备读三十年。诸位知道我今年已经七十二岁了，就是说我到 102 岁才可以把这八百卷读完。读了干什么呢？读得有意义！孔子认为学问是“为己”之学，“为己”之学，那岂不是自私自利吗？不是。是为了提高自己的学养，使自己的心灵得到纯洁和净化。为己之学的最终极目的是利他，如果王阳明当时不提出建立“为己”之学，他的心学怎么可能一直到今天还是人类通向善的一个很重要的学问呢？①

演讲体散文，也是生命的结晶体。它是生命瞬间情感与灵感的总爆发，让我们瞬间感受到“文化灵魂附体”的生命惊悚。演讲体散文散发着生命的温热，洋溢着生命思想的真气，让我们感受到生命与思想情感碰撞出的生命华美乐章。在这种文化语境中，鲍鹏山的出现就显出另类的现实文化意义。目前，作为央视“百家讲坛”的知名“讲主”，鲍

---

① 范曾：《灵智之果：范曾二〇一〇年新作》，中央编译出版社 2012 年版。

鹏山是继张炜、谢有顺、孙绍振、余秋雨之后“演讲体散文”的集大成者。他极力摆脱了惯常的学术思维定势，掘开坚硬板结的思想硬壳儿，以清新明快、犀利坦诚的讲解方式，拨开云雾见青天，直指鹄的，发人深省，做到了学术思想性与文艺鉴赏性相融通、通俗性与典雅性相结合、启迪性与智慧性相融合，把演讲体散文发挥到了雅俗共赏的极致，达到一种理趣、智趣与情趣完美相融的境界。《鲍鹏山品水浒》一书的“内容简介”中这样介绍其学术品格：

鲍鹏山学养深厚、思维缜密而又激情澎湃，他无论说话，还是写文章，都善于直达事物的本质。他从文化、制度、人性等角度解读《水浒》，少讲情节，多讲细节；少说是什么，多讲为什么。他从林冲、武松、李逵、鲁智深和宋江等五人入手，突破了对《水浒》故事情节的简单复述，读出了藏于故事背后无比丰富的人性内涵、文化内涵和思想内涵，读出了新的角度、新的观点和新的精彩。《鲍鹏山品水浒》是对金圣叹、李贽等人品评《水浒》的重大突破。

鲍氏文风，汪洋恣肆，诙谐幽默，富有真知灼见，读之让人拍案。所以，读《水浒》是人生一大快事，读《鲍鹏山品水浒》更是人生一大快事。①

鲍氏演讲体散文没有惯常演讲体散文那种喋喋不休的故事复述而是在常人不经意的细微处发掘出人性的幽光、思想的灵光、精神的胚芽，明心见性，启人心智。读鲍氏散文，目光穿梭于一行行思想密集的文字丛林里，让人目不暇接、手不暇采。每一个文字似乎都挂着晶莹的思想露珠，轻轻一读，好像都要打湿我们干瘪的文化衣衫，都会滴落在我们焦渴的心田里。没有人为地为思想兑水、为精神助力，以此让文字变得湿润。这些思想不是惯常通识思想的稀释，而是从文字枝叶的叶脉里自

---

① 鲍鹏山：《鲍鹏山品水浒》，红旗出版社 2012 年版。

然分泌出的思想汁水。当林冲一家三口，孤零零走过东京大街时，作者愤然写道："林冲一家走在这样的大街上，是否会感到彻骨的寒意？这是大宋的东京城，物华天宝、人杰地灵之处吗？这是四方辐辏、人物繁盛之区吗？这是泱泱华夏的首都吗？为何如此荒凉，如此寒冷，如此苍白？这是世道的荒凉，是人心的寒冷，是道义的苍白！而这，才是东京的真相！是大宋的真相！"鲍氏散文，行文不扭捏拘谨，不好大喜功地铺张生事，而是慧眼识珠般地从平常处看出人性的脓疮，看出思想的疤痕、精神的刀口。普通的文本，平常的文字，他也能够炼金术似的提炼出那些让我们心灵震撼、思想惊悚、精神折服的干货来。文从字顺，说理通透，不曲解、歪解、误解，而是沿着文字的边缘一点点擦去思想偏执的油污，正本清源，显示出明朗清澈的思想质地。如写潘金莲与武松：

潘金莲生活在社会的底层，社会强加给她一桩不幸的婚姻，无论是道德、风俗还是法律，都不会给她支持。她哀哀无告。要不，接受命运；要不，只能用非法手段改变自己的命运。于是，她使用砒霜。

武松要为兄报仇，要为被害死的兄长讨回公道，无论是行政，还是法律，都不会给他主持公道。要不，忍下这口气，让死者沉冤莫雪，让罪犯逍遥法外。要不，也只能用非法手段实现正义。于是，他使用刀子。

文学违背法律，是中国古代文学的一个普遍现象。当法律不能主持正义时，代表着社会良心的文学必然表现出对法律的失望和鄙视。①

醒豁的见解，让人眼前一亮；一针见血的文字，总是让人茅塞顿开。读鲍氏散文，如面对一坛芳香扑鼻的老酒，总让人舍不得一饮而尽，总想偷偷地珍藏起来，慢慢地一小口一小口地抿着喝、咂摸着喝。这也是鲍氏散文给我们散文书写的启发，散文不是对公共见解的佐证，而是对公共思想的深化与超越，有自己最独到的新发现。思想不是擦抹

① 鲍鹏山：《鲍鹏山品水浒》，红旗出版社2012年版。

万种伤口的万金油，不是包治百病的千金方。思想来到人间就是为了接受批判与改造、创新与颠覆。思想的本质就是批判，没有批判的思想就失去思想存在的历史意义与现实意义。思想力就是批判力。浅浅的赞颂赞美只是散文薄薄的外皮，有锐刺般批判性思想灌注的散文才是最有生命活力的散文。演讲体散文的魅力不是对人类已有思想的呈现，而是对这些思想的个性化整合与开掘。演讲体散文最容易流于空泛的思想说教，最容易落入惯常公共思想的窠臼，导致散文内涵苍白空洞、魅力锐减、生命力不强，成为昙花一现的文化泡沫。鲍氏散文看问题的视角，不是情绪化的情感视角，不是公共化的大众视角，而是思想的视角、心灵的视角、批判的视角，这就使其散文达到了一定的深度与高度，这也使其散文水准远远超越了同类文化散文的水准，一跃而成为 20 世纪 90 年代中国学人文化散文的一个标杆儿。散文的“形散”表现在其外在形式，属于“怎么写”的写作学范畴，但是，散文的写作学理论其实并不高深与丰富，甚至，真正散文的形式并不显得特别重要；散文的“神不散”表现在内容，属于“写什么”的社会文化学范畴，强调单一的思想主旨，这也有失偏颇。好散文，不但“形散”更倡导思想的“神散”，只有思想的神散，才能拓宽散文思想的维度，使散文由单根独苗长成枝杈纵横的大树，才能改变目前散文小巧小气、单薄瘦弱的形象。而思想源于不受社会公共思想干涉的“本心”与“真心”。鲍氏的演讲体散文不是居高临下的道德宣讲与政治说教，不是普济众生的文化启蒙，而是“童心”般的思想探讨，是围拢在一起取暖的思想篝火。鲍鹏山是当代中国学人中的李贽，没有惯常学人的酸腐迂阔，没有学术痞子的无耻与鲁莽，而有“童言无忌”般的坦诚与果敢。李贽思想中的问题意识和逻辑起点，是从勘破现实社会的虚假性，追问世界与人生的真相开始的。他受王阳明“良知”说的影响，相信人应该本着一颗童心、真心去看问题，去真诚地生活。可是一旦他用“童心”“真心”看世界，却发现他所生活的这个社会几乎一切都是假的，都是由虚伪的谎言、伪善的行为虚构的，都是和应然的、人类应该具有的真心、真情相违背的。他的整个思想历程，可以说都是在“真”与“假”的碰撞、“真”对“假”的质问中展开的。他在著名的《童心说》中指出：“夫童心者，真心也。纯假纯真，最初一念之本心也。”若失却童心，便失却真心；失却真心，便失却真人。① 鲍鹏山是“真人”“真心”地论事行文。如，他对鲁达“生气”的解释，就别出心裁，为人称道：

一个人不会生气怎么行啊。不生气就没有生气啊。人人都不生气，一个民族就没有生气，就是任人宰割的奴隶之邦。这种愤怒，就是我们常常说的道德愤怒。具有道德愤怒的人，是高贵的人，具有高贵的品格。有了这种愤怒，邪恶就不会高枕无忧，就不会在肆虐过后，毫无顾忌！

再比如，他对宋江题写“反诗”的分析，就入木三分，颇为公允：

实际上，宋江的仇人不是具体的人，而是社会。不是具体的事件，而是制度。宋江不是要向一两个人报复，他要报复一种压抑人的社会及其制度。一个社会，如果在制度上压抑了人，那么，它就可能就会成为很多人的仇人。它直接造就了很多仇视社会的仇人。②

散文贵在心灵真诚，才能勘破世情人心的真谛。鲍鹏山散文正如古人所言的那样，“句句都是自家体贴出来者也”，才使“其文字极富张力，冷峻中有热度，理性中有激情，常识中有升华。”演讲体散文最为关键的是要有真知灼见，有让人耳目一新、独出机杼的新鲜干货，有自成一家的语言表达风格，有真诚透明的写作操守。鲍鹏山的演讲体散文有淋漓充沛的生命元气。中国散文的文化土层，层层叠加得太厚重也太沉重了。散文时代，是以“反智”为流行色的大众化时代，也是思想

① 张星久：《中国政治思想史》，复旦大学出版社 2017 年版。
② 鲍鹏山：《鲍鹏山品水浒》，红旗出版社 2012 年版。

荒芜、思考乏力的平庸时代。内在的思想文化点缀为大众时代可有可无的“身外之物”，散文书写也在文化消费市场的迎合中，死心塌地地密切配合着中国思想文化的大倒退。鲍鹏山的散文，又一次唤起了我们麻木呆笨的心智，让我们又一次感觉到了思想的魅力，深切感悟到了思想是我们这个社会最为紧缺的文化资源。

鲍鹏山演讲体散文，还以睿智的生命解读，让我们的心灵产生一种“拨开云雾见青天”的思想激荡感，正如其在《孔子如来》一书的“后记”中所言：“两千多年过去了，他还在为我们的生活提供智慧，为我们的抗争提供正义的理据，他的思想仍然是我们的诉求，他的演说仍然是我们的心声。”① 鲍氏散文化解了学术语言表达佶屈聱牙的艰涩，避开了烦琐的学理考证，平白如话，直奔事理的本质，直面生活的现场，直击生命的痛处。他没有做伪作秀的学术骄态，没有人云亦云、亦步亦趋、鹦鹉学舌般的唠唠叨叨，文风朴实坦荡，文字清秀峻拔，思想深厚而不奇崛。鲍鹏山散文的书写立场，不是站在才子学人的立场引经据典的分析，而是站在平民的立场，直抒胸臆，真诚坦率，不为尊者讳，不为贱者贬，文章就有了生活的亮色和底色。

比如，鲍鹏山在该书的《知足还是餍足》一文中，作者分析道：

孔子夸公子荆“善居室”，不是指他善于积累财富——孔子对于善于聚财的人，抱有深刻的戒备，连对子贡都如此。孔子夸奖公子荆，是夸奖他对财富的心态。公子荆的财富状况，有三次变化：始有、少有，富有，但他的快乐是一直的，他在家庭财富的每一阶段都很知足，不贪婪，不奢求，在有限的财富中感到满足和幸福。下一阶段没来之时，不奢求，下一阶段既来之时，不拒绝，素贫贱行乎贫贱，素富贵行乎富贵。②

① 鲍鹏山：《孔子如来》，岳麓书社 2015 年版。
② 鲍鹏山：《孔子如来》，岳麓书社 2015 年版。

再比如，他写白居易，也是单刀直入，说出自己独到的见解：

白居易是封建官僚，又极善谋身，他就是这样一个具备了摆脱群体困难的条件而独享个人逍遥的人物。值得一提的是，这样的人，往往还能脱离历史语境，为一己的自由、富足的生活唱赞歌，甚至讴歌时代和社会的“美好”，白居易后来以尧舜之世来比附自己这个困难而卑鄙的时代，就是这样的人性逻辑。①

鲍鹏山散文在张扬其批判立场的同时，也毫不掩饰自己的情感立场。他在演讲体散文的写作中，丝毫不以走极端来标新立异，以拉大旗作虎皮般的偏激来张扬自己的个性。演讲体散文既要重视话语的通俗易懂性，更要重视思想的普世性和文化的传承性。他笔下的老子、孔子、庄子、墨子、孟子、荀子、屈原、仲尼弟子、商鞅、韩非、李斯、张良、陈平、贾谊、晁错、东方朔、司马相如、董仲舒、司马迁、朱买臣、扬雄、王充、李固、梁冀、宦官、桓帝与灵帝、党锢群英、建安烈士、魏晋名士、诸葛亮、孔融与祢衡、曹丕、阮籍与嵇康、元康之英、陶渊明、谢灵运，都在他妙笔生花的文字中“复活”，都在他狂放不羁的书写中，抖落掉了附着在人物身上的历史灰垢，让他们回到人性的本真中，回到我们心灵可以与之对话的现场。在鲍鹏山看来，“老子熟读历史，他的心早就冷了。他知道丑恶是用什么掩盖着的，真善美是用什么名义扼杀的。”汉末的党锢事件是“一批高度道德自律的君子和一群肆无忌惮的小人”的人格较量，他认为宦官变坏的历史根源是“好的制度可以使坏人变成好人，坏的制度可以使好人变成坏人。宦官也不是天生谬种，使他们变坏，并让他们来败坏天下的，仍然是专制的帝制制度。”读鲍氏散文，我们往往会在阅读中感到人性被剥皮抽筋后显露出的人生悲凉，仿佛会听到历史厚土层下面发出的“新鬼烦冤旧鬼哭”

① 鲍鹏山：《白居易与〈庄子〉》，复旦大学出版社 2017 年版。

的凄厉嚎叫。鲍鹏山散文，是掀掉历史灰质层后人性的大揭秘，对每一个历史人物，鲍鹏山都没有拿起所谓道德伦理正义的大棒进行全盘肯定或全盘否定的杀伐决断。历史文化散文的书写，不是要求我们充当历史的审判官，对这些历史人物作盖棺定论式的历史总结，而是要求我们做历史的辩护者，为这些沉默在历史书页里的“死人”做人性的辩护。因为，他发现，“通过玩弄价值而玩弄历史，玩弄人民，实现一己之私，在中国古代历史中层出不穷，屡见不鲜，而正大刚直的道德原则往往因此被蒙上一层浓厚的虚伪色彩，堕落为无耻。这正是因为我们轻视事实判断，把价值凌驾于事实之上，让价值脱离事实而抽象存在，而给野心家们钻了空子。”① 这是继余秋雨文化散文之后，鲍鹏山对文化散文的新发展，突破了余氏散文“审智”的藩篱，“在文学的避难所中，寻找那些在此避难的心灵”。②“什么学术论文的写作规范，什么思想框框、理论教条，都见鬼去吧！”“读他的文字，感觉到似乎只有他可以与先秦诸子、天纵圣贤们叨陪鲤对，诘难争吵，急骚了甚至会拍桌子打板凳，纠缠摔打撕咬在一起。至于两汉魏晋南北朝的彀中英雄和绝地生灵们，似乎也只有从他的文字里才见出真性情，露出真面目。”“这些文字是鲍子发自心灵的诘问，源于痛处的解剖，不屈于命运的人生探寻和社会思索。是为富有激情的学问，带有体温的文字。”鲍氏散文，因为有了学人的赤子般将心比心的坦诚情怀，有了冲决文化散文森严壁垒的果敢，有了可以驾驭历史车骑的才干，散文的声音才从过去那种哼哼唧唧的声音中挣脱出来，变成了气势磅礴的历史鸣唱。

长期以来，人们对演讲体散文有一个根深蒂固的偏见，就是认为演讲体散文充其量只是半成品的毛坯散文，水分太大，干货不多。实际上，真正的演讲体散文绝不是急就章式的临时拼凑，它也需要精雕细琢

① 鲍鹏山：《风流去》，中国青年出版社 2009 年版。

② 鲍鹏山：《中国人的心灵——三千年理智与情感》，复旦大学出版社 2009 年版。

后方成美文。演讲体散文是在演讲前拟就的文稿或提纲的基础上，再经过演讲中的即兴发挥，最后再增删修改后的定稿。演讲体散文也需要布局谋篇，也需要细细地打磨。鲍鹏山散文，文章精致而不粗糙，文字爽净而不累赘。如他对孔子的表述，就有逻辑思辨的文化张力，他认为自从中国有了孔子，“人类的人口结构就发生了革命性的变化——人群中，出现了专门的关注形而上问题、关注彼岸、承担价值的人。人类出现了质的飞跃——精神问题和道德问题开始成为人类的首要问题。而且，有了专门的精神家园的打理者和看护者。孔子是中国文明史的分水岭，甚至是中华人类史的分水岭。”① 文字简约，论断深刻。演讲体散文，不是现场演讲流水账式的机械记录，而是演讲前后的合力打造，使演讲体散文较其他时效性不强的散文相比更具有生命的血气与元气。演讲体散文，它是调动了作者所有的文化积累、才情积淀、思考酝酿而形成的生命散文。鲍鹏山散文，是他思想、才情、文化的聚合体，能让人感觉到他文字里冒出的热气和才气，甚至能让人分明听到他演讲时激情澎湃的声音，听到他面对听众时剑胆琴心的跳动。演讲体散文，在所有的散文种类中，是最有读者意识的散文文体。一方面，它要面对真实的听众，注意把握他们的听闻感受；另一方面，也要注意无数个读者的审美诉求。正如他所追求的“人文事实”，“在人文学科的研究中，如谈及历史问题，我以为重要的不是去寻找所谓物理形式的‘历史真实’，而是发现心理形式的‘心理真实’，不是去寻找物理形式的事实，而是要去发现、发掘‘人文事实’”。他举一个例子来说明什么是“人文事实”：

比如屈原。学术界有人否认屈原的存在，又有一批人为之激怒而力证屈原的存在。他们争论的，乃是屈原其人的“物理存在”（或物质性存在），但这个问题真的很重要吗？我们为什么不能理直气壮地说，自汉代

① 鲍鹏山：《孔子归来》，新星出版社 2017 年版。

刘安、司马迁、班固、王逸诸人至今，屈原“存在”已是一个不容抹杀的“人文事实”？屈原所代表的那种精神与心灵，已成为我们历史的一部分，成为民族记忆的一部分，从而无法抹杀。这一点不是更重要吗？①

作为在公共空间诞生的演讲体散文最大的个性魅力就在于它滔滔的雄辩性，在于它敢讲真话的无畏勇气。演讲不是私密空间的窃窃私语，而是一种音量分贝系数极高的公共发声，作为其衍生物的演讲体散文也必须保持有这种思辨品质才是其真正价值所在，只有思辨，才能让演讲发人深思乃至深省，才能让演讲体散文充满人格思想的无穷魅力。所以，演讲及演讲体散文，都必须具有公共性和个体性的双重品性。鲍氏散文，劈面惊艳，光是题目，就醒目敞亮。老子是文化罂粟，孔子是人类之子，韩非子是折断的双刃剑，李斯是斯人斯鼠，孔融与祢衡是文化的垢甲。鲍氏散文观点不躲闪，写作不掉书袋，干净利索，处处显出清醇豪放之气。比如，他对孔融的评价，就颇为劲爽痛快：

孔融确是不知道什么人是值得尊敬的，什么价值是值得维护的，在价值体系的瓷器店里，他醉了酒，发了疯，一路地撞过去，踏过去，听那一连串的破碎声，他快意非凡。他只是任性地挥霍了自己的一生。这个攻击性特强的家伙，几乎见谁灭谁。偏偏遭他毒手的人里，有曹操这样的“道德靶子”，他就一下子成了道德英雄。②

读鲍氏散文，仿佛在珍珠堆上趟行，处处都是散金碎玉，到处都是让人眼前一亮的珍珠般闪光的句子。又仿佛在花丛中行走，乱花迷眼，落英缤纷。你只有做一回“文抄公”，不断摘引，才能够得到一种铭心刻骨般的刺激性满足。鲍鹏山散文是当代所有文化散文中的极品，他以自己的才胆力识把文化历史散文向前推进了一大步。

---

① 鲍鹏山，王骁：《附庸风雅：第三只眼睛看〈诗经〉》，重庆出版社 2006 年版。

② 鲍鹏山：《历史的多维透视》，京华出版社 2007 年版。

第四章

回到书斋

20世纪90年代学者散文中除了“文化散文”外，大量“书话”随笔的出版也蔚为壮观。北京出版社在推出现当代著名学者文人的书话丛书，如《鲁迅书话》《唐弢书话》《孙犁书话》等之后，浙江人民出版社又推出“今人书话系列”，如《作壁上观——葛兆光书话》《漫卷诗书——陈平原书话》《沉入词语——南帆书话》《尚在旅途——吴方书话》《第二壶茶——施康强书话》《终朝采绿——杨之水书话》《酿一碗怀旧的酒——恺蒂书话》《冬夜小札——刘绪源书话》《太阳消失后——王晓明书话》《捞针集——陈子善书话》《被遗忘与被批评的——朱学勤书话》《天地玄黄——葛剑雄书话》等。“回到书屋”是20世纪90年代学者的精神呼唤，“自八十年代后期以来，书话之作大行其道，与日渐繁盛之学术随笔互相辉映，已是一种引人瞩目的文化景观”，“亦正体现了学术文化由书斋弥散社会，由学者播于民众的现代精神走向。”（《今人书话系列·弁语》）“20世纪90年代散文”表征着学者话语表达方式、表达旨趣、表达内容的转换，他们在书香的浸润中，由批判走向自赏，由倾诉走向絮语，由张扬走向内敛，由清醒走向沉醉。他们在书山文林里乐而忘返，“躲进小楼成一统，管它冬夏与春秋”，书香春醪，乐而忘忧。在坚硬锋利的市场角逐中，学者终于退缩到如蜗牛壳般的狭小书屋里，在书香的沉醉中遮蔽着精神的颓废，虽然也在“书话”里“指点江山、激扬文字”，但终究是一种虚晃一枪的温柔对抗。“书籍真实地制造了一个梦幻般的世界。书籍梦幻般地制造了一个真实的世界。”（南帆《沉入词语·序》）20世纪90年代学者书话散文的兴起，有着更深的文化精神生态因素，王兆胜在《真诚与自由——20世纪中国散文精神》一书中概括为“闲适与启蒙”“解说人生”“思想与智慧”“消遣与审美”“心灵的感知”等几个关键词，但这些关键词的后面还有着更深的文化精神生态韵味，比如精神的逍遥与心灵的疲惫，闲适的追求与情感的禁锢，身份的确认与境界的逼仄等。

第一节　喁喁的私语

20世纪90年代后的文化语境里出现频率最高的有三个词语：市场化、现代化、全球化，它们表征着中国人已全面进入了一个“文化嬉戏”的时代，在众语喧哗中学者们的声音已不再清晰嘹亮，他们“制造的声音”不再成为诱人耳目的亮点，而是被浮躁和焦虑所淹没，他们敏感脆弱的心境已经遭到各种挤压和追逼。赵园在其随笔《红之羽·跋》中动情地写道：“做学术之余写一点类似‘散文’的东西，无疑有助于心理的调节，也使得不便纳入学术文体的感触有所安顿。只不过学术可以勉力而为，散文则赖有状态。”学术研究的曲高和寡，费时费功，正如鲁迅所言“伟大也需要人懂”，散文文体的短小、随意为学者们提供了文化休闲、精神放逐的空间，“而且是当今学人心境以及对社会人生理解与认识的表露，在一个没有诗意的平庸和散文化的时代，已如赵园式的审美态度，也许正可以获得某种更深刻的哲学内涵。”（周海波等著《最后的浪漫：二十世纪90年代文学研究》）这批“新学人散文”队伍庞大，却是在中国当代学术界的活跃人物，如赵园、毛志成、陈思和、蔡翔、南帆、周泽雄、张远山、李洁非、赵鑫珊、韩毓海、王兆胜、陈平原、孙绍振、王尧、王岳川、陶东风、吴方、单正平、张中晓、王富仁、吴福辉、张梦阳、吴小如、余光中、杨绛、汪晖、秦晖、徐友渔、戴锦华、葛红兵、赵汀阳、敬文东、易中天、谢有顺、王彬彬、周国平、王开岭、林非、李元洛等，“它们是不同于以叙事抒情见长的‘艺术性散文’的，也不类乎一事一议或诸事一议的‘匕首投枪式的杂文’，它们有着更多的论述和思辨色彩，有着更多的对现实人生乃至历史文化的追问和探究，因而视野更加宏阔，思考更加深入，然而又大别于那些平板枯滞的学术论文或政论文，比之平板枯滞的论文，它们掺和着较多的个人特质，呈现着较多的个性色彩。”（杜渐坤、陈寿英主编《2004 年中国年度随笔·编者的话》）研读这些“新学人散文”，发现他们比老学人虽然在学养上难以等量齐观，但在思想的锐利上，情感色彩的浓厚上却有着更大的深度、广度和宽度，他们在退回书斋后，虽然不能直接如老一代学人时刻怀揣关心民瘼、干预时政的人间情怀，但心境更加开阔平和，更加有了一种知音难觅的悲壮情怀，他们在自恋中舔舐着生命的忧伤，咀嚼着生活的五味。如孙郁在《真假闲适》一书中的感叹：“一味地躲在象牙塔里故作高雅状，醉于风月之清淡，以为这便可得仙风道骨。岂不知，淡清、超然之状不过是历史大难者的一种精神隐喻而已。”“新学人生活散文”的写作，可以说是学者在文化散文的历史厚重和书话散文的现实之轻中间找到一把最能保持学术操守、最能释放自己思想情感、最便捷、最得心应手的利器，他们走出学术研究的艰难沉重，用飘逸洒脱的随笔写作，传情达意，揭橥学术心灵的真实律动和学术心境的澄明与灰暗，是从学术的幕后走到学术的前台，是从学术的清冷之地回到了学术的温暖之境，更能看到学术中那思考者的真实面影，是一场带有温热的学术盛宴。

回到书斋，这是 20 世纪 90 年代后，中国学人又一个舒缓的转身。如果说，“回到民国”是寻找所谓的“民国范儿”，是精神的怀旧；“回到讲堂”是寻找所谓的“社会达人范儿”，是对社会指令的皈依；“回到书斋”就是寻找所谓的“学人范儿”，回到书斋，也是身处社会文化转型期夹缝中的中国学人，又一次“惹不起躲得起”般的精神逃离与情感躲闪，是一种飞鸟舔舐羽毛般的心灵呵护，也是自我心甘情愿地对社会话语权的放弃，这一切既是文化保守主义的曲折反映，也是文化激进主义的退潮。书斋，是学人灵魂的避难所，也是坚守文化眺望的精神哨所。在人人都谈文化的今天，文化已经成为一个泛化的流行词。在文化风生水起的潮流中，一切都在被“文化化”，“文化化”成了社会生活包装美化的工具。汉字中的“文化”有两个含义：一是“文”，指文字、文章、文采，又指礼乐制度、律令条文等；二是“化”，即“教化”“教行”“修身”的意思。可见，古文中的“文化”既包含了“形”，也表达了“动”，也就是“文化化”（enculturation）的含义。中国历史上给周边族群的称谓加上犬字旁，以表达教化与未教化、礼仪与蛮夷之间的区别，这种文化上的界限背后表达了万卷归宗的价值判断。可是，这种价值判断是建立在儒家伦理中心主义的判断标准之上，随着文化多元化、民族文化平等化时代的到来，这种“文化殖民”现象得到了根除，也影响了中国学人文化解读的方式，那就是跳出了以前文化生产先进与落后、腐朽与革命的二元论思维怪圈儿，开始以开放平等包容的视角来看待东西文化的交流与碰撞。同时，也对国内四海翻腾的大众文化、网络文化、市场文化、意识形态文化，以平和、温和的心态开始融入，书斋与社会对接融通，呈现一片所谓和睦相处、融洽和谐的局面。回到书斋，也就是回到了学人应有的精神圣所。学人不是当代中国文化广场的主角，因为如今的文化广场已经成了“广场舞”式的娱乐狂欢之地。学人也不是文化消费市场的大咖，因为他们在文化产业化的进程中，文化生产时间往往滞后于不断求新求变的市场。退回书斋，也是学人情感折中而又无奈的选择。接着，以欧洲中心主义思想为背景，以现代理性为正统性与权威性社会范式，以技术革命为社会结构动力，以线性思维为特征的社会进化论，又叫社会达尔文主义开始浸入我们文化生态建设的范畴中来，一度“明天更美好”的观念开始成为人们矢志不渝的文化思想信念。学人返回书斋，在书斋中玩味生活，以此来消极对抗这种由线性思维构建的乌托邦的侵袭。因为书斋里，没有社会达尔文主义，只有文化的符号物——书籍。书话散文是书斋里独坐静思的产物。学人在书斋里开始了文化的“辟谷”，在没有雨疏风骤的书宅里构建着自己的城堡。在书话的遮掩下，一步步向后撤退。伴随社会达尔文主义而生的是以西方核心价值为主要认知模式的“东方学”（Orientalism），亦称“东方主义”。“东方学”告诉我们：他者的存在价值有时并非经验性的，纯粹的观念层面塑造的他者形象同样可以起到巩固自己的话语霸权的地位作用。用异己的眼光或观念看待、塑造他者形象，这被称为“文化霸权”（Cultural hegemony）。① 面对这种西方中心主义的文化霸权，文化热衷的“国学热”“中西文化比较热”乘势而起，只不过不再是五四狂飙巨澜式的激进，学人们开始了书斋里的革命，以书斋为阵地，进行着果敢有力的文化思辨。文化学人季羡林晚年也投入到了这场反对西方“文化霸权”的对话、写作中来。季老义正词严地指出“哪一个文明也不能万岁”，那种“贬低东方，神话西方，都是没有根据的。其原因在于没有宏观的历史眼光，也缺少宏观的地理眼光”，“一个世纪的转折点并不总是意味着社会发展的转折点。也不会在人类前进的长河中形成一个特殊阶段”。②“文化与文明两词，在报纸上随处可见，但它们究竟是什么关系呢？如果你查英文词典，会得不到答案，因为“culture”和“civilization”均指文明又指文化。尽管如此，它们之间还是有差别的。虽然，这两个范畴有相交的地方，具体而言，首先从字源上说，“culture”有培养的意思，指“栽种”，而“civilization”是从“civil”来的，字源不一样，有差别。其次，从对立面讲，文化的对立面是愚昧；文明的对立面是野蛮。愚昧主要指智慧的低下，而野蛮

---

① ［日本］镜味治也著，张泓明译：《文化关键词》，商务印书馆 2015 年版。

② 季羡林：《季羡林谈中西文化》，当代中国出版社 2015 年版。

则主要指言行粗俗，因而区分是显而易见的。”① 季老正本清源的辩护，澄清了西方中心主义对种种文化概念的曲解，其学人散文有一种英雄气盖世的精神风骨。书斋，这也是一个有着丰富文化内涵的隐喻系统。书斋，顾名思义，这是学人藏书、读书、著书的宅邸，是一学人最隐秘、最私密、最温暖的文化空间，也是学人精神的圣地、思想的家园。学人孙犁晚年一直蜗居在那个名叫“耕读堂”的书斋里，写着那些咀嚼着生命苦涩的“书衣文录”。正如《孙犁论孙犁》一书“编者的话”所言：“孙犁一生不随波逐流，坚持讲真话，思想愈臻成熟，行文尤其老辣，他的《耕读堂十种》不同凡响，其思想之深邃与节操之坚贞，最终成就为作家良心的光辉形象。”②“孙犁博览群书，博古通今，知识渊博，是学者型作家。他的文章、题跋、书衣文录等，给予读者智慧和力量。”③ 端坐书斋的孙犁，如一条吞咽文化桑叶的蚕虫，在一点点地结茧吐丝出那些“书衣文录”，心境平静地品味暮年生活的乐趣。也许只有书斋，才能让这位饱经人世沧桑的老人躲避掉外界浮躁的喧嚣；在这个人人荒芜读书的文化娱乐时代，孙犁只有不断地为书着衣，才能体悟一个学人文化坚守的社会内涵。这也“是孙犁在荆天棘地中为自己开辟的一条可致幽远、休养生息的小径，也是为自己打造的一叶顶风破浪的扁舟，还是他在浊世独创的饱蕴文化意味的工作平台”。④ 在20世纪90年代后，很多学人由商潮滚滚的社会重新回到书斋，“躲进小楼成一统”，在读书、品文、习字的逍遥中，精神蜷缩在一个幽暗的空间。孙犁的书斋生活，却是他舒展精神腰骨的拳击场，在这里，他宝刀不老，精神昂扬，喷吐出带着生命热气的文字。他擎起思想的火炬，照亮了自己特立独行的生命路径。孙犁不随时代文化环境变化俯仰，不紧跟时代

---

① 季羡林：《季羡林谈文化》，人民日报出版社2011年版。
② 孙晓玲、李屏锦主编：《孙犁论孙犁》，百花文艺出版社2017年版。
③ 孙晓玲、李屏锦主编：《孙犁书信选》，百花文艺出版社2017年版。
④ 孙犁：《书衣文录》，人民文学出版社2013年版。

潮流亦步亦趋，不随个人忧患得失而趋利避害，文字直言不讳，力透纸背。书斋里，没有言不由衷的对话访谈，只有私语；没有口舌之争，只有不吐不快的心语。他读《章氏丛书续编》，感叹“章氏晚年所作短文，竟无一篇生动活泼者存世”，原因就在于章太炎的弟子们“尽量把他们的老师，打扮成当代大儒，纯而又粹，所收皆‘皇清经解’式文章”之故。他在《陈老莲水浒叶子》一书的书衣上写道：“此册系亡者伴我，于和平路古旧门市部购得。自我病后，她伴我至公园，至古董店、书店，顺我之素好，期有助我病速愈。当我疗养期间，她只身数度往返小汤山、青岛。她系农村家庭妇女，并不识字，幼年教养，婚后感情，有以致之。我于她有惭德。呜呼！死别已五载，偶有梦中之会，无只字悼亡之言，情思两竭，亡者当谅我呼?”文字直抒胸臆，实有东坡《江城子》之沧桑悲凉，而无苏学士“小轩窗、正梳妆”之婉丽。孙犁的《书衣文录》，尺幅千里，点石成金，字简意丰。书斋里，关不住他那沧海明珠奔涌的泪水，窒息不了他那激荡心怀的情愫。书斋，狭小的物理空间，无限大的心理空间。孙犁，在书斋里躲避着时风世雨，在对各种书籍的摩挲包装中，打发着那夕阳西下的晚景余光。书话散文也就应运而生，成为学人文化生活的重要组成部分。书斋也是学人文化耕耘的园地，他们在温暖柔和的书斋里享受着学人独有的“书趣、文趣、理趣”，坚守着自己独立思考的学术立场。周振鹤在其《随无涯之旅》一书的“小叙”中言：“以书而言，那些藏书家不重、目录学不讲、图书馆不收的‘三不’书，是不大有人看得起的，但我觉得在这些书当中，却存在着理解文化史进程的某些东西。”学人在书斋里，不必正襟危坐、神经紧绷，完全是放松惬意的自由阅读，而由自由阅读后写出的书话随笔，也是由着生命的心性自由挥洒而出，更能流露出作者的真性情真才情。如周振鹤在《一本小而有当的书》一文里，作者评价莫东寅的《汉学发达史》一书：

“知其涯略”也正是本书的优点所在。如果细大不捐，那么在本书的标题下完全可以写成一部洋洋巨著。但是由于作者对材料有很强的驾驭能力，能够要言不烦，提纲挈领，把汉学确立前后及发展过程交代得清清楚楚，让人只要花上半天功夫，便可基本上摸清汉学发展的来龙去脉。对于在当代快节奏的生活中，力求用最少的时间去获得最多知识的人来说，本书无疑是一本十分合适的读物。①

返回书斋，也是从公共话语空间返回私人话语空间。所谓“私人话语空间”并不是简单的自言自语、窃窃私语，它最终的阅读对象依然是大众，只不过，学人在书斋里的话语方式由那种大一统的公共话语表达方式回到个人话语的表达方式。学人的书话随笔，就显得亲切自然随意，是个人心迹的自然呈现。书话随笔，顾名思义，“书话”既可以理解成在书斋里说话，不需要慷慨激昂、声嘶力竭的口号式的呼喊，不需要拿腔捏调、字正腔圆式的郑重宣誓，而是“夜半无人私语时”的心灵颤音，是脱掉文化伪装的“喻世明言”“警世通言”。“书话”也可以理解成“说书的话”，以书为核心话题，书里书外，最能体现学人的审美情趣，最能隔开外界世俗的侵扰，摆脱与社会时代的过分胶着，主题单一，文笔洒脱，风流韵致。书话随笔，也绕开了凡俗生活的纠缠，提高了散文书写的文化品位，也清晰地界定了学人散文与其他散文的文化边界，满足了学人抒情达意的写作审美诉求。“书话”也可以理解为“书生的话”，“书生”是读书人的雅称，也是“学人”的别称。书话，就是学人爱说的话。学人爱说“形而上”之语，这就确定了学人散文的书写规则，不唯实，只唯虚；不唯俗，只唯美；不唯情，只唯理。“每一个汉字，追溯其源头，都充满山河的气息，植物的气息，星辰的气息，祖先活动的气息。”“写作者”的使命之一，就是洗净雕塑，

① 周振鹤：《随无涯之旅》，生活·读书·新知三联书店 1996 年版。

让每一个汉字充分显露出它的能量，包括气息、色泽、质感。"①让散文由"还俗"到"还雅"，但是，这里的"雅"和"俗"并没有水平高低优劣之分，只是写作风格之别。作为学人，其生活内容侧重于文化生活层面，这也就决定了散文随笔的主要写作领域还是注重文化思想精神层面。季羡林先生认为："说雅说俗，好像隐含着一种评价。雅，好像是高一等的，所谓'阳春白雪'者就是。俗，好像是低一等的，所谓'下里巴人'者就是。然而高一等的'国中属而和者数十人'，而低一等的'国中属而和者数千人'。究竟谁高谁低呢？评价用什么做标准呢？"②"雅"和"俗"是风格而不是标准。学人散文的"雅化"即是对其散文写作定位的回归，也是对散文热中散文俗化泛滥的有力矫正，是对"水分文化"的蒸发烘干。一位学人这样表达他对包括水分散文在内的一切"水分文化"的深深忧思：

古时候，读书和著书是一个小圈子里的事情。这个圈子里的文人在语言和风气上往往追求一种高雅和与众不同，著书行文推崇高雅精致，中国古代诗词骈文讲究的高度凝练和对仗、平仄、韵律正是这种追求的体现。越是精炼的文字越显文人的功夫。语言凝练高雅在古代不仅是必要的，而且是必需的。这与当时造纸成本较高有关，所以古代著作都极为节省笔墨。古代文人都像拧湿水的毛巾那样，非把脑子里要表达的东西的水分拧得一个水分子没有才行。追求独特与精致原本是文人传承千年的风尚，现在简单复制和粗制滥造随处可见，"著作等身"的名人已不再是稀罕之物。

文化上的矿泉水和可乐，就是快餐式的小哲理和刺激性的文学作品。相当于矿泉水和可乐的文化，又相应地产生了许多水分文人，他们虽然舞文弄墨，但却远离了凝练和精致，不再以媚俗和粗糙为低劣，失

① 黑陶：《烧制汉语》，东方出版社2016年版。
② 季羡林：《季羡林谈文化》，人民日报出版社2011年版。

去了以往文人的追求。

被稀释的文化难有精华。信息时代也许比以往更加需要一些自身不被兑水的文人，有一种“子规夜半独啼血，不信东风唤不回”的执着，代表一种凝练精致的文化精神①

书斋是学人读书写作的根据地，也是其文化生产的作坊。在这个“作坊”里，他可以皓首穷经般地博览全书，也可以在写作间精耕细作，让文字长出思想精神的花朵，结出思想与精神的累累硕果来。学人回到书斋这个“作坊”中，他就要根据自己储存的文化资源生产出不同的文化产品。20世纪90年代以后，学人回到书斋烹煮文字，书话随笔遂成蓬勃发展之势。他们在“书话”中，寻找到内敛的宁静，找到了生命的维系，故书话就是心语。宗璞在《〈幽梦影〉情结》一文中，认为清初张潮所著的《幽梦影》一书，“是一本讲生活艺术的书，颇像有些书上的眉批，三五句、十数句，对生活这部大书做出评点。书中一部分讲人生哲理，讲入世应如何，出世应如何；一部分讲对大自然的欣赏态度，讲如何赏花，如何玩月”，“使人自觉减少了俗气，增添了韵致，便是作用了”。② 书话散文贵在“话”出书与人的内在关系，贵在“夜话”。它不同于一般书评的就是凸显“我”为主格，“书”为宾格，重点在于由书谈人，而书评则重在由人谈书。书话，只是把书当作书话的“引子”与“序曲”，在这后面是学人思绪情怀的真实显现，是学人心中压抑不住需要喷发出的岩浆火焰。“书话”也就是由“书”引出的“话”，带着“书”飘散出的香气。孙郁先生在其《文字后的历史》一文中，谈到鲁迅，发现鲁迅先生对于“旧书中好的东西，与生活中原本的东西，他都抓住了，并且在自己那儿形成一个合力。而现在的文人，仅在一点上有所作为，缺少的，便是综合的潜能。我相信新世纪的

① 彭兴庭：《“水分文化”的忧思》，《大河报》2000年第1189期。

② 宗璞：《未解的结》，辽宁人民出版社2000年版。

作家，应出现这类复合型的人物，那样的文化，是有力度的。二十世纪的中国，造就了许多‘单向度的人’，我自己便是其中的一员。我们总在狭窄的时空中把握实在，确属于‘只知有汉，无论魏晋’的人。‘单向度的人’，是现代社会必然的产物，但它异化了人的本质，把本属于我们的棱角，统统磨光了”。① 书斋里，学人往往借助“书和人”的关系，书写出自己零碎而又锥心的情感与思想，书话也是学人原本秘不示人却“示书”的心灵呓语。书话随笔，最能折射出学人心灵深处那些最微妙、最微小的情感脉动，最能显现出学人最本真的文化性情。

早年因写诗罹祸的流沙河，步入晚境，文字愈发精熟，这和晚年的孙犁有几分相像。沧桑的人生阅历加上丰厚的文化积淀，世事洞明，人情练达，思想精深，文心通透，落笔成文，得心应手，文字更加自然透亮。近年来，作为老诗人的流沙河，散文写作不拘格套，别开生面，形成了独具风格的“流沙河体”。在诸多的诗人散文写作中，流沙河披沙淘金，风格独特，独树一帜，文字颗粒饱满，营养丰富，价值高，滋养身心。流沙河，已到人生暮年，文字中没有一丝一缕的沉沉暮气，没有一星半点的飘然傲气，诸篇文字，洋溢丰沛的生命之气，瓷实饱满，货真价实，惹人爱恋。

“流沙河体”散文，文化能量充足。流沙河散文耐品味，就在于字里行间文化能量的充足。通常，人们论及老诗人，常用暮气、衰老、枯竭等词语形容之。实际上，说到底，文思枯竭的背后是自身文化能量的衰竭。孙犁、流沙河，这些小说家或诗人，之所以能在晚年写作上“梅开二度”，文笔老辣，运斤成风，点石成金，内蕴丰富，是因为他们没有停滞不前一味地“吃老本儿”，而是不断地阅世、阅读、阅人、阅己，开掘文化能源，补充文化能量，文章就有了风骨，文字就有了骨力。20 世纪 90 年代后，随着信息时代的到来，理性知识淹没在汪洋大

---

① 孙郁：《文字后的历史》，春风文艺出版社 2001 年版。

海般的各种感性信息中，真假难辨，美丑难分，反映在散文写作上，就是感性泛滥成灾，似乎散文写作就是发发牢骚，发点议论，渲染点假情，放大点儿矫情。散文缺乏文化能量注入，结果，散文变成了“口水”散文、“打喷嚏”散文、说梦话的散文、泡沫散文、絮絮叨叨的唠嗑儿散文、小女人散文、小男人散文，唯独缺乏有才识、有胆识、有质感、有充足文化能量的思想散文。流沙河好学深思，静研细度，考证源流，散文写作根植于肥沃深厚的文化土壤中，文章有了趣味，文字有了韵味，通篇散文有了昂扬向上的气势。流沙河在其散文集《含笑录》一书里，写的文章篇幅短小，能量十足，《你可以自得》中写自己“提篮去买菜，写字来卖钱”。《不亦乐乎》中“夜晚停电，忽觉环境寂静可爱，点燃鱼烛，闲翻《史记》，不亦乐乎。”诗人流沙河生活达观，文章精诚，自成一家。

“流沙河体”散文，洋溢着文化生活的富足。流沙河散文耐咀嚼，就在于他把文化完全融入了生活中去，文化就是生活，生活就是文化。20 世纪 90 年代，文化与生活隔离，文化成了装饰点缀品，似乎谈文化成了迂腐、保守、僵化的代名词，生活就是欲望的放纵，就是跟着感觉走，就是“别拦我，让我堕落”的任性，物欲滔滔，金钱嚣嚣。作为诗人的流沙河，在整个浮躁喧嚣中，以文化的咀嚼来实现生活的富足。在《庄子闲吹》中，与庄子共做“逍遥游”，在《晚窗偷得读书灯》下品读每一个文字里面的文化信息，在《书鱼知小》里说“图腾”谈“风物”，生活被文化浸染，文化滋润了生活。“流沙河体”散文处处显示出文化富足的恬淡与温馨，没有衰败朽腐的“老人气”，而是到处洋溢着文化滋养生命的青葱之气。“平时爱读一些闲书，记住一些有趣的事情。友聚二三，拿出来摆谈，宾主皆悦然，亦人生之一乐也”①。20 世纪 90 年代后的中国文化生活，在繁荣的后面依然存在着危机，尤其

① 流沙河：《书鱼知小》，现代出版社 2012 年版。

是在娱乐文化不断刺激人们的文化消费欲望的同时，更多的是在五花八门的感官刺激中，人们愈发感到生活的无趣无聊。瘾君子在吸毒的放纵后会陷入了更大更深的痛苦深渊，饕餮之徒也在酒足饭饱后会遭遇更大的无味，两性的狂欢后会迎来情感的平淡虚无，这种现代病，愈演愈烈，疲惫、颓废、堕落成为时代的流行病。文化也是一种生命的刺激，但是它与感官的刺激效用不同，感官刺激的是人的肉欲，文化刺激的是人的心灵，会更长久、更有深度与广度。“流沙河体”散文里，更多的是趣闻，是对个体生命的呵护与培育。我们在读这些文字的时候，会油然而生对文化的敬畏、对天地万物的敬重。如在短文《释粥》中，作者娓娓而谈，仿佛拉家常般亲切随和。条分缕析，又如银须飘飘宿儒掰着指头为你细细讲来：

客持片纸，上书“粥”字，示我求答。答：“四川人说的稀饭嘛。”客说：“粥是稀饭，哪个不晓得嘛。我不是问这个。”我再看看“粥”字，忽然明白，笑问：“你是要问稀饭与弓箭的关系吧?”客点头说：“就是问这个。枕上想了一夜，还是弄不明白为啥两张弓左右射。”

这是一个遇事认真的人，又具怀疑精神。勉强敷衍他，那是不行的。我在纸上写了一个鬻字，说：“粥是汉代以后的简体字。古代繁体作鬻，音 zhou，本意千真万确就是稀饭。鬻又音 yu。读 yu 就不再是稀饭，而是买卖的‘卖’了。”说到这里，我又写了鬻的篆文，说：“你看左右两旁，原来不是两个弓字，而是画的稀饭锅在冒气。左右两条波状曲线，由下引上，表示正在沸腾，水蒸气往上冲。秦朝改革文字，篆文变成隶书。篆文‘鬻’隶变后，两条波状线就变成两个弓字了。”客乃大惊，说：“原来是这样!”

这就是典型的“流沙河体”散文风格，没有掉书袋般的学究气、冬烘气，而是亲切随意，抵掌而谈，完全是生活中普通平常的对答，文化传播在不经意间渗透心灵。生活在文化中升华，文化在生活中呈现，文化与生活合而为一。流沙河体散文，语言古朴，口语里透着典雅，典雅中显示活泼，这就是富足的文化生活。所谓富足，生活与文化互相激荡碰撞，就是随时随地可以在生活中发现文化，每时每刻都可以用文化来诠释生活。流沙河在《葵为百菜之王》中发现如今“葵的地位一落千丈”，在《古枕与枕芯》中倡导“古人有用典籍做枕芯的，便利卧读之外，或可有疗愚之效吧。今之药枕，我看宜用科学著作做枕芯，以便令人梦中知所检束，庶不至太荒唐被吕翁哂笑也。”在《蝨贼就是蚂蚱》发现“蚂蚱是口语表音，蝨贼是雅言表意。”文化趣味与生活趣味完美交融。诗人流沙河，在凡俗的生活中寻找到了生活的乐趣，探寻到了文化在生活中所扎的根系。这也是对于焦躁喧嚣生活的镇定与抚慰。时代喧嚣，必然使大众文化浮漂，在这种虚浮的文化泡沫中，生活因为缺乏文化深度的奠基与高度的支撑，就会变得清浅脆弱，就会变得干瘪乏味。多年来，流沙河体散文为当代人的文化生活提供了有意的借鉴。让世俗生活充满文化的气息，干瘪的生活才有内涵，枯燥的生活才有味道。“独坐书房窗前，俯身大案桌上，我就是文字学的福尔摩斯了。读者看我怎么破案，我便洋洋自得，有成就感。心情一舒畅，就延年益寿，比吃啥补药都强。”① 在文字里探秘的流沙河，发现了自己的文化兴趣点，一头扎进去，乐此不疲，隐于市井，其乐陶陶，倒也增添几多生活的韵味。流沙河体散文融知识性与趣味性为一体，这些文化随笔，也成为诗人自我精神放逐的家园，也有对时弊委婉的批评。如在《考妣》一文中，作者考证“考字父亲原义，今仅存墓碑之上，平常称呼已不使用。常使用的是考试、考核、考察。这些考皆借用，本来应该用攷。攷就是晚造的敂。古人检验陶器，敂敂听声，便知好坏。攷字《新华字典》不收，《参攷消息》却偏要用，怪哉。”这里的批评也是点到为止，没有真理在握式的怒气冲冲，也没有过于尖锐尖刻的辛辣嘲

① 流沙河:《解字一百》，新星出版社 2015 年版。

讽。“仁义之人，其言蔼如也”。在《东西》一文中，作者的考证就颇有一番韵味：

《说文解字》解释“东”的繁体字，说是从日从木，日在木中。太阳升到树中间，那边就是东方。待到清末民初甲骨文出土后，真相终于大白。这才晓得，古人造出东字，不是用来指方向的。甲骨文完全不像日在木中，这明显是一只长条形的编织袋子，两端开口，用绳捆紧。

诗意不仅仅是诗歌的专利，也是生活的涵意。诗歌是生活，是提炼过滤后的精神生活，而现实生活也应该有了诗意，才算是真正的生活。20 世纪 90 年代后，中国诗歌式微，缺乏诗歌情怀的世俗文化在抛弃诗歌的同时，也丢掉了诗心。丧失了诗心与诗性，生活芜杂，乱象丛生，海德格尔所言的“诗意的栖居”就变成了赤裸裸的活着。“裸”一时间成为社会热词，裸考、裸离、裸婚、裸闪、裸捐，一个“裸”字的大量引用，表征着诗意丧失后生活的“裸状”。流沙河在文字里耙梳，他为自己的生活找到了诗意的源头，那就是要有自己的趣味王国。就如他在评点余光中的《乡愁》一诗时所言：“人到中年以后阅历既多，五味尝遍，渐渐地看透了人世的诸般畸形怪相，于是不再好奇；渐渐地懂得了事业的艰难，于是雄心消泯，他的头脑里憧憬日少而回忆日多，愈来愈像反刍动物，常常咀嚼肚子里的旧闻旧事，竟有回甜之感。”① 这就是诗意的“回甜”，这也是生活又一层富足的含义，也是文化让生活变得充实富足，文化为生活扶贫又扶智。流沙河是文化的富翁。

“流沙河体”散文处处显示着文化生命的自足。演讲集《庄子闲吹》的折页上这样描述流沙河，“看上去弱不禁风，但浑身透出精神，头脑睿智，神态超然”，这就是文化滋养的结果。作为诗人的流沙河把普通的物质生命上升到文化生命的层次，活得充实自足。他在对庄子的

① 流沙河：《流沙河诗话》，新星出版社 2012 年版。

生命解读中，感悟生命冷暖，感知世态炎凉，活得通透明澈，活得豁达洒脱。流沙河以文化滋养来安身立命，以文化传播融入社会，在个体生命的自足与社会参与的共享中获得生命的大愉悦。讲述庄子，流沙河也不是正襟危坐说理论道，而是无拘无束、无牵无挂、无名无利的“闲吹”，“我有空，诸位有空，就叫闲。吹不同于讲，讲是讲课，是讲道理，吹就是大家读后感觉很好玩，这里我们来闲吹庄子”①。“好玩”这是一种超然自足的文化心态，卸掉了文化的沉重感，回到凡俗的生活中去，让文化滋补生命，这是流沙河体散文给人的文化启示。在闲吹庄子中，流沙河没有旁征博引，而是用通俗的聊天式的语言与大家分享其阅读庄子的心得：

商朝剩下的那些所谓的顽民，就使周公很头痛，周公干脆把它们集中起来，让他们再单独成立一个国家，就把刚才说的土地最贫瘠的那一块糅合成一个宋国。庄周就生在这样一个国家，敌视周朝是在所难免了。

这样的解读，没有烦琐的考证，也没有大量的注解阐释，在轻松诙谐的调侃中软化了文化理论的坚硬，稀释了文化汁液的浓稠，潜移默化，平易近人，可敬可亲。流沙河无意为文，没有精心的雕琢，没有刻意的经营，文字就本色本真、自自然然、通达明晰。文化打磨生命，生命呈现美好的质地；生命吸吮文化，文化就有了生命的温度。所谓的文化生命，就是生命应该呈现的最高生命状态。20 世纪 90 年代后，随着追求利益最大化时代的到来，人们开始了急功近利的疯狂攫取，开始了对物欲的狂热追求，在这种情况下，作为精神层面的文化就被倒置、被边缘化，心态失衡，文化虚无，生命力枯竭而学人书话开创了别样的生活方式，提振了人们追求高品质精神生活的士气，拓展了传统书话书写

① 流沙河：《庄子闲吹》，中信出版社 2010 年版。

的空间。

第二节　寂寞的愉悦

继“文化散文”之后，20世纪90年代的学人散文中另一蔚然成景的品种要数大量的“书话”随笔了。“书话”就是“话书”，那么多的学者文人话语对象由20世纪80年代的“西语东渐”“民瘼时政”一下子都回转到了藏书、品书、评书上来，在这话语兴趣点的转移中，我们依然可以感受到20世纪90年代语境中的学者文人精神内敛，趣味变异的生态群相。书话是一种闲适体裁，追求闲适，是20世纪90年代学者文人追求精神逍遥的又一表征。唐弢先生在他的《书语·序》中说：“我并没有把‘书话’当作‘大事业’，只是在工作闲暇，抽一支烟，喝一盅茶，随手写点什么，作为调剂精神，消除疲劳的一种方式。”在20世纪90年代的文化背景中，“闲适”又成为文化娱乐中的“关键词”，大量闲适式的旧作被重新包装后推向市场，如林语堂、梁实秋，徐志摩、周作人等人的作品。“闲适”是20世纪90年代信息节奏加快后在众多人心中的一种反弹，越是忙碌，越是显现“闲适”的可贵，“言情剧”和“武侠剧”都是闲适的产物，闲适散文随笔也是人们“调剂精神、消除疲劳”的一种方式，对于学者文人来说，“书话”也成了一种高雅的“闲适”和“娱乐”。正如美籍学者凡勃伦所言：“有闲阶级成员中最富有求知的资质。”这些“有闲阶级”往往喜欢“从个人关系的观点来理解一切事物的。”① 学者孙郁在其随笔集《真假闲适·鲁迅书话》中说道：“人的生命，有许多的时候，是在无为中消磨掉的，为了生活，我们这些常人，都未能免俗。……寂寞的光阴下，有时也伴

---

① ［美］凡勃伦著，蔡受百译：《有闲阶级论》，商务印书馆2019年版。

着那些不朽的文化精灵，在寂寞的沉思，使自己不至于同化于世俗的旋转。在先生（鲁迅）的遗著里漫步的时候，才可以提醒自己，在嘈杂之中，寻一点暂有的宁静，知道世上，还有别一类的伟大存在，生命价值照例也有超越的时候。这一刻，我觉得自己也有了充实。此外，便不存在有什么奢望了。”如果说书斋是学者文人精神的“宿营地”，那么“书籍”就是“宿营地”中的“帐蓬”了，在这些“帐蓬”里面，学者文人们躲避着社会风雨，享受着片刻的愉悦和难得的精神逍遥，守护着学者文人那充满自恋意味的自尊和自信，在生命的“退步”里，书也就成了生命的炉火。“在物欲汹汹，人心浮躁的今天，读书热势必会成为一种匡正力量，在春雨润物般的潜移默化中，帮助人们校正生命的航向，感受精神的无穷魅力，认识人生的意义和价值，体味到什么才是真正的幸福，而不会轻易被时尚裹挟。”（《绿阶读书文丛·策划者说》）“书话”是考察20世纪90年代学者文人精神生态的又一窗口，在我们对20世纪90年代学者散文的“进行时态”的考察中，如果说“文化散文”是学者们精神隐逸与躲避中的蜗居，精神世界与现实世界还存在着矛盾的张力，还有“温柔的反抗”，那么在“书话”写作中，我们可以看到学者们在书话写作的陶醉中，已与时代社会达成了默契，一种“相看两不厌，只有敬亭山”式的心照不宣的默契，一种“大路朝天，各走一边”式的理解与认同。具体来说，我们可以梳理出以下几种精神生命形态。

画地为牢中的自慰自足。“读书圈”与“学者圈”在交叉中走向重合，“圈”是一种封闭形态，也是一种封闭中的捍卫与坚守，我们在通读20世纪90年代学者文人写作的大量“序跋”“书评”“通信”“随想”“忆旧”中，会发现一个有趣的现象，那就是他们思考活动的范围越来越封闭和狭小了，他们只在自己划定的圈儿内活动，即只在专业范围内，在以自我为圆心构建的文朋学友圈儿中活动，酬答奉和，对话研讨，品评吟赏，嬉笑怒骂，谈天说地，自慰自足。就如王晓明在《刺从里的求索·自序》所言，“该愤怒的时候，我们自嘲，该自羞的时候，我们庆幸，该忧伤的时候我们茫然无觉，该蔑视的时候我们诚惶诚恐。”在这些纯净的书话文字里，学者们开始了自娱自乐式的调侃，“拿自己开涮”，这是略带苦涩和无奈的精神形态，也是一种书宅里的温柔拷问。

慢慢呻吟。20 世纪 90 年代是大众文化风头炽盛的时代，“读书市场”也开始慢慢融入整个文化大市场中去，“书香”也流溢着浓重的商业文化气息，学者文人在整个消费娱乐时代，在所谓“削平深度，取消意义，躲避崇高”的时代语境里，学者们在这样一个“文化嬉戏”的闹景中寻找着自己安身立命的方式，他们从“指点江山”的壮志豪情中滑脱到了与整个社会格格不入的边缘地带，滑脱到了只有在书斋里“激扬文字”的精神自慰中，书斋成了他们唯一可以存放精神灵魂的“避难所”，既然不能拷问社会，那么也只能从“我思故我在”中转变为“我在故我思”，在“书话”中完成着“思”的追问。王晓明在《太阳消失之后》一书里发出了这样的叩问：“我是一个人文学者，可我常常怀疑自己的学术立场，我为什么要采用这样的分析方法？我究竟为什么要做这样的研究？我也愿意做一个知识分子，向社会尽一份批判的责任，可我常觉得自己无话可说，因为找不到一个能令我真心服膺的批判立场。不仅我是如此，乃至社会学和思想史研究的领域里，类似这样的立场的缺乏，这样的精神的失语，是不是也相当普遍呢?”① 在“书话”中进行精神的追问，不再寻求声音的向外传播，只求在“书话”的陶醉里自身得到一种灵魂的拯救和精神的逍遥。“书话”在 20 世纪 90 年代的繁盛，我们可以感觉到是学者在“书斋”里的喁喁呓语，这些“呓语”是灵魂的呻吟，是精神的梦语，在整个社会话语体系里，“书话”也正是在大众话语中寻求一席之地的殷殷呼唤。如在浙

① 王晓明：《太阳消失之后·王晓明书话》，浙江人民出版社 1997 年版。

江人民出版社1997年推出“今人书话系列”的“弁语”中的坦言：“自（20世纪）80年代后期以来，书话之作大行其道，与日渐繁盛之学术随笔相辉映，已是一种引人瞩目的文化景观。当然，今人书话仍还不同于一般的学者散文，较之后者它含有更加浓厚的书卷气息，大体不离书本或书人书事……其实，书话之风靡今日，亦正体现了学术文化中由书斋弥散社会，由学者播于民众的现代精神走向。”我们说“散文时代”是与世俗时代相一致的，在物欲炽盛、金钱崇拜的市场经济时代，“附庸风雅”已经成为很多人真实的精神需求，“伪崇高、伪风雅”成为很多人抗拒内心空洞，精神疲软的“不二法门”，他们在喧嚣的“市音”中希望能听到那纯净雅致的“书话”，嗅闻书香，为日趋“小资化”的生活装点门面，增添韵味和情调，但又因生活节奏的加快，各种林林总总的外在诱惑，使他们无暇无心去展卷捧读、含英咀华、细细品味，只能快餐式阅读由学者们精心烹制的各种“书话”，生吞活剥，饥不择食，蜻蜓点水，作为自己粗俗生活的点缀，作为众人闲聊中的谈资佐料。所以我们考察20世纪90年代学者“书话”的盛行，既要从学人层面进行观照，又要从读者接受层面进行审视，只有这样我们才能清楚地看到文体昌盛后面的真实精神生态。

“慢慢呻吟”，这是20世纪90年代学者书话的总体形态，他们在封闭的圈子里，一盏孤灯，几页黄卷研读摩挲，细品咀嚼，春蚕吐丝，闭门读藏书的闲适潇洒状，的确也成为社会中诱人艳羡的一种活法，也给活得累、爱拼才会赢的人们带来了心灵的慰藉，提供了一片休憩的绿荫。

灰暗中的幽灵。“书话”较之“文化散文”更具有书宅性、个人性，学者们思考的视角更加内敛和模糊，那在“书话”中似浓似淡、或有或无、或清晰或无奈的思想之语，如在灰暗中潜行的幽灵。“书话”中的灰暗遮蔽着学者们精神世界中朦胧的身影。在各种谈书、品文、论人的书话文字里，我们发现20世纪90年代的学者书话与二三十年代鲁迅、唐弢、周作人、郑振铎、阿英、巴金等人的书话已有天壤之别，也与同时代的孙犁、黄裳等人的书话有迥异之分，他们书话在篇幅有限的方寸之地，能给人以知识和文采，表达出一个爱书人的品格，“书话的散文因素需要包括一点事实，一点掌故，一点观点，一点抒情的气息。它给人以知识，也给人以艺术的享受。”（姜德明“现代书话丛书·序言”）而（20世纪）90年代学者的“书话”从严格意义上讲，与这些前辈们的“书话”相比已面目全非了，就如王晓明所言：“虽然是读书人，我的文字当中，真能够称为‘书话’的却很少。”又如李庆西在其《人间书话》一书的“前记”中所言：“我谈论书籍的文章，我只注意书的内容和作者的行事、旨趣，实际上不妨说是一种阅读体会。虽然间或也有一些考释，亦是综核笺牍，推求本事，抽绎出某些可资谈助的话题而已，这跟‘传统’的书话大不相像。”这些真诚的坦言，流溢出20世纪90年代学者书话的模糊性，而“模糊性”就是精神色彩的灰暗，就是一种挣扎中的无奈，他们在“书话”文体意识的模糊化中把思想也无形中给模糊化了，在多元价值评判的格局中，“仁者见仁，智者见智”“公说公有理，婆说婆有理”，似乎天下真理都具有了相对性，什么理由都可以在这“模糊论”中自圆其说。大量的学者书话，除了愤激、苦闷、无奈外就是一种模棱两可、首鼠两端的模糊，在这模糊的灰暗中，学者们如幽灵般独步书宅，麻木陶醉，吟赏文字，自得其乐，“失语”后的“乱语”，“乱语”中的“胡语”已在“书话”中数见不鲜，司空见惯了，这从各种书评中就可看出“端倪”，一篇当代小文、小书，便在学者的生花妙笔中被诠释渲染成了不朽的经典，一个细小的感触便可无限地扩展延伸成具有丰富文化哲学内涵的“论题”，这种现实被当代作家李锐称为“精神撒娇”，他认为“我们必须要割断秋千上那根用来撒娇的绳索，可我们又必须用这架子支起自己的历史重负。”“书话”的驳杂本身就是一个处于模糊地带的身份界定，“到了90年代，文化领域丧失的正是这种亮色，仿佛是在各种杂色上涂了糊糊的一片，所有的颜色都变得暗淡浑浊，至少是边界不那么清楚了。”（陈思和《牛后文录·代序》）陈思和在这里指出的“边界的模糊”也是20世纪90年代学者精神的暧昧，“散文时代”也就是“模糊时代”的对应物，与其他文体相比，散文是文体意识最模糊的文体，这从古代与韵文相对就已经开始，在各种文体中它的边界最模糊，因此它保持着文体试验上的种种可能性，散文是现代汉语中与民间话语联系最密切的部分。“书话”就是在这种话语的模糊性中，表达着20世纪90年代知识分子那种矛盾的心态，那种游走于书斋与市场间的尴尬。

话语对接中的错位。作为一种最自由活泼文体的书话，也最易看到学者的胸襟气象、思想情感，因为这种“书话”体散文与作者的心灵距离最近，是一种需要真性情、真思考才能呈现的文体。“书话”也可以看作是作者独坐书斋里窃窃私语的“私房话”，作家孙犁直言不讳地说道：“余向无大志，心中无规模，做事无气魄……及至暮年之季，稍有余裕，余飘飘然以为自己能做诗；懵懵然以为自己能写字；残存些破烂纸，有时又自诩为藏书家。此实晚年不自量，无自知之明，三件极可知之事，宜深戒之。”（孙犁《我的丛书零种·附记》）而20世纪90年代学者书话却又因时代语境的变化，它的话语表达中有一种与大众公共话语对接的渴望，就是希望这种“私语”能够被放大到大众话语中，但这种对接却是一种错位的对接，原因在于这种“私语”与“公语”的不对等性：一方面作为“私语”的书话，它的话语魅力已被弱化，已不能够在众语喧哗中成为最嘹亮的歌喉，精英话语已被湮没在驳杂的尘嚣声音里。另一方面，“书话”自身话语的模糊性、边缘性、个人性也难楔入时代的语流中去，不能为变化无穷的市场社会提供一种有力的思想支撑，它不能“透视时代的喧嚣浮躁，并写出世界失魂和人灵出壳的真实轨迹”（王岳川），它本身就是一种模糊的话语形态，一种界限不明、厘定不清的边缘话语，又怎能“以其昏昏，使人昭昭？”学者陈思和这样描述“表面灰扑扑的90年代文化的生存状态”：地上万物竞争转向了地下的寻找能源，庙堂广场争执不休的问题转入了民间接受考验，思想在自我诘难中慢慢地探索自己的话语，梳理自己的传统。实际上，作为20世纪90年代的学者文人，他们在追求个人性，呼唤“个人化写作”，但又希望被社会公众接纳，这是一种悖论，坚持个人性，就是坚持知识分子在社会结构中的边缘性和独立性，但表达需要听众，倾诉需要有对象，在圈子里的孤芳自赏有时难免感到寂寞，因为“在散文创作中仅仅张扬和强调个人性是不够的，这里还必须有反向的特质，起制衡作用的另一端，这就是通常所说的公众性。在我看来，散文作品只有在个人性的基础上再找到公众性，实现个人性与公众性的对接，它才能形成一种理想的、富有张力的内在结构，即：个人性因公众性的在场而彰显博大和丰厚，公众性因个人性的撑持而走向生动和高端，而散文作品的个人性也只有在这时，才能有效地规避自身的种种偏执和极端”。[①] 话语的对接必须建立在个人性与公众性的结合上，反之只能是一厢情愿式的错位嫁接，20世纪90年代学者书话与公话语对接中的错位，就在于个人性与公众性矛盾的纠缠中。

表达与倾听的游离。“人的本质具有历史的性质，它随着人类历史的发展而表现为变化着的形态。但是，这种变化是在人的本质的限度内进行的。”[②] 在书话的表达中，倾听是缺席的，这也即学者们表示的所谓“阐释的焦虑”，学者们在“书话”中尽管阐释了很多观点，但放置到社会大语境中，却也只是一种微弱的声音，虽然这声音里也有各种醒豁惊警的文字，但似乎更多的人却喜欢倾诉的畅快，缺乏倾听的耐心，知音稀寡，这是学者们“书话”写作的最大失落，你对作品的评价再中肯，再深刻，也只是停留在圈子内为数不多人的自赏和他赏之中，“激愤固然给人勇气和激情，却也容易败坏人的幽默感，使人丧失体味

---

① 古耜：《散文：追录个人与公众的对接点》载《中华读书报》，2007年6月27日。

② 周国平：《人性的哲学探讨》，生活·读书·新知三联书店2017年版。

人生的整体感和深邃感。我甚至相信，这是严酷的生活给人造成了一种深刻的精神创伤，因为它正是来自绝望，而且和疯狂、丧失理性相距不远。一个激愤的人，固然能成为指斥黑暗的不妥协的斗士，但他最终还是会被黑暗吞没。”（王晓明《太阳消失之后——王晓明书话》）我们可以在 20 世纪 90 年代学者们的“书话”里品读出这种愤激下“弦断有谁听”的“悲凉”，“当对话的平台上只剩下学者们演奏的‘独角戏’时，真如入‘无物之阵’，‘斗士’没有‘对手’”，“缺少对话的规则和诚意，各家各派自说自话，众声喧哗，热闹有余而对话沟通不够。许多人过于相信自己的阐释模式或价值标准是绝对正确的，其有效性是无限的，把不同于自己的阐释角度、价值尺度一棍子打死。”（陶东风《社会转型与当代知识分子》）“书话”成了“书宅中的话”的缩略语，成了证明自己身份存在的一种“护身符”，你在书话中的愤激之思、犀利之语、嘶哑的呐喊，一旦流布到社会公共话语系统中，便立刻被淹没得无影无踪，“热情”立刻得到“冰释”，变成一团缥缈的雾气和谈资中的一道浅浅的印痕。“黄昏之后的黑暗，这自然令人沮丧，但所幸的是，我们还能够期待猫头鹰起飞，它扑闪翅膀的声音，会带给人捱过漫漫长夜的勇气。然而，现在却似乎听不到这样的声音，四周一片寂静，虽然时或滚过一阵嘈杂的喧哗，但那往往徒增你的沮丧，而当它消散之后，你却会感到更深的寂静，甚至是死一般的寂静。无声的黄昏，竟成了我们最强烈的印象。”（王晓明）表达成了喋喋不休的倾诉，“书话”本身就是一种从广场表达向书斋私语的退缩产物，虽然学者们在“书话”中凌云健笔，开阖自如，但没有了构建宏大学术体系的挤压与追逼，与外界紧张消解后，“书话”成了独立把玩、吟来唱往的文体。孙犁曾经提出过散文应该是“一种老年人的文体”的说法，认为散文是“卫生延命之道也。”这种界定我们既可以理解为沧桑过后的一种淡漠，也可以理解为生命力退化中流泄出的暮气，一种“夕阳无限好，只是近黄昏”的伤感咏叹。如庄周在《齐人物论》中借对黄裳书话的品评指出：“作者的说古论今不再只与书籍有关，而且因那个荒诞时代，因了这位有着特殊性情的书生，古书中的古诗，古诗中的古牛，竟一一被奇特地激活。作者的深意流露得那么漫不经心，以至有可能作者自己都没有意识到，这深意是：知识在灭知时代依然有其力量，趣味在无趣味之地依然有其存活方式。”“书话”的沧桑韵味需要时间的发酵，“书话”中盘绕的“暮气”需要激情去冲荡稀释，更需要真诚的对话来激活生发。

思想之轻与情感之重的失衡。20 世纪 90 年代社会“同质性的消解”，使学者文人们固守的思想话语体系遭遇到了无情的解构，“政治、经济、文化三者之间的同质、整合关系在很大程度上被打破了，呈现出空前的分裂状态，经济与政治、政治与文化、经济与文化之间都不再存在同质耦合，即可以相互支持与阐释的‘配对’关系。不仅三者之间的变革速度不同，就是在经济、政治、文化领域的内部，也呈现分裂、多元、异质化的倾向。”（陶东风）这种“消解”与“分裂”造成20 世纪 90 年代学者文人思想与情感的失衡，一方面思想体系的坍塌，使他们在话语表达中缺乏思想有力支撑的底气，另一方面日益边缘化的社会身份，又使他们的情感处于愤激、无奈、焦虑种种情绪杂糅交织的状态。物欲的洪流中泅渡的人们，心浮气躁。美国学者梭罗一针见血地指出“为满足身体的饥渴我们是何等急切；为满足灵魂的饥渴我们又是何等缓慢。我们这些讲实用的家伙说灵魂时脸都发红，原因是我们背叛了，几乎把灵魂饿成了影子。”① 吴方在其书话《我与时代——刘半农剪影》一文指出：“举凡由文学到文化，进取而又急躁的心理意向，最易导致思想知识类型上的急功近利或简单片面化，自然也会导致以某种‘功用’取舍去代替艺术本身价值衡量。到头来，恰恰与文化的健全发展相违背了。”“书话”较之古人及现代学者文人们的“书话”已经失

① ［美］亨利·大卫·梭罗：《寻找精神家园》，中信出版社 2007 年版。

去了表达的冷静与从容，更因失去思想的支撑变成了一种自由的言说，没有了立场的坚守，没有了思想边界的限制，抓住一点，不及其余，大而论之，自圆其说，而在这种思想力度不够，只能靠激情来凑的情况下，大量的书话文字不免患上了软骨缺血的病症，“书话”不是心境悠闲中的积淀物，而只是一种宣泄物，文字就少了韵致和风骨，缺少了运笔的从容和雅致。“文学话语或审美话语，作为一种主要的启蒙话语的黄金时代已经过去了。说真话就像一声枪响，表达愤怒就成为一种哲学。人文知识分子感到手中握有响当当的真理的时刻魔法般地消失了。”（耿占春《群岛上的谈话·言语活动的想象物》）“激情写作”，这是20世纪90年代后学者文人在思想荒芜后的无奈选择，而“书话”作为一种总能体现作者才胆力识和性情的文体，在这种时代语境中也只能写成“四不像”，也只能是一大堆激情宣泄的文字。在“书话”中流连，我们看到的也是情感大于思想的呻吟、激愤之语。话语中充满寂寞，这种“寂寞”是在话语失衡、错位后的精神孤寂；话语中充满愉悦，这“愉悦”也只是生命孤寂中的无奈调侃，作为从书宅中飘逸出的“书话”，它丝丝缕缕中萦绕着学者们悠长的生命叹息。

学人在书斋里除了撰写大量的“书话”外，还书写着“史话”“人话”。书斋，往往与生命的节律合拍。年少时，书斋是激扬文字的练兵场、拳击台；中年时，书斋成为耕耘的苗圃地、责任田；年老时，书斋又成为忆旧的密室、旅馆客栈。书斋，与生命的个体息息相通，可以说是书斋在不断地形塑着学人的形象，见证着学人生命镜像的变化，见证着学人生命轨迹的递嬗。老作家南丁先生晚年独坐书斋撰写回忆录《经七路34号》，在回忆的思绪中消磨着寂寞的时光，也在对撰写回忆录的犹豫不安中，发现书斋不但依然与外界紧密相通，而且，书斋还与心斋互为一体，甚至，心斋的大小决定着书斋的容量。南丁在这本书的“引言”中，说出了写回忆录忐忑矛盾的复杂情愫，“总是犹豫不决”“思虑颇多”，“要求将已经过去了的历史事实如实地客观地记述呈现，原原本本地告诉人们。我能做到吗？我虽亲历了那段历史，但我能认识那段我亲历的历史吗？我的认识符合实际吗？我能客观陈述吗？而且，那段历史中涉及当代不少敏感的政治话题，我有无把握的能力？”① 书斋，依然不能包裹紧心灵，更不能让心灵完全裸露。书斋，也成不了学人的一件“隐身衣”，书斋里的学人也不是晶莹的透明体。回忆，也要有所顾虑，小心避让，防止误闯禁区，误踩雷区。因为，书斋外面就是社会，书斋与外界并没有截然分开。外面的阳光能够照射进来，外面的雾霾毒气同样也能够飘散过来。“自由共道文人笔，最是文人不自由”。因为，“纸面之下还有一个广大的、动荡的、很不清晰很不确定的层面。那是日常的思绪、情感、言谈，是生活和交往，是风起于青萍之末，是思想的‘未封’状态。”② 书斋，也只是社会的一个区间，就如宾馆酒楼的“包间”，只是与外界暂时隔离开的一种形式，就餐和写作一样，都是一种社会活动方式。包括“趣味”，也不是专属于个体的趣味，个体趣味只不过是社会趣味时尚的投影。包括很多学人书写的趣味之书：《趣味水浒：江湖社会众生相》《明朝绝对很有趣》《汉字中的神秘符号》《读字识中国》等书，以“淡淡的学术品位，浓浓的大众口味，具有知识性，不失趣味性”的文字，让趣味“红杏出墙”，伸展到社会的红墙之外，趣味才能得到弥散，才能让趣味成为社会的风尚，才能供人们“在闲暇时聊以自乐，在闲谈时聊充谈资”，趣味的血肉撕不开与社会之皮的粘连。就如霍金所言：“越多的思维，就有越多的实在。”③ 趣味，是阅读口味的一种，也是学人文化营销的噱头。书斋，是社会的变形体；社会，分明就是一个由有字书和无字书组成的另类书斋。学人，难逃社会书斋的天罗地网。书斋，只是学人自我麻痹自我封

---

① 南丁：《经七路 34 号》，河南文艺出版社 2017 年版。

② 李敬泽：《会议室与山丘》，中信出版集团 2018 年版。

③ ［美］约翰·杜威著，傅统先，邱椿译：《人的问题》，上海人民出版社 2014 年版。

闭的乌托邦。套用布迪厄“一切理论都是政治的”的话讲，一切书斋话语也都是社会的。书斋里的趣味看似没有明确的社会价值观念加以指导，但是学人的文化趣味也受时代价值取向、社会意识形态的影响，甚至趣味还依然会面临社会文化观念强制和专断的危险，会阻碍趣味的多样性。社会趣味会通过各种形式蓄意地形塑人们的趣味，这也会形成对个体趣味自由最大的威胁。只有分散对趣味资源的控制权，才能在思想和精神领域内保持自由，尤其是随着总体化叙事的终结与多元化文化观的兴起，为旨趣各异的学人散文书写提供了更多的可能性。作家阿城称自己是“被兴趣牵着跑的人”，他的《常识与通识》一书，收录了他的十二篇文章，特别是《思想与蛋白酶》《爱情与化学》《艺术与催眠》《魂与魄与鬼及孔子》《攻击与人性》《足球与世界大战》《艺术与情商》等篇什，角度独特，观点新颖，资料翔实，是一本比其小说《棋王》更有趣味的文化随笔。趣味也许只有在书斋里烹制，才能原汁原味地呈现，也许只有经过唯美的提纯，趣味才能完成对庸俗的超越，对恶俗的制衡。学人王大海先生的杂文集《诚实使生活美丽》里面的文字，会让我们对其书斋产生无尽的想象，文字是寄居在书斋的魂灵，时常会溜出书斋，附着我们想象的躯体上。仿佛是从干净明亮的书斋里传出爽朗的笑声，让我们看到了一位生理与心理一样矍铄强健的老人那洞穿世事人心的干脆豪爽与坦荡。大海先生的书斋，四周都是洁白的墙壁，只有书桌上摆放着一套醒目的鲁迅全集。他的话语仿佛一直回响在书斋的四周，就像午夜时分，猛然从楼房一隅飘散出缕缕琴声。“生活在相互欺骗、损害、仇恨的生活中是痛苦的，也是丑陋的。生活在诚实的人中间，互相诚实地相处，空气里充满真诚，这样的世界、人生是美好的。诚实使人美丽、使生活美丽、使世界美丽。”① 书斋有主，充满了书斋主人独特的个体生命气息。书斋，与其说是靠书籍、花草、纸砚

① 王大海：《诚实使生活美丽》，长春出版社 2001 年版。

装饰出来的，不如说，是靠主人独特的生命气质、才情熏染出来的，因而不同的书斋才有了不同的韵味，而书斋里的文字才有了不同的色香味。学人余世存近些年的文字，好像他在书斋里已经待了很久，过惯书斋生活的他，给文字作了嫁接的手术以后，文字长出了新枝叶，蓊蓊郁郁的一片葱茏。这正如他的告白："如果要我对当今的读者谈论读先秦经典的经验，我愿意说它们不是鸡汤，不是成功学，不是养生学，它们有这些形下之器的功用，但它们更重要的乃是与天道人道相关联，其目的仍是道的圆满。"① 余世存的书斋，常让人想象是古旧斑驳的老屋，因为他的文字总是有一股淡淡的檀木、香樟木的味道。而与之相类似审美趣味的是近年来异军突起的青年学人胡竹峰，文字古色古香，有一种可以复古的中国士大夫的文化操守，"所遵奉的是尽量不脱离中国古人所说的文章之道，在中国古人文章的车道旁栽上自己的大树"。胡竹峰的文字是从中国文章的树木上长出的木耳。在这个"周虽旧邦，其命维新"的现代化时尚潮流中，一些学人们的文化趣味不是与时俱进的跟风走，而是毅然决然地掉转头往回走，走向中国文化的原点，躲藏在中国传统文化的丛林里，自我陶醉。就如胡竹峰对中国文章风范的由衷推崇，"先秦文章是青铜器，楚辞是陶罐，魏晋文章是砖瓦，唐宋古文是青砖"。② 这种文化生态，是对当前中国现代化、市场化文化生态的强烈反弹，越来越多的学人尝试古典文化生态回归，他们跳出了传统的就是落后的，应该被淘汰被批判，而现代性就是代表着先进的，应该被坚守被颂扬的二元论思维怪圈儿，重新清算我们几代学人欠下了糟践传统文化的旧债，重新找回根植于文化自信的生命激情与写作才情，重新培育当前中国刀耕火种粗放的文化生态，重新对来势汹汹的现代潮流保持必要的文化警觉、思想警惕与精神惊醒：

---

① 余世存：《微观国学》，人民文学出版社 2018 年版。

② 胡竹峰：《中国文章》，山东画报出版社 2018 年版。

新文化的先驱者对卢梭的民约论、弥尔的自由论、叔本华的自我意志说、尼采的超人说、伯格森的创造进化论以及其他许多西方资产阶级学说采取了兼容并蓄、全盘肯定的态度，并主要以资产阶级上升时期的人权、自由平等学说对儒家理论道德思想进行了全方位的对比和剖析。他们对孔子学说这样一份丰厚的文化遗产的评价，不能说是完全科学的，甚至还存在着相当偏激的态度和看法。不少新文化运动的倡导者们抱有蔑视权威、推翻一切的激流勇进的激进态度，很多时候看重的是传统与现代的冲突，对二者的联系关注未多，往往对中西文化采取简单的二分法来判定彼此的优劣，难免出现反传统的倾向，因此就留下深深的隐患。①

因为有了浮夸、虚浮、复制的现代性文化生态作参照物，面对这种“深深的隐患”，很多学人找到了操笔为文的“商机”。胡竹峰先打通与往古学人心心相通的道路，拥有一种“恋古”“迷古”的文心，就有了今不胜昔的十足自信，其仿古式散文书写也就有了可以腾挪跌宕自由挥洒的空间。胡竹峰的文字最诱人之处就是他心贴着心地走近往昔学人，从本真的生命视野来看学人，文字柔韧而苍古，情感真切而温润，运笔节制而内敛，心境淡雅而宁静，文气清幽而舒缓。胡竹峰在书斋里食古而化，他重新做起了中国传统文化的“遗老遗少”的清梦，想方设法地躲避开喧嚣浮躁的世风与文风，悠然自得地一个人在书斋里独享与昔人对话的乐趣，就如“独钓寒江雪”的“蓑笠翁”，钓出了万千思古怀古的幽幽情愫。如他对鲁迅的评价，就颇有学人心性相通的知音之感：

在我眼里，鲁迅本质上是一位学者，一位读书人。他一生几乎全部用毛笔写作，遵奉有信必复的古训，喜欢笺纸，喜欢字画，喜欢旧书，喜欢拓片，对于书本有洁癖，自称“毛边党”，这些都具有浓郁的文人

① 韩泽春：《中国现代文化发展大纲》，中国社会出版社2010年版。

气息。①

很多学人在浮躁的文化生态中，往往爱目空无人，横扫古今，恨不得把古今学人全都枪挑马下，傲视群雄，睥睨一切，文字间就难免自觉不自觉地流露出张狂焦躁之气，文章面目可憎，给人的感觉好像是街头泼皮之相。胡竹峰的散文，在众多的学人散文中，能够一枝独秀的原因还在于他对往昔学人的敬重，他有一种能够宽容、包容、感知人心的赤子情怀，他穿越那些笼罩在往昔学人周边的层层雾障，穿透那些盖棺定论式的层层朽板，让人性复活，让人心相通。如他对王国维先生的缅怀，就完全敞亮了自己：

文化上我大抵亦属遗民，文笔涵养不及静安先生一丝半毫。和王国维怀揣一纸遗书自沉昆明湖的惨烈相比，我的人生安稳得多。没有幻想，不抱希望，乐于平凡。做学问不刻意求精，写文章不指望闻达。闲来案头灯下的片楮散墨，不过是一种归属，一种怀念，一份痴想罢了。提笔清风明月，诗酒品茗中怡然自若，这样的人生安妥。②

学人如美女迟暮，在“复古”“怀古”的感伤凭吊中，学人们找到了自己过冬的巢穴，往昔学人留下的思想与精神，就成了他们过冬的食粮。书话贵在说出自己的话，说出自己真实的生命感悟；书宅重在安放自己的灵魂，让灵魂在精神的澡雪中获得新生。

第三节　漏泄的光亮

书斋的私密属性为学人的沉思提供了最佳的精神庇护所。他们借助

---

① 胡竹峰：《中国文章》，山东画报出版社 2018 年版。
② 胡竹峰：《中国文章》，山东画报出版社 2018 年版。

书斋的掩护，避开社会强光的照射，在拉紧窗帘的幽暗空间里，让思想发出缕缕幽蓝的暗光。正如一位学人的感叹："把理论暂时收起，而让真实的性情沿着某种形式浮出水面。我想，散文的形式正好提供了这样一条河道。"只有在书斋，学人才能从理论的森严壁垒里抽出身，躲到这样一个可以裸露性情的幽暗角落，暂且作精神的喘息。"生活在这样一个时代，作为一个知识分子，心情是极为复杂的。憧憬已久的新大陆尚未出现，路标已经消失，支持着我们生存的理想仍在，我们有足够的理由对生活提出更高的质量要求，但是批判的思想却已多少显得匮乏。在寻找基石的过程中，思想显得异常艰苦。在这个时候，散文成了生命的另一条流畅的河道。在这冬夜，点起烟，做一个守望者，用我的笔，守住最后一点人的勇气、品格和自尊，守住思想的严肃和文化的途程。"① 书斋，作为一个人从广大空间里切割出来的生命活动狭小空间，不但为学人提供了肉身的保护，更提供了精神相对安全的保障。

20 世纪 90 年代以后，无数的学人退守书斋，在书斋里如老牛反刍般默默地思索咀嚼那些沧桑的往事。回忆是一种与现实的撕裂，它撕裂开了往昔记忆的伤疤，在皮肉撕裂的疼痛中，才能激活我们麻木的思维神经，才能触摸到精神汩汩流淌的毛细血管。回忆，也是一种与现实的隐性断裂，在这种断裂中，知识分子找到了思想潜伏的暗洞，看到了精神塌方的豁口。蔡翔在《古代感觉》一文中自言自语道："我在我的古代，感觉着仁者和智者的痛苦，感觉着仁者和智者的快乐，感觉着一种悲天悯人的伟大襟怀。"也许，回忆的本质就是"感觉"。面对现实思想疲软无力、精神发声嘶哑乃至缄默的学人，书写梦呓般的"感觉"是精神窒息中唯一的透气孔。学人们躲藏在纸糊的自以为固若金汤的书斋堡垒里，以"感觉"为瞭望口，向外面的文化假想敌、社会公敌放几声枪以壮行色的冷枪；在"感觉"照射灯的光束下面，表征着自己

① 蔡翔：《神圣回忆》，东方出版中心 1998 年版。

骨子里虚弱的假强大。文化大散文，瞄准的不是迎面而来的个体敌人，而是感觉中似有若无、虚无缥缈、朦胧的群体敌人。文化大散文，因为这种为群体代言的写作风格，导致它陷入了社会公共话语的规范套路里，学人依然是社会公共话语的代言人。蔡翔在《底层》一文中表示："我谨慎地使用我的文字，我的许多文字只是知识分子之间的一种相互提醒，我们无法抹去我们的立场和责任。""我是软弱的，我无法承受孤独，我必须有所认同，为我的梦想，寻找它的现实土壤。我为自己虚构了许多的神话，然后，我看着我的神话逐一破灭。"书斋里，学人投射出去的不是檄文、匕首、投枪，而是以文化批判为外衣，包装出来的一听听文化可乐，一个个"抹着文化口红"的时髦女郎。文化大散文，作为文化产品，其文化启蒙的意义最终消解在文化消费的浪潮中，变成一个个吸引消费者眼球的新闻噱头，一个个被新闻炒作的文化事件，一次次本小利大的广告宣传。

书斋，最能代表学人的性情和情趣。古往今来，很多学人都要为自己的书斋起一个雅名。陆游的书斋题名"老学庵"，以此激励自己勤勉好学；梁启超先生为自己的书斋起名为"饮冰室"，反映了他变法图强遇挫的心灵焦灼；张溥的"七录斋"、蒲松龄的"聊斋"、闻一多的"何妨一下楼"、语言学家王力的"龙虫并雕斋"等都有不同的情趣内涵。20 世纪 90 年代以后，学人回到书斋，其实也是对社会审美情趣同质化的抗拒。在大众化、市场化、工业化的情趣复制浪潮中，在休闲的生活时尚中，各种庸俗、媚俗、低俗的情趣指向成为压倒性态势。"人类中比较优秀的一部分人，不满足于只过一种单纯的动物式的生活，而致力于心灵的种种活动。"（休谟）书斋里的学人，不愿随波逐流，于是独守一方审美净土，在谈古论今、品诗论画中自享其乐，在喁喁书话里自我欣赏陶醉。书斋生活，是学人独自消受的生活方式，也是只有学人才能品味其内在情趣的独特生活方式。同时，也是一种老年化、休闲化的生活方式。"闲不住，得找点事做。于是写字、画画、下棋、打拳、钓鱼、养鸟以至桥牌等应运而来。这是忙过后之闲，不是偷来的，也和资产无关，可以放心大胆消遣这闲中岁月。”（金克木《“闲”“书”二话》）书斋，成为学人的休闲屋，在这里，学人可以进行精神的按摩、思想的松骨、文化的瑜伽。这是学人文化生命最本真的体现方式，也是学人文化生活与大众文化生活的不同之处。学人的文化生活方式，一种是扮演文化批判者的角色，通过对文化的批判，激活文化的生命活力，担负起修正社会文化的责任；另一种是扮演着文化解读者的角色，得天独厚地拥有并责无旁贷地行使文化解释权，通过对文化的不断解读，丰富着文化的内涵，表征着自己的存在。谢冕在《金克木散文选集》的“序言”中认为金克木先生的散文“体现的最主要的特色乃是这种学者的气质和秉性。他通过轻松而不板滞的文笔，在散文中存贮和承载了丰富的知识和学养”。① 显然，这些知识和学养，不仅仅是端坐书斋里的自我欣赏品味，而是要流布社会，让更多的人消化吸收，汇入社会公共文化库存之中。“学者是这样的一类人，他们所选择的是从事比较高级和困难的心智活动，需要许多闲暇时间来从事单纯的个人思考。”② 学人散文不同于其他散文的一个显著标志就是“慢”“静”“沉”“重”。所谓“慢”和“静”，就是它不是紧跟生活与时代的节拍，心急火燎地要宣泄倾诉，忙不迭地写一些急就章式的应景之文、下水之文，把散文书写当成了情绪情感发泄的出气筒，当成了任意涂抹挥洒的画布，这也是当今社会“口水化散文”泛滥成灾的根本原因。而学人好像故意与社会时代拉开距离，以“慢半拍”的文化姿态，以“胜似闲庭信步”的从容，慢慢吞吞、絮絮叨叨、不温不火地写出那些烟云般的往事，舒缓着当下日益焦虑的人心；让这个节奏加快、急着往前奔的社会“慢”下来，让这个如飞蛾扑火般在物欲里狂奔的人们

① 金克木：《金克木散文选集》，百花文艺出版社 2004 年版。

② 休谟著，杨适等译：《人性的高贵与卑劣——休谟散文集》，上海三联书店 1988 年版。

"慢下来"。就如孙郁先生对张中行散文及人的评价："这位八十多岁的老人，冷静、沉稳而超然地呆在京都的一角，指点古往今来诸多趣事，不故作惊人，更无趋时之态。他的苍劲、古朴的文风和饱经忧患的情思，使他的作品散出一种浓郁的沧桑感。"而且，在孙郁先生看来，"他的深厚的历史感和独立的人文品格，对我们当下浮躁的文坛来说，是一个深刻的提示"。[①] 这种"深刻的提示"就是提示我们包括散文在内一切艺术形式都是"慢"的艺术，艺术创作不是比"快"而是比"慢"的艺术，所谓"慢工出细活"。目前，焦躁不安的社会心态也严重地影响了散文创作，散文在沸腾的社会生活中，被蒸煮成了烂熟的文化鸡精汤，似乎所有的散文都汇成了愤懑的社会噪音，不绝于耳，噪音扰心，就如当今那些自我狂欢的广场舞。私密化的散文变成了人人皆可"恋"的大众文化的情人。更为严重的是，这种噪音化的散文书写，让散文成为当下严重的文化污染源。如果说，物质生活领域各种"白色污染""灰色污染""黑色污染""彩色污染"泛滥成灾，那么，当前，垃圾化的散文污染就可称之为"心态污染"，这种"心态污染"最突出的表现就是不经理性过滤把控的情绪宣泄，似乎每个人都有苦大仇深的怒气，与社会、时代、组织、他人都存在不被理解、不被认可、不被接纳的怨气，都有自我感觉良好、自我独行天下、自我独醒的冲天豪气。散文批评的枪口只对射别人，唯独不回射自己；散文只保留对外的喷泻口，而不设置回流的入口。散文变成了没有反馈的单向度写作。散文也成了自种自收的文化自留地。学人散文的书写，就是对散文垃圾化倾向的一次清污行动，就是让散文洗净那些情绪化的污垢，为散文立心、觅趣、明理、正情。季羡林先生在其《怀旧集·自序》说："古代希腊哲人说，悲剧能净化（katharsis）人们的灵魂。我看，怀旧也同样能净化

---

① 张中行：《张中行散文选集》，百花文艺出版社 2004 年版。

人们的灵魂。这一种净化的形式，比悲剧更深刻，更深入灵魂。”① 学人散文何尝不是对当前散文污染的净化？这种净化，就是让散文因为有思想与精神的灌注而变得高大英武起来，切断当前散文被情绪化污染的源头。

散文，最容易写俗、写媚、写滥，还容易写轻、写甜、写油。20世纪90年代以后，所谓的散文时代，就是这种“俗”“媚”“滥”“轻”“甜”“油”的真实体现。学人散文的“沉”和“重”，就是让这个轻飘飘的社会沉静下来，让散文变得厚重起来，让散文从朦胧夸饰肤浅的情绪化的泥潭里走出来，使散文从披头散发的街头摩登女郎重新恢复成端庄高雅的闺阁淑女。在这种文化背景的映衬下，由百花文艺出版社，徐柏荣、郑法清主编，荣获第八届中国图书奖的“百花散文书系”当代部分收录了峻青、刘白羽、季羡林、魏巍、碧野、孙犁、秦牧、金克木、汪曾祺、宗璞、杨朔、邓拓、荒煤、许钦文、张中行、唐弢、袁鹰、柯灵、冯亦代、黄秋耘、杨绛、靳以、贾平凹、李健吾、黄裳、郭风、曹靖华、何为、萧乾、罗大纲、吴伯箫等学人的散文专集，就让我们的读者为之眼前一亮，就如在浊气熏天的污水坑旁，看到一丛盛开的鲜花。陈惠芬在《黄裳散文选集》的“序言”中分析黄裳等老一代学人散文作为散文时代的“压轴性”作品的意义：

> 由于他们无论是在人生阅历还是学识、修养上都要比后辈作家高出许多，因而他们的文章往往更具意蕴和广泛的价值意义。就黄裳的散文创作而言，精深广博的知识，通达明澈的识见以及生动蕴藉的情趣，不仅构成了他的散文世界深厚、开阔、悠长的境界，而且给当代散文创作注入了厚实、深沉的内涵和历久弥新的生气。②

---

① 季羡林：《中华散文珍藏本·季羡林卷》，人民文学出版社2000年版。

② 黄裳：《黄裳散文选集》，百花文艺出版社2004年版。

书斋，本身就是古旧的产物。当代人往往称之为书房。书斋，是对浓郁书卷气的整体概括，而书房则是书斋一隅的指称。书斋，范围广大，书斋里，处处充满了学人的兴趣雅好，一桌一椅、一花一草、一书一砚，都到处充满了学人文化生命的气息。而当代人所谓的“书房”，范围小，充其量也只是书架上摆放几本书，墙壁上挂一幅画，只能算是滚滚红尘中附庸风雅的小摆设而已。书斋，是生命的、人生的、内容的，而书房则是生活的、个体的、局部的、形式的。真正的学人置身书斋，他的每个毛孔都散发出书卷的气息，每条毛细血管都流淌着文化的血脉。正如评论家薛原所言：“在书房里读书，不仅是为阅读，更是一种生活。”这种生活，也许就是林少华在《窥海斋记》中所说的：“凡此旧书新书土书洋书会师在书房之内，与之朝夕相处，与之呼吸与共。风来涛声入耳，子夜明月半窗，使我在滚滚红尘中得以保持一份心灵的宁静和纯净的遐思。”① 我们品读黄裳等老一代学人散文，会发现他们在字里行间散溢出醇厚而又纯正的文化生命气息，散漫无边，似乎自由言说，随兴而谈，但是，因为文化基因使然，似乎在不经意间，就能打通思想与精神的河道，哗哗流淌，清澈得直视无碍，从容镇定，自信自足。黄裳等老一代学人的散文，因为有知识的干货填充所以文章显得有底气；因为有思想的见地，文章显得有硬气；因为有超拔的精神，文章显得有英才之气。当代散文家王充闾先生认为，“黄裳散文坚守精神的向度，闪现理性的光辉，在对历史的描述中，总是进行灵魂烛照、文化反思。历史就是人生，人生必有思索，必有感悟。”② 在《惊弦》一文中，作者对李商隐的书写，似乎像在拉家常，但却不拖泥带水，处处充满真知灼见：

我有一本散文集取名《惊弦集》，是从李义山的诗句中来的。实在

① 王成玉：《书话点将录》，文汇出版社 2017 年版。
② 王充闾：《只缘胸次有江湖：王充闾谈散文》，广东人民出版社 2017 年版。

是喜欢他的好意境，便借来了，其实与集中文字并无多少关涉。平生喜读义山诗，觉得无论色彩的秾丽、设想的奇瑰，情感之纷复，都不是别的诗人所及。义山实在是古代诗人中最富有现代色彩情趣的。近来说义山诗者纷起，我以为只有废名是最能得其诗趣的。《冯文炳选集》中即有一些散文谈义山诗，都说得迷离惝恍，仿佛真能搔着诗人痒处似的。①

超越了起承转合的写作道路，似乎信手拈来，但却饶有趣味，有干货存焉。这些学人散文，既不拿学术大咖的架子，也不端生活的架子，故可以称之为“没有架子”的散文。文字平实，思想密实，情感真实，不做作卖弄，有返璞归真、老而成精、返老还童的生命豁达之气。这些学人散文，相对于那些青涩、稚嫩、半生不熟的散文，学人散文更多了一份人生成熟后的沧桑与练达之气。邵燕祥先生晚年的散文，愈发深刻、精炼、老辣，虽然是杂文的笔调，但是却没有投枪匕首的犀利寒光，而是在儒雅、淡定的氛围中，以深厚的思想功力，点穴到位，甚至兵不血刃就能一剑封喉一招毙命。书斋里，既有夺目的花朵，也有窗台带刺的仙人掌。他在《哀哉孔子》中写道：

孔夫子虽是“圣人时者”，在固执的一面之外还有中庸圆滑机变的一面，然而他恐怕万万想不到他会沦为敲门砖还连敲门砖都不如，他恐怕万万想不到以他为名的思想武库中充塞着一些什么家伙什儿，又是何等样人在舞弄，以他为商标的货架上展销着一些什么货色，又是何等样人在叫卖。信哉，“古来圣贤皆寂寞”，而且悲哀，纵然也许是伟大的悲哀。②

学人，不是社会里学习之人的简称，而是书斋里学习之人的缩略

① 黄裳：《黄裳散文选集》，百花文艺出版社2004年版。

② 邵燕祥：《中华散文珍藏本·邵燕祥卷》，人民文学出版社1998年版。

语。当学府与市场接轨的时候，当学术与社会功用密切联姻的时候，有自己思想坚守的学人，不想充当一个兜售知识的学问家，不想充当广场上那些吆喝打折出售商品的小商贩，不愿做书斋里的一只困兽，而是要做书斋里以书写为武器的斗士。在书斋的斗室里炼丹，在书页的夹缝里让思想发生聚变与裂变，产生威力巨大的核能。书斋，不是豪宅别墅，不是曲径通幽的深宅大院，可能是板桥茅舍，也可能是青砖小屋。但是，无数学人在书斋里不但可以发思古之幽情，而且也发家国黍离之悲声。书斋，只是学人立足的一个位置，书斋虽小，也能容得一颗颗小小的但会思考的头颅，一株株虬枝斜出的思想藤条。20 世纪 90 年代后，中国学人在“载道”“言志”的文化土壤板结中，重新回到书斋，营造专属于自己的文化小气候。学人在书斋里寻找着“小我”与“大我”的融通。萧乾在《唉，我这意识流》一文中，回忆了二十世纪六七十年代，在那个是非颠倒的动乱年代，作者以“意识流”为自卫的武器，“看到人家胸脯上别着红绸条，昂首阔步，汽车出入，自己只记住不多言不多语，有话就都进了意识流，以为那样也可了此一生”，辛酸无奈的言语里暗藏着机智与倔强。杨宪益的《年过八十》一文中，表明自己的“自传”书写观：“要如实而又不失公正地说明一个人的一生总是很困难的。一个人的一生总是有许许多多令人感兴趣的事实和插曲，选择说出哪一些，越过或绝口不谈哪一些，这是一个难题，决不能要求一个人真正客观；一个人总归是根据他自己的主观意愿，认为哪些是有意义的，有兴趣的，这样来决定取舍。要试图写一部实实在在的自传甚至更难。”① 学人散文，因为学历、经历等构成的丰富阅历，文章总能够给人以启迪。学人散文是一种有浓厚暮色的老年文体，从学人的年龄来说，他们中的大多数已步入人生的中晚年期，也许只有饱经人世沧桑又有明亮深刻思想的学人，才能把散文写得有真实而又独特的生命见地，

---

① 李小林、肖关鸿等主编：《灵魂的石头》，文汇出版社 1998 年版。

才能在字里行间透射出思想的亮光。从学人的文化积淀看，他们学贯中西，都是某一学术领域的专家，特别是从事人文社会科学的学人，中晚年是他们心智成熟的黄金年华，也是最容易出成果的黄金季节，他们也最容易在散文的书写中删繁就简见真淳，才最容易写出最具有思想穿透力和精神感染力的华美诗章。散文书写者必须有良好的心态，绷紧了神经写出的散文就如没有熨烫平整皱巴巴的白布，拿捏着端着架子写出的散文就如被捏着脖子的公鸭发出的声声尖叫。“散文、散文，顾名思义乃散开之文，散开的是作者的性情、襟抱、领悟、才华。然而，散只是表象、是外壳儿，不散的是思想、是内核。概括其实质只有两个字：自由。写法的自由，题材的自由，思想的自由，心态的自由，风格的自由，空间的自由，等等。”①

书斋，不仅仅透射出锐利的思想亮光，更多的是成为包裹柔软情感的襁褓，成为红泥小火炉般冬夜的小屋。书斋也是一种文化空间，它直接对抗的是被商业文学浸染的市场空间。“商业是害怕消费者独立思考的，他们更愿意看到一群愚昧的都市人群，在疯狂地消费原本他们并不需要的产品。”② 20 世纪 90 年代以来，以伦理关系建构的稳固家庭结构，随着社会情感道德宽容度的不断增强，家庭利益关系社会化程度的提高，传统的家庭概念面临被解体的危险。甚至，家庭，变成了人们履行沉重社会义务的累赘，是缓解孤独与压力的一个驿站。日新月异的“豪宅”“别墅”“公馆”“咖啡厅”“休闲小屋”等或私密或公共的社会空间，似乎都没有书斋能让人产生思想情感层面的文化感、生命感、精神感。年届耄耋之年的学人杨绛以灵动真挚的笔调写出的自传体散文集《我们仨》，赢得了社会各层读者的喜爱，“我们仨”成为众多人重新审视家庭生活的蓝本，也唤起了我们对家园重建的信心，为离家出走

---

① 刘长春：《夜行者独语》，新世界出版社 2003 年版。

② 龚海：《空间启示录》，北京联合出版公司 2018 年版。

到处情感流浪的人们，提供了心生向往的温暖范本。杨绛以返璞归真的生命情怀，淡淡的忧愁与哀伤，写出了“家”的社会文化学意义。在杨绛的沧桑叙述里，过滤掉了生活“凄凄惨惨”的色素，而是在穿透岁月光景，勘破生命真相的豁达后，冷静地回望“我们仨”所走过的生命历程：“我眼看着一叶小舟随着瀑布冲泻出来，一道光似的茫茫云海，变成了一个小点：看着看着，那个小点也不见了”。情感节制而不放纵，思想收敛而不铺张，通篇都是自言自语的告白，唤起人们对“家”的温情记忆：“我但愿我能变成一块石头，屹立山头，守望着那个小点。我自己问自己：山上的石头，是不是一个个女人变成的‘望夫石’？我实在不想动了，但愿变成一块石头，守望着我已经看不见的小船。”杨绛对学人家庭的书写，改变了通常家庭散文那种轻浅甜腻矫情的写作套路，而是以家庭为写作原点，写出了个体生命与家庭的关系，以及个体生命为何需要寄居在家庭的哲学内涵。“三里河寓所，曾是我的家，因为有我们仨。我们仨失散了，家就没有了。剩下我一个，又是老人，就好比日暮途穷的羁旅倦客；顾望徘徊，能不感叹‘人生如梦’‘如梦幻泡影’？但是，尽管这么说，我却觉得不空虚；我活得很充实，也很有意思，因为有我们仨。也可说，我们仨都没有虚度此生，因为是我们仨。”杨绛对家庭的书写，文字质朴，情感深沉，有一种度过人生劫波后的释然与淡然，有一种穿越生命红尘后的超脱与洒脱。学人李文莲女士认为：“作为一个生命，杨绛不可能永存，但是一个生命发出的圣洁的光辉，会留存在生命长河里，照耀着、温暖着其他生命，这生命的光永存！这也是杨绛作为一个生存过的生命的尊严！”①杨绛文字里散射出的生命的光辉是人性的光辉，是人间普通生命个体之间互相取暖的情感光辉，也是作为“我们仨”，一个普通家庭群体所折射出的心灵相容相通的光辉。“我们这个家，很朴素；我们三个人，很

---

① 李文莲：《新时期中国散文的生命意识》，人民出版社 2017 年版。

单纯。我们与世无求，与人无争，只求相聚在一起，相守在一起，各自做力所能及的事。碰到困难，锺书总和我一同承当，困难就不复困难；还有个阿瑗相伴帮助，不论什么苦涩艰辛的事，都能变得甜润，我们稍有一点快乐，也会变得非常快乐。所以我们仨是不寻常的遇合。现在我们三个失散了。往者不可留，逝者不可追；剩下的这个我，再也找不到他们了。我只能把我们一同生活的岁月，重温一遍，和他们再聚聚。”杨绛的家庭书写，没有为学人家庭涂抹上更多迥异于众人的神秘色彩，甚至作者有意回避掉了宏大叙事的缠绕，而是回到那些细小而又见微知著的生活细节中，回到那些闪烁着生命光亮的生活情景中来，没有美化，没有抱怨，而是娓娓道来，真实呈现。“‘嘤其鸣矣，求其友声。’友声可在千里之外，可远在数十百年之后。锺书是坐冷板凳的，他的学问也是冷门。他曾和我说：‘有名气就是多些不相知的人。’我们希望有几个知己，不求有名有声。这段时期，锺书和我各随代表团出国访问过几次，锺书每和我分离，必详尽地记下所见所闻和思念之情。阿瑗回家后，我也曾出国而他和阿瑗同在家，他也详尽地记下家中琐碎还加上阿瑗的评语附识。这种琐琐碎碎的事，我们称为‘石子’，比作潮退潮落滞留海滩上的石子。我们每人每天在起居室静静地各据一书桌，静静地读书工作。我们工作之余，就在附近各处‘探险’，或在院子里来回散步。阿瑗回家，我们大家掏出一把又一把的‘石子’把玩欣赏”。《我们仨》里，没有学人居高临下的学理审视，也没有学人清高鄙视万物的苛刻审判，而是作小伏低地贴着生活写，贴着心灵写。她对钱锺书先生的“名气”书写，就没有那种炫耀自得之气，而是认为，“他并不求名，却躲不了名人的烦扰和烦恼。假如他没有名，我们该多么清静！人世间不会有小说或童话故事那样的结局：‘从此，他们永远快快活活地一起过日子’”。目前，我们很多人家庭散文的书写，往往滞留于那些浅层甜蜜生活场景的书写，这是生活肤浅的表现，把家庭写成了桃花谷。杨绛的文字，有对生命的沉思，也有对生命的悲叹，但是，整体色调却是明朗达观的。“人间没有单纯的快乐。快乐总夹带着烦恼和忧虑。人间也没有永远。我们一生坎坷，暮年才有了一个可以安顿的居处。但是老病相催，我们在人生道路上已走到尽头了。一九九七年早春，阿瑗去世。一九九八年末，锺书去世。我们三个人就此失散了。就这么容易地失散了。‘世间好物不坚牢，彩云易散琉璃脆。’现在，只剩下我一人。我清醒地看到以前当作‘我们家’的寓所，只是旅途上的客栈而已。家在哪里，我不知道。我还在寻觅归途”。① 杨绛从文化哲学视野写出了家庭这一社会基本单元的社会伦理哲学的生命意义，这里既有现实温热的生命情怀，也有终极关怀的生命追问。在 20 世纪 90 年代后，生活散文最放光彩的还是学人撰写的生活散文。当前，生活散文书写存在的最大的问题就是对生活场景表象化的粗浅呈现，很多人在喋喋不休地赞美、抱怨、美化、过滤、虚构着生活，缺乏对生活深度的开掘，对生活理性的批判，尤其是对日益程式化、同质化、物欲化的生活缺乏思考批判的理性自觉。实际上，我们当今社会面临的最大问题就是生活问题，很多人蠢蠢欲动或者大步流星走入生活欲望的泥潭，包括一些学人，在与物欲化生活的甜蜜胶着中，视野窄化，精神矮化，思想弱化，成为吸附在物欲肌体上贪婪吮血的牛虻或水蛭，只是把学问当成了人前卖弄的资本，把学术当成了日常生活的“零余”，甚至把事业当成了纯粹职业化的谋生手段，以耗损精神心灵为代价，心甘情愿地在泥沙俱下的生活场流中随波逐流，津津有味地消磨乃至陶醉于小情调、小格调、小情趣的生活中。以事不关己高高挂起的滑头乌龟哲学，掩饰自己堕落中的伪清高，装扮自己人醉我醒、世浊我清以至曲高和寡的假斯文，美化自己与民同乐、情系民间的假道士角色，耽溺于五光十色的生活表象中，奔走于灯红酒绿的社会名利场中。在这种社会文化生态背景下，学人的生活散文，就不但具有了文本价值意义，更具有了社会文化

① 杨绛：《我们仨》，生活 · 读书 · 新知三联书店 2016 年版。

学的价值意义。在众多的学人生活散文中，止庵的《惜别》是其代表作之一。作者在这本书里通过对母亲去世后生活的追忆，揭示了生命的“存在于不存在”“曾经存在”“在死者”“不存在之后的存在”“向死而生”的独特思考，文本具有超越个体悲欢的人类文化学意义，走进生活的文化哲学深处，探寻生与死的永恒意义。“随着母亲去世愈来愈久，在我印象里，她最后的病与死的一应细节渐渐淡薄了，而此前与健康的她一起相处的各种情景却时时清晰地浮现出来。好像我逾越了障碍，又回到了当年那段日子似的。”① 生活散文，不是重在写实，而是重在写虚，展现出那些潜藏在生活表象下面的情感根系、思想土壤；不是重在写生活的外在，而是重在写生活内在的肌理；不是写出个体生活的小悲欢、小感伤，而是写出人类群体所共同面临的大悲欢、大悲伤、大痛苦、大困惑。生活散文从细小生活落笔，更要从大处着眼。

书斋，从文化学意义上讲，它指的不仅仅是现实的实体书斋，还指文化地理学意义上的精神书斋。所谓精神书斋，从散文书写层面看，就是指散文书写者的社会文化心理空间。我们读《论语》，总感觉这些文字都是在课堂上、田野间书写出来的，带着课堂口语化的直率和田野清新明快的气息；我们读《孟子》，给人的感觉那些文字都是孟子在国君的会客厅里写成的，有一种气宇轩昂、指点江山的帝王师的口气，有一种真理在握希望引起别人注意的公共话语味道；我们读《庄子》，会明显地感觉到这些水淋淋湿漉漉带有水珠般的文字，仿佛是庄子在濠梁上、在沼泽湖畔、在瓜棚李下写出来的；我们读《红楼梦》，会分明感觉到这是在点着香烛的公子哥房间里写就的。由此，再看我们所身处的这个散文时代，很多散文给人的感觉，虽然同样都是在一定的现实空间里完成的，但是，很多散文的书写，给人的感觉并不是书斋化的写作。比如，以余秋雨为代表的文化大散文书写，给人的感觉好像是在行走途

---

① 止庵：《惜别》，上海人民出版社 2014 年版。

中待在宾馆里的写作，也正如好多游记散文好像是对导游词录音后坐在宾馆的阳台间写出的，是导游词的放大版。当下，很多所谓的生活散文，好像是在厨房、卧室、化妆间、卧室、婴儿间、咖啡厅、卫生间、火锅店、餐厅等处草草写出的所谓“小学生体”散文。很多所谓的乡土散文，好像是在城市公园的草坪上、花园里、农家乐的酒馆里、蔬菜塑料大棚甚至是摆放了几盆花草的阳台间写出的矫揉造作附庸风雅的反季节、反乡土散文。20 世纪 90 年代后，学人回归书斋，写出的书斋体散文，从文化地理空间看，他们的散文具有明显的书斋体特征：由思想发酵而出的学人气，由高雅情趣裹挟出的书卷气，由淡泊文静摇曳而出的生命气。2000 年由何镇邦主编，辽宁人民出版社出版的“当代女作家情感世界”散文系列丛书收录了宗璞的《未解的结》、叶文玲的《素心如简》、郁小萍的《紫色人生》、冯敬兰的《随心而动》、斯妤的《感觉与经历》、徐小斌的《缪斯的困惑》、丹娅的《阳关之门》、徐坤的《坐看云起时》、管琼的《出发总是美好的》、宣儿的《为梦想的天堂》等散文集，文字的书斋气息馥郁，诚如该书的总序所言：“在这个节奏加快、生存竞争加剧的当今社会里，这么一套出自著名女作家之手的描述她们情感世界散文丛书的问世，无疑将给广大读者带来可以作为生活中润滑剂的温暖和满足各种读者不同的审美要求，因而将受到读者们的欢迎。”这些女学人坐拥书斋，以自己穿透生活镜像的果敢，以自己的才识、学识，直击生活的纹理，文字深沉凝重。宗璞在《花朝节的纪念》一文中写道：

我知道，我再也不能睡在母亲身边讨得那样深的平安感了；我们的家从此再也没有春天和太阳了。我们的家像一叶小舟忽然失了掌舵人，在茫茫大海中任意漂流。我和小弟连同父亲，都像孤儿一样不知飘向何方。

父亲为母亲撰写了一副挽联：“忆昔相追随，同荣辱，共安危，期颐望齐眉，黄泉碧落君先去；从今无牵挂，斩名缰，破利锁，俯仰无愧作，海阔天空我自飞。”自己一半的消失使父亲把一切都看透了。以后，母亲的骨灰盒，一直放在父亲卧室里。每年春节，父亲必率领我们上香。如此凡十三年。直到1990年冬那凄惨的日子，父母相聚于地下。又过了一年，1991年冬我奉双亲归于北京万安公墓。一块大石头作为石碑，隔开了阴阳两界。

书斋体散文，不像其他散文，单靠外在社会时代发出的自然光的照亮，文字虽然白花花地刺人眼目，但依然是空洞无物，鹦鹉学舌般地对公共话语的机械复制，依然是没有思想激光出现的极昼，依然是光亮亮的文化沙漠。学人的书斋是学人培植文化生态的绿洲，在这样鸟语花香、林木丰茂的绿洲中，学人构建专属于自己有利于思想与精神生长的小气候。学人们的书斋体散文，思想会熠熠生辉，照亮精神的暗室；文化会蓬蓬勃勃地生长，刺破黑夜苍穹。书斋体散文，不凑热闹，冷清里透着孤傲；不无病呻吟而是如鲠在喉，不得不发；不花里胡哨，而是平朴质实。书斋体散文后面站着一个有文化风骨的学人。一尘不染的学术洁癖，让学人的书斋体散文玉树临风，铁骨铮铮，散文有了硬度与锐度。散文不是生活的润滑剂，也不是生活的化妆品，更不是激荡生活的摇头丸，而应是直扎社会文化肌肤的银针，是一只只盘旋在醉生梦死者身边嗡嗡作响的牛虻，是一只引吭高歌的高卢雄鸡。如，季羡林对当前浮夸、流散学风的委婉提示：

梁启超在他所著的《清代学术概论》中谈到的清代正统派的学风的几个特色：“隐匿证据或曲解证据，皆认为不德。”“凡采用旧说，必明引之，剿说认为大不德。”“孤证不为定说，其无反证者姑孤存之。得有续证，则渐信之。遇有力之反证则弃之。”①

① 季羡林：《季羡林谈文化》，人民日报出版社2011年版。

犹如学人韩永飞对中国文化的犀利剖析：

在古代，把朝廷是非当作了社会公德；在现代，把政治口号当作了社会公德；在当代，把社会新闻当作了社会公德。为什么社会公德一次次缺席？因为冒名顶替者太多。欧洲启蒙主义者说，在中世纪，只有辽阔的神权空间和狭小的私人空间，而没有公共空间。等到公共空间稍稍拓开，近代文明就有了立足。①

学人的书斋体散文不是酒足饭饱之后打的一个个饱嗝，不是“躲进小楼成一统，管它春夏与秋冬”般地坐在靠背椅上看看闲书写点闲文；或者“净几明窗，好香苦茗，有时与高衲谈禅。豆棚菜圃，无事听闲人说鬼”般的发呆神游。1998年，由人民文学出版社出版的“中华散文珍藏本”，收录了邵燕祥、梁衡、季羡林等名家的散文专集，集中展示了一代学人书斋思考的生命轨迹。书斋里不仅有林立的书架，有摩挲的珍玩，还有刮骨疗毒般锋利的刀笔，还有一腔侠骨柔肠、剑胆琴心的学子情怀。2006年，由鹭江出版社出版，桂苓、刘琅主编的“中国散文档案·先锋文丛”，收录了冯秋子的《圣山下》、黑陶的《绿昼》、王小妮的《倾听与诉说》、于坚的《火车记》、钟鸣的《窄门》、周晓枫的《孔雀蓝》、黄一鸾的《笔记·笔记》、张锐锋的《在地上铭刻》，他们在书斋里做老僧入定般的沉思，如诗人王小妮在思考：“认识人需要付出代价。要有足够失望的准备。人总是把复杂和啰唆，带到这个世界上来，把脚上的泥土、身上的气味儿、口音、习惯、客气、偏见和乏味，把全套的武器带过来。我不能够再负担一点力，何况在这座城市里，已经练就了那么多身手不凡的远离真相的人。”书斋，学人在其吐出生命的情丝的同时，也吐出长着思想嫩芽的蘑菇。因为，只有厚厚围墙的书斋，才能把喧嚣甩在了门外，学人的内心才能够平静下来，

---

① 韩永飞：《破译文化密码：与秋雨侃时分》，国际文化出版公司2007年版。

作杞人忧天般的沉思默想。书斋，是学人沉思打坐的禅房。他们在这里对历史突发奇想，认为“中华文明史，可分为五个身段或时段：头脑时代（先秦）、胸膛时代（两汉至盛唐）、腹部时代（残唐五代两宋）、胯部时代（元明）、膝部时代（清代以降）”。① 在《你愿意生活在哪个朝代》里，认为“大部分中国式享受亦即中国式堕落——唐代还比较粗糙，不像宋代那么精细，那么有诱惑力，沉溺进去立即灭顶”。在《树洞和针眼》里发现，“随着科学的进步和文化的发展，物质的树洞必然越来越大，但是精神的针眼却越来越小”。甚至还以《功到雄奇即罪名》为题为屡遭人误解的方舟子辩护：

网上生产信息分子，独缺知识分子。有之，则方舟子无疑为此巨擘。这位分子生物学博士，中文网络的先行者，首份网刊《新语丝》的创办者，多年来不遗余力地宣传进化论、批判神创论，如同中国的赫胥黎，第二头“达尔文的斗犬”。而他一旦涉足文史领域，竟比许多浪得虚名的名家更为当行出色。这篇是史传体散文，寄哀痛于史识，寓深情于通脱，对一代英杰袁崇焕的悲剧深挚感慨，如泣如诉，感人肺腑。

人在书斋，学人并没有作茧自缚、故步自封，而是把书斋当成思想的哨所，对喧嚣的外界保持着足够的警惕。学人的书斋体散文，因为有真心、真情、真气的灌注，才充满人生的思辨性与思想的深刻性。季羡林先生认为，“散文的精髓在于‘真情’二字。这二字也可以分开来讲：真，就是真实，不能像小说那样生编硬造；情，就是要有抒情的成分。即使是叙事文，也必须有点抒情的意味。《史记》有许多“列传”，本来都是叙事的，但是，在字里行间，洋溢着一片悲愤之情，我称之为散文的上品。贾谊的《过秦论》，苏东坡的《范增论》《留侯论》等，虽似无情可抒，然而却文采斐然，情即蕴含其中，我也认为是散文的上

① 张远山：《告别五千年》，西北大学出版社 2002 年版。

品。至于文采和风格，我追求的是：淳朴恬淡、本色天然，外表平易，秀色内涵，形式似散，经营惨淡，有节奏性，有韵律感，似谱乐曲，往复回环。我最不赞成刻意雕琢，生造一些极为别扭、极不自然的词句，顾影自怜，自以为美。我也不赞成平板呆滞的文章。我引一首宋代大儒朱子的诗：'少年易老学难成，一寸光阴不可轻。未觉池塘春草梦，阶前梧叶已秋声'"。①

久居书斋，人心懒散，思想情感也会变得慵懒、疲软、无奈，失去了走出书斋的决心。书斋，包裹人的肉体，也会如蜘蛛结网般把活泼灵性的内心缠绕起来，我们就在这圆形的网面上，静等着倒霉蛋般的飞虫来自投罗网。20 世纪 90 年代后，所谓的散文时代，在学人蒋蓝看来，"这种'散文时代'的美学氛围具有一种致命的空虚，它遮蔽了诗性、价值向量、独立精神，散文性的肉身在莱卡的加盟下华丽无垢；另外一方面，这种散文性其实具有一种大地气质。吊诡之处在于，大地总是缺乏诗性，缺乏诗性所需要的飘摇、反转、冲刺、异军突起和历险。"②学人的书斋体散文需要祛除思想的老年斑，防止眼袋般松软的文字褶皱。沈昌文的《任时光匆匆流去》一书，虽然是退休而后端坐书斋里的忆旧文字，但是，因为心态没有老化，文字依然葱茏苍劲，不老的宝刀依然闪闪发光。在他的笔下，《费老的最后嘱托》《汪老的儒行》《柯灵老人与〈万象〉》《文学版图和文化厨房》，如听一位老人聊天，虽然是"陈芝麻"但依然油性十足，味道别有风味；即使是"烂核桃"，但是果仁依然能够榨出油来，而且腐烂掉外表青皮的核桃，皱麻的外形更有了岁月的沧桑感，这不是心灵鸡汤，而是陈年老酒。在沈昌文的文字里，你找不到醒目的名言警句，因为这些提纯的钙质已经溶解在了那些碱性很大的文字里了，变成了营养丰富的骨汤。在书斋里慢慢变老，

① 季羡林：《季羡林对话集》，人民日报出版社 2010 年版。

② 蒋蓝：《寂寞中的自我指认》，北京工业大学出版社 2012 年版。

“变老”也是散文走向成熟的自然选择。近些年来，坐在书斋式故宫研究院的祝勇“企图由枯燥的纸页出发，抵达真刀真枪的历史情境中，以结束格式化的历史教学过程，为各种形式的历史思辨提供化肥”。①当年以祝勇为代表的新生代散文家，如今也已经步入知天命之年，祝勇的书写也开始向“老”迈进，一头扎进了故宫的风花雪月、故宫文物之美中，同时，又一个猛子扎进了《旧宫殿》《帝国的创伤》里，文字老成，思考深远，即使是对散文的批评，也没有很旺的肝火，倒是一份自嘲式的悲叹。他在《我们对散文依然陌生》一文里这样评价历史的势利性：

历史总是在势利中展开，它以删略、删除为代价。文学的历史也是一样，即使我们面对的只是一小段历史。我们现在所面对的文学，很大程度上是经过删除的文学，除了一堆人名，就没再剩下什么。当我们谈论文学的时候，细心的人发现，是一个花名册在起作用，那些炙手可热的名字出现在获奖名单、文学选本和各类消息上，像永不贬值的存款，只要把他们的名字放在银行里，他们就会哗啦哗啦地运转起来，并带来各种利好消息。

祝勇书斋体散文书写，在有限的历史时空中，不断放大自己的心理时空。他似乎要为每一个历史的人和物招魂，似乎要把每一个历史人物拉到自己面前进行批讲，然后试图“周公解梦”般走进他们的内心，体会他们的情感心理世界。所以，在祝勇的文字里，就出现了更多铺陈引申的文字。祝勇，仿佛端坐书斋，手挥利刃，把历史事件一点点剁碎，然后再用思考的炉火蒸煮，做成一碗热气腾腾的历史文化鸡血汤。他在一篇《非正规读书》里这样表述自己的“读书习惯”：“我读的不是‘书’，而是‘书们’；不是具体的书，而是概念的书。我读书已经

① 祝勇：《帝国创伤》，中国文联出版社2009年版。

变成‘链接式’，像上网一样，经常是一本书读了一部分，就‘链接’到另一本书，而不像从前那样，每天数着页码，深入学习领会某一部光辉著作。我十分关注书中的注释和索引，许多重要的线索埋伏在里面。我的阅读笔记总是一串长长的书单，此外什么格言警句都没有。”祝勇这种书斋里的散文革命，说到底，是散文言说方式的革命。其中，最根本的一点就是，由公共话语方式重新回到个体言说中，由外在的、历史的或官方的言说重新回到心灵情感人性内在层面的言说。他在《太平天国：劫数难逃》一文中这样分析洪秀全定都天京的心理意图：

这些农民一夜之间都变成唯美主义者，灵秀健美的江南一下子成为他们争夺和哄抢的对象。他们的革命在这时暴露出不可告人的一面。他们急匆匆地兑现着自己的野心，再也听不到行军中的马嘶，和旌旗被霜风拍打的噼啪声。激情被香梦解除了武装，杏花春雨的江南无意中成了革命者的敌人，洪秀全躲在江南粉红色的夜晚里，等待着历史的报复。①

这是一种唯美情感的解读，而不是学理层面的分析，鉴于此，导致祝勇的散文有炽热的情感温度，而缺乏学理的深度。书斋里，最容易满足情感的酝酿，最不容易满足思想的发酵，因为思想需要强烈的对立物激发，需要泰山压顶般的思考压力，需要心灵痛苦得不能自拔的苦苦挣扎。书斋的温度，为情感的生长提供了适宜条件，却没有为思想的发育没有提供肥沃的土壤，思想的产生需要走出闭门造车的书斋，回到社会时空中去。与余秋雨的文化大散文相比较，祝勇的散文探索在理论分析的高度上还稍逊一筹，还有很大的提升空间。书斋，很容易成为学人消遣乃至消磨才情的温室。作为书斋里孤独的个体，很容易被孤寂攫取住内心，把散文书写当成了排遣孤寂的文字游戏，文字兑水，思想稀释，

① 祝勇：《帝国的创伤》，中国文联出版社2009年版。

精神矮化，精神放逐。祝勇散文创作最大的问题就是面对不断的文本复制，如何为散文书写增添新元素，开拓新路径？书斋，既是温室，也容易成为束缚思想的囚室。书斋，既是我们心灵休闲的豪宅府邸，也很可能成为埋葬我们才智的阴曹地府。

学人的书斋生活，更多指的是学人业余的生活、夜晚的生活。在公共生活之闲暇，在万籁俱寂的夜晚，书斋才能充分释放其蕴藏的巨大文化能量。曙色是生活的初色，它蕴藏着无限的生机活力，存在着太多未知的可能性，向着未来敞开。而暮色，它更多是哀叹、是回味、是咀嚼、是留恋，是从容深沉、舒缓成熟的散步。也许，只有“夕阳西下”“落日楼头”“断鸿声里”“独上西楼”，才能触动人心灵深处最敏锐的情感。从文化学意义看，历史是一种暮色，忆旧是一种暮色，思想也是暮色。学人的书斋散文也具有了一种苍茫的暮色。这种情感暮色是对生命曙色深情眷恋般的回望。过于曙色普照的散文，给人更多的是亮丽的想象。只有经过暮色沐浴的散文，才更有生命沉淀后的沧桑韵味。近年来，已到知天命之年的祝勇，其散文书写有了更加厚重绚丽的暮色。他在“故宫的文物之美”的暮色里沉醉，“希求在‘古物’的照耀下”，自己的“文字会焕发出一种别样的色彩”，感叹“我们每个人，原本都是朝菌和蟪蛄”。祝勇文字仿佛在暮色里浸泡日久，文字上面附着了一层层发绿的铜锈，他以此书写姿态保持着与当下社会的距离，他在暮色中找到了与历史对话的适宜背景。① 祝勇，也爱与那些暮色中的学人交往，他的《非典型面孔》一书写了那些暮色四合中的张爱玲、冯亦代、黄永玉、高莽、刘绍棠，文字暮色浓厚，格调深沉，情感低回。他写凤凰：“夜色总是和醇酒一起到来。坐在古椿书屋的庭院里饮酒聊天，天气还算清爽，我却觉得有一种溽热咸湿的气息，浸透了脚下的青砖，围拢在我的身边。这是凤凰特有的气息。气味是容易被忘却的，离开凤凰

---

① 祝勇：《故宫的古物之美》，人民文学出版社 2018 年版。

这么久了，这气息却至今难忘，一想起它，我就想起古椿书屋，想起掩藏在群山后面的水上故乡。”① 他更是喜欢穿透历史的暮色，喜欢“安静地躲在文字背后，秘密地、不动声色地，向乞力马扎罗山的神秘顶峰挺进”，观看“匈奴之战”，品味“永和九年的那场醉”，审视“宋徽宗的光荣与耻辱”，仰视“纸天堂”里“吴三桂的命运过山车”，说一说“一个军阀的早年爱情”。② 祝勇的书斋，暮色朦胧，他在这种温暖的暮色里，感受到了学人生活的大自在。

书斋体散文，是学人散文中的最大群落，这个群落形成蓬勃的文化生态。无数的学人把这一生态当成了寄寓自己精神生命的家园。

---

① 祝勇：《非典型面孔》，生活 · 读书 · 新知三联书店 2010 年版。

② 祝勇：《为什么唐朝会出李白》，上海文艺出版社 2018 年版。

第五章

回到乡野

当代中国学人的一个重要文化情趣走向就是回到乡野。这里的“乡野”内涵丰富，不仅是传统田园牧歌山水野趣式文化身份隐逸的乡野，也不是城乡二元对立情境下的政治文化视野中的乡野，更不是乡俗文化镜像中古风雅韵的乡野。这里的“乡野”指的是文化生态语境下的乡野，是在工业文明不断剥蚀农耕文明情形下挽歌式的乡野，是在全球化浪潮下学人情趣不断被同质化、异质化下凭吊式的乡野，是在娱乐文化汹涌澎湃下情趣皈依的乡野。乡野，成为中国文化转型夹缝中一个被疯狂采掘的富矿。无数学人，再一次把乡野当成安妥心灵的精神家园，一时间，学人乡野散文大行其道。“乡野散文”不等于传统文化意义上的“乡土散文”。“乡土散文”中的“乡土”是站在都市对立面上的乡土，是文学视界中的乡土。这里的“乡土”代表着学人文化批判的立场，代表着学人对都市文化批判的姿态，以传统的淳朴静谧有序对抗现代的奸诈喧嚣混乱，以深情的缅怀追忆表征自己对都市文化的游离与厌恶。而当代学人“乡野散文”中的“乡野”对应的是学人的“趣野”“心野”“情野”，乡野文化与都市文化合流，乡野成为学人文化生活的重要内容，就如摆在都市菜场里的荠荠菜、马齿苋一样，成为都市人追求的“野味”。乡野散文在“味道”的追寻中成为学人表述小资情调、皈依大众文化、迎合大众审美情趣的一个重要书写载体。学人心甘情愿地充当起了文化小资的代言人，甚至自愿放弃文化批判的立场，成了文化小资队伍中的一员。对政治文化意识形态关注的热情减退，在精英文化坚守中撤退，温和地与世俗文化、市场文化握手言欢，全面地与消费文化、都市文化接轨，在温情脉脉中引领着当代文化趣味的发展，在理直气壮中充当着中国文化趣味的发言人。“趣味”让文化身份变得暧昧，“趣味”黯淡了批判的光亮，“趣味”消解了牢骚与郁闷的浓稠，“趣味”再一次完成了中国当代学人华丽转身般的人格塑造，学人似乎又一次拥有了文化自信，有了幸福感与获得感。当代中国学人在半推半就的文化招安中，变得从来没有过的自足、自信、自恋。学人卸下了文化道义担当的重任，脱掉了沉重的文化庇护的外衣，在“趣味”的小屋中“爽歪歪”，在“国家级课题”的“扶持”中逍遥自在，在休闲文化的玩味中作“逍遥游”。

“学人”摇身一变为“学习趣味之人”，在学习大众的审美趣味中，变成绵软无骨的无脊椎动物；在学习消费文化的审美时尚趣味中，成为一条条文化书虫；在学习市场文化趣味中成为文化娱乐的吹鼓手。我们可以简单地回顾一下自20世纪90年代以来，学人散文所掀起的一股股文化浪潮：一会儿是港台学人散文热，如余光中、席慕蓉、三毛、林清玄等人的散文扑面而来；一会儿是二十世纪二三十年代徐志摩、梁实秋、周作人、废名、梁遇春、苏雪林、林徽因、庐隐、石评梅、张爱玲等学人的休闲散文的迅速兴起；一会又是《幽梦影》《围炉夜话》《小窗幽记》等古典文化小品文成为学人们津津乐道的流行词，也摆上了人们文化休闲的餐桌。从某种意义上看，“大众文化并不是字面上的意义，而是一种地道的以大众为消费对象的商业文化，大众即‘受众’，是制造商们的营销群众。”学人也正在变成一个个市侩的文化制造商，甚至成为文化消费市场的有力推手。

记得有一次，笔者的一位学人朋友大发感慨：“我真是不解，为何当下许多学者对电视台热播的某一部电视剧津津乐道？”学人在淡化学术良知的同时，而所谓的生活情调与情趣，却成为他们乐此不疲追求的生活目标和津津乐道的谈资。“现代资本主义社会将文化纳入商业制造的轨道，使文化平民化，文化不仅成了精神享受，而且更贴切生活的衣食住行。现代高科技传播手段，又给文化的大众化提供了方便快捷的信息高速公路，时尚欣赏，流行追赶，成了大众文化的焦点所在。”“乡野”也迅速地被纳入到了文化消费的序列中，在节奏加快的工业化进程中，乡野文化成为最为可靠的情感心灵精神的缓冲阀，更因为乡野文化的原生态性成为人们勘探的文化原野。“大众文化在使大众消费的同时，也赎买了大众文化的判断力，迫使大众成了追逐时尚的奴隶，在虚幻的天地中打转，成了制造商们的囊中之物。在文化素质偏低的中国当下，大众文化正成为文化精神的腐蚀剂，无聊与庸俗替代了文化的品位。许多文化人未能担当文化的推升任务，在大众文化中却失去了自己应有的立场，成了浑水摸鱼一族。”比如，经过精心文化包装的纪录片“舌尖上的中国”的播出，色香味俱全、品种繁多的各种饮食，满足了人们味蕾幻觉的同时，也满足了人们勘探博大精深的饮食文化的兴趣。央视“百家讲坛”“中国汉字拼写大会”“中国诗词大会”“朗读者”等文化电视节目，刺激了人们文化消费的欲望，使人们“焦灼的心灵得到了温柔的抚慰，难以启齿的情感得到了宣泄，尘封已久的梦境变成了虚拟的现实。”① 作为学人散文中重要组成部分的乡野散文，更是为愈来愈热的文化消费打了一针强心剂。

20 世纪 90 年代后的学人乡野散文，主要呈现以下几个文化维度：一是众多的学人散文开始关注饮食文化，这是一个内涵丰富的文化现象。学人的乡野散文飘散出浓厚的人间烟火气，呈现出浓重的生活色。在对各种饮食的咀嚼品味中，返身倒退到了心平气和过日子的生命状态中。在精神的沉沦中达成了与世俗的妥协，在书卷气与烟火气混合而成的乡野散文里找到了可以暂时安心的窝穴。二是在花草的把玩中营造着

① 张立文编著：《文化圆桌》，广东人民出版社 2001 年版。

安全系数很高的自己的园地。随着整个世俗社会的来临，学人们也开始设计自己“标配”的生活情趣，在玩物丧志中玩出了生命的情调，这里面没有“主义”之争的聒噪，没有“思想”交锋的喧嚣，没有名利的追逐，只有花草风物的无限情趣，只有格物致知的学问，侍弄花草，把酒品茗，在沉沦中沉醉。三是对地盘变得越来越小的乡野记忆的无限打捞，在心浮气躁中“留住乡愁”，就如现在盛行的各种“乡村游”，那些功成名就、财大气粗的人们，在炫富的冲动中，在“农家乐”里，猛吃海喝、“虾球传”，除了留下一股股汽车尾气，一堆堆饕餮后撇下的鱼骨鸡翅的垃圾，一篇篇假惺惺的“归去来兮辞”，一打打从鼓鼓的腰包里扔出的脏兮兮的钞票外，依然空空如也。

第一节 沉沦的沉醉

情趣高于一切。有情趣的学人才可爱。情趣也是自由心性的自然流露。只有健康的心智，才有健康的情趣。学术不是对人间烟火的抗拒，而是对生活的热情拥抱。长期以来，很多学人有意或无意地遮蔽自我的真性情，冬烘学究，神秘兮兮，不说人话，形容憔悴枯槁，表情呆板严肃，变得可敬而不可爱，呈现在世人面前的是一幅假道学的面孔，是学者王晓明先生所言的“半张脸的神话”，学术变得冷冰冰，晦涩难懂，把学问做大，把生活做小。实际上，这是没有情感、生活贫瘠、情趣寡淡的表征，是钱钟书先生所言的“心如枯井”，是最无情趣的文化怪胎。20 世纪 90 年代后，大量学人散文开始走向生活，在饮食散文的书写中，回归到有滋有味的饮食中，开始了自己的文化休闲，释放心灵的苦闷与焦虑。嚼得菜根儿香，百事皆可做。从生活的幕后走向生活湍流的中心，从学术“大神”走向文化生活的“小资”，为“富裕”的中国人提供精神的富足，为正在“富强”的国家提供文化的“白富美”。置身于当前中国文化生态的学人，在经济浪潮的冲击波中，被冲刷到了社会的边缘地带，成为随时可被开涮的边缘人。“焦虑感敲骨吸髓般压榨了一个青年学者的心力、体力和脑力”，“无法自我提振的精神世界自然就会在威权主义和消费主义两股潮流的挤压之下而日渐崩解，自利性的犬儒主义成为一种普遍性的心态。”① 在网络生态的众语喧哗中，学人的心情也是极为矛盾复杂的。海量的知识学问被晾晒在网上，可以随时随地被人们“百度”搜索，以“学问”“良知”“技能”立身的学人被淹没在了各种嘈杂的噪音里，混杂在了各色唯我独尊的网络达人里。学人身份的焦灼和不确定性，造成了学人思想的塌方和日常性的文化消耗。无数的学人开始了文化的沉沦，在对饮食文化的不倦追求中，暂时获得一种文化自足般的自我保护与精神呵护。饮食文化里没有道义与责任的担当，饮食里也没有了学术体制的僵硬规范，虽然“饮食”按照弗洛伊德的解释也属于文化意淫，但是“意淫”毕竟是隐蔽的而且是随心所欲自由的，意淫是个人情感的自由放任。“饮食”也是一种可以自由发挥、空间巨大的文化隐喻系统，这是精神压抑后的一种文化反弹。20 世纪 90 年代后，随着意识形态领域“统一思想”的进一步强化，随着市场经济的全面深入推进，锐利的思想逐渐被“安稳过日子”磨钝，批判的勇气在自我利益的纠缠中消磨殆尽。思想家逐渐淡出文化视野，学问家开始成为人们热捧的对象，一时间，钱钟书、王国维、黄裳、周作人、张中行、季羡林、饶宗颐、陈寅恪等学家泰斗成为人们追捧的学术明星。以学问包装的饮食文化散文写作成为学人融入社会生活、摆脱精神苦闷的重要方式，尤其是在“富起来”之后的中国人更注重养生的社会文化语境中，在由“吃得饱”位移于“吃得好”的饮食追求中，在快餐成为饮食流行色的时代，在各种饮食安全事件频发的时代，学人饮食散文成为人们维护舌尖上安全的文化救助站，学人成为

① 唐小兵：《十字街头的知识人》，中国人民大学出版社 2013 年版。

世俗文化中最接地气的文化美容师。

随着当代整个中国向世俗社会的全面转型，疯长的物欲，享乐的娱乐文化慢慢消磨掉了很多学人的文化意志力。从治国安邦的“君子之学”慢慢地退缩到了衣食住行的“小人之学”，在“微醉和沉沦”中消磨时光，在摆脱精神的沉重中获得性情的安逸，在歌舞升平、花草扶疏的生活场流里隐匿了自己。“食色，人性也。”更多的学人在对乡野饮食的反刍中寻找文化趣味，满足安身立命的生活诉求。似乎，一时间，很多学人不约而同地回到饮食的五味中。坊间，各种文化身份的学人，开始操刀烹制饮食文化随笔。笔者暂且做一回“文抄公”，粗略地列举一下，我们就会看到当前中国文化生态中蔚为壮观的“饮食随笔”盛景。如，张家荣的《一碟腌菜》（新星出版社，2017 年版），冯杰的《说食画》（河南文艺出版社，2015 年版）、《水墨菜单》（山东画报出版社，2017 年版），陈晓卿的《至味在人间》（广西师范大学出版社，2016 年版）、《蔬菜物语》（江苏凤凰文艺出版社，2018 年版）司马青衫著的《水煮重庆》（西南大学出版社，2018 年版），丁帆的《天下美食》（译林出版社，2017 年版），胡竹峰的《旧味：中国古代饮食小札》《山东画报出版社，2013 年版》《不知味集》（山东画报出版社，2015 年版）、《闲饮茶》（山东画报出版社，2017 年版），黄发有主编的《舌尖上的故乡》，蔡澜的《今日过得比昨日快乐》《愿你成为最好的女子》《不如任性过生活》等等。似乎，一夜间，中国的学人变成了满腹经纶的“美食家”，变成了烹调生活五味的“易牙”，变成了“治大国若烹小鲜”的文化大厨。在“谈吃”的话语狂欢中，中国学人沉潜到了世俗社会生活的底部，如一条条摇头摆尾、优哉游哉的金鱼，鼓足腮帮子吹出了一个洋洋自得的饮食散文泡泡儿。用学问做底料煮成了一锅锅烂熟的文化茴香豆，穿着文化的长衫，手指轻轻敲击文化餐桌，拉着长调，“多乎哉，不多也”般地卖弄着自己高超的厨艺，在“弃捐勿复道，努力加餐饭”中标榜着自己作为精致的生活审美主义者的角色，守护着自己日渐枯竭的文化资源。张家荣先生在其《一碟腌菜》的“小引”中这样表述自己的饮食散文写作的立场：

我们的历史编写者喜欢追求大，但往往无当。其实该反过来，历史教科书的“历史”没了也没关系，但腌菜没有不行。人类史就是食物史，更小一点就是腌菜史，庞大的历史事件也不过是众多腌菜中的一小碟，蘸蘸葱拌拌酱，如此而已。

我们的人生大部分情况也是腌菜状的。比如酱状人生就是常态，更具体一点的生活当然也可以是酱状的。设想一下吧，每个人出生时是一粒大豆，最后都变成了酱缸中一部分，不独立，无意识，不分你我，有的只是一种糊状，还有一种奇怪的味道，很有意思的状态或境界。

我们的境界放开一点，身边的政治、学术、遗传的贪欲与反贪欲、欺骗与被欺骗、热闹与寂静，等等，无一不是酱状的。它们本身应当是清爽的，豆子是豆子，盐是盐的，但它们都变成了酱，而且是腌制不成功的酱，该怎么改进呢？

学人饮食文化散文具有浓厚的文化讽喻性。由“生活在别处”的终极生活关怀，回到“此在”的生活现场，从人文精神的虚空层面回归生活的场流中。在对饮食文化的陶醉中，由社会生活的“零余者”摇身一变为生活的积极参与者。文化气象变小了，文化情趣变浓了。在“吃吃小吃儿，听听小曲儿”里与社会与时代达成妥协，这是一种滑头的文化绥靖主义策略。在对各种美食的文化品赏中慢慢消解掉了满腔的生活怨气，失去了冲天的火气，变得前所未有的心平气和，成为儒雅温吞的文化小资。学人冯杰在其《说食画》一书标题为“必须来凉拌风趣而去风干格调”中谈到自己的散文观：“散文时代来临。似乎如今全民皆写，人人挥毫舞笔，纸上走龙，最后我看无非多是两种：‘口水散文’和‘口红散文’”，“我嘴馋眼懒，只有来写‘口味散文’。靠鼻子。”这里的“口味”俨然是作者对散文写作现状不满的抗议之词，

"口味"是心智生活的真实呈现。因为"口水""口红"属于身体，而身体是一种欲望联系，心灵是一种情感联系。人的智力生活其实包括了智力生活和心灵生活，前者面向世界，后者面向人生，两者可以合称为心智生活。属于欲望层面的饮食在文化的提升与包装下，成为超越欲望层面的审美文化。所有的饮食都是人类口味选择的结果，众口难调的饮食一旦上升为审美文化，就变成为了精神共享的文化美食。冯杰在《苦瓜和尚和苦瓜的脸庞》中感叹："苦瓜像我们这类小人物浓缩的生活，苦，是从上到下，从内到外，从皮到瓤的苦。静下心来想想，苦中恍然还能有一种回味。这才是支撑时间的骨头。像大家平时过的日子尽管苦，若等下一盘苦瓜上来，照样还要吃。"这就把普通的饮食上升成了文化哲学层面。饮食是生活的核心内容，学人开始由形而上的精神思考回归到了形而下的生活欣赏，由思想的审判回归到了文化的包装。

学人回归到饮食的趣味时尚中，一方面，表明学人自愿回归饮食男女的世俗层面，他们不再是游离于社会之外的贵族阶层，他们也是食人间烟火的凡人。20世纪90年代后的中国学人开始把世俗生活纳入自己正常生活的一部分中来，也开始了闲云野鹤的休闲生活。

第二节　生命的枯槁

20世纪90年代后，随着自然生态环境的不断恶化，也逐渐引发人们对文化生态环境的深深忧虑。很多学人开始关注人和自然的关系，在对花草风物的审美鉴赏中，寻找身心的和谐。这不是简单的自然回归，而是一种闲云野鹤般生命情感的追怀。如，寿乐英的《四季花解语》（中华工商联出版社，2018年版），刘玉琴的《万物皆有爱意》（广东人民出版社，2014年版），黄嘉莹的《旧时光的童年游戏》（广东人民出版社，2017年版），花如掌灯的《故乡有灵》（天津人民出版社，

2013 年版），黄鹭、白关的《乡间的日常》（新星出版社，2018 年版），傅非的《故物永生》（广西师范大学出版社，2017 年版），木也的《飞鸟物语：与 46 种鸟的相遇》（广西师范大学出版社，2017 年版），江子的《青花帝国》（广西师范大学出版社，2007 年版），周花诚的《造物之美》（广西师范大学出版社，2017 年版），戴明贤的《物之物语》（广西师范大学出版社，2016 年版），梁新会的《树树皆春色》（陕西师范大学出版社，2018 年版），何红雨的《草木相思》（华中科技大学出版社，2017 年版），何频的《看草》（河南文艺出版社，2008 年版），冯杰的《田园书》（河南文艺出版社，2012 年版），陈冠学的《大地的事》（东方出版中心，2006 年版），苇岸的《大地上的事情》（中国对外翻译出版公司，1995 年版），刘克襄的《岭南木草新录》（海豚出版社，2011 年版），丁立梅的《风会记住一朵花的香》（金城出版社，2016 年版），阿城的《常识与通识》（作家出版社，1999 年版），丁立梅的《草世界，花菩提》（东方出版社，2017 年版），吴克敬的《虫子吉祥》（未来出版社，2018 年版），等等。这些著作如井喷式的出现，真实地反映了学人们在风云激荡的世界变局中，在“无家可归”中寻找精神家园，乡野空间不断地被工业文明挤占，变成所谓的“工业园区”“航空港”“游乐园”、住宅小区、楼堂馆所等，精神的绿地不断缩减，就如城里楼房的阳台上、办公桌上可怜的盆栽花草，好像一丛丛绿色装点着的梦境。在犬牙交错的钢筋水泥的夹缝里，投射在学人心空的是思想稀薄精神缺氧后的“无路可走”。回到乡野，虽然是纸上的行走、文字的意淫，这也许是无可奈何中的权益之举。但是，面对来势汹汹的市场狂潮，这也是留给学人们唯一可以释放心灵的路径选择，就如乡野越来越成为城市包围中的孤岛，都市在不断地拆墙透绿不断地扩充绿地面积，都市树再多草再绿，人工开挖的河湖再精致再美，依然不能复制乡野内在的品质与气质，不能移栽乡野独有的血脉气息。2002 年诺贝尔经济学奖得主史密斯教授（V · Smith）提出了一个介于康德的纯粹理性和东方智慧之间的一种理性概念，名为“生态理性”（ecollogical rationality）①。所谓的“生态理性”就是要人类正确地看待并善待地球上一切生命的存在，要把“生态理性”与“文化理性”“经济理性”结合起来作为价值判断的标准与原则。乡野不仅仅作为所谓贫穷、落后、愚昧、经济欠发达的地域性存在，也必须作为一种人类赖以维系、不可或缺，需要重点保护、细心呵护的文化存在。就如阿尔贝特·施韦泽所分析的那样：“敬畏生命产生于有思想的生命意志，它内在地和共同地包含着肯定世界的生命与伦理。从而，敬畏生命始终是对一切伦理文化理想的思想”② 学人在“回到乡野”的散文书写中，其实也是对一种文化立场的捍卫，是对经济肆无忌惮单边发展、都市有恃无恐向乡野挺进的一种有力棒喝。学人季羡林先生晚年曾经动情地说：“陶渊明有一首诗：‘纵浪大化中，不喜也不惧，应尽便须尽，无复独多虑’。我很欣赏这几句话。另外，唐代大诗人白居易的一首自警诗，我也颇为欣赏，原诗是：‘蚕老茧成不蔽身，蜂饥蜜熟属他人。须知年老忧家者，恐似二虫虚苦心。’我虔诚地希望，我们人类要同大自然成为朋友，这就是我新千年寄语。”市场经济激发了人们发财暴富的欲望，这种欲望如火山爆发般迅速弥漫在了生活的每一个空隙中。潮涨的暴富梦硬化了人们的心灵，窒息了人们的精神与思想。学人们“回到乡野”就是要回到柔软的心灵深处，回到乡野梦境的深处。英年早逝的苇岸留下了薄薄的一本《大地上的事情》，他以自己最决绝的姿态匍匐于大地之上，与蜜蜂、蚂蚁为邻写出了另类生命生活的灿烂。回到乡野不仅仅是一种姿态，更是一种情怀。梦境中广大的乡野可以寄存人类最朴实最明亮的思想。“读他的书，我分明感到，在草们木们虫们鸟们之间，有

---

① ［美］理查德·尼斯贝特，李秀霞 译：《思维的版图》，中信出版社 2006 年版。

② ［法］阿尔贝特·施韦泽，陈泽环 译：《文化哲学》，上海人民出版社 2017 年版。

一个善良的苇岸同在，他把它们视为同类，休戚与共，息息相通”。[①]学人的乡野散文，不是传统意义的上乡土散文，不是歌颂而是凭吊，不是美化而是袒露，不是追忆而是反思。味道不是甜腻而是土腥。学人蒋蓝这样解读苇岸的散文与传统意义上乡土散文的不同：“苇岸的文体不是回环斗转，绵绵无尽。他是寓目敞开接纳流云与飞鸟，然后向内用力采撷隐喻的散文家，辅之以知识的储备不断对阅历予以查漏补缺，这为他的大地思考提供了一个展翅的空阔地域。分野在于，大地的根性往往缺乏诗意，缺乏诗意所需要的飘摇、反转、冲刺、异军突起和历险。也可以说，诗意是人们对大地的一种乌托邦设置；而扑出去而忘记收回的大地，就具有最本真的散文性，看似无心的天地造化，仔细留意，却发现出于某种造物的安排。一百多年前，黑格尔曾断言：‘中国人没有自己的史诗，因为他们的观察方式基本上是散文性的。’这是特指东方民族缺少史诗情结，却道明了某种实质：让思想、情感随大地的颠簸而震荡，该归于大地的归于大地，该赋予羽翅的赋予羽翅，一面飞起来的大地与翅下的世界平行而居、相对而生，成就了苇岸的散文。苇草也是散文的植物。散文会对这棵草的生长、开花、果实、色泽、气味等进行全方位描绘，并勾连自己的情感记忆，从而得出情感性结论；随笔呢，是掰开这棵草的草果或草茎，品尝味道，让它们在味蕾上找到那些逝去的往昔，并获得理性分析的结果。而且，苇岸的随笔已逐渐出现一种趋向‘打通散文与随笔’的努力，这出现在二十年前，足以佐证苇岸的写作价值与潜在价值。”[②] 苇岸的乡野散文，文字里充满了对尘嚣的躲避，柔软的心灵似乎只有与大自然融为一体，才能得到安妥，就如他在《我的邻居胡峰》一文中所言：“它们为我留下的巢，像一只籽粒脱尽的向日葵或一顶农民的褪色草帽，端庄地高悬在那里。在此，我想借用

---

① 周同宾：《豆的系念》，河南文艺出版社 2004 年版。

② 蒋蓝：《从苇岸到苇草》，《天涯》2018 年第 6 期。

诗人黑大春的话说：这是我的家徽，是神对我的奖励。”

鲍尔吉·原野，是近年来书写生态散文的著名作家之一。他的系列生态散文以家乡蒙古草原为写作根据地，点石成金，不断开掘深挖，似乎要竭尽全力把这块土地的风物写尽写透。他把豪放与温柔的文风揉为一体，把一方土地写成了独特与唯一。他似乎匍匐在蒙古草原的每一个草叶上，娓娓地向我们传达着那每一个叶片上闪烁的晶莹的露珠。一个身强力壮的蒙古大汉裹挟着一颗敏感细腻多情的心灵，这种民族形象与写作形象所形成的巨大反差，也是原野散文让人常读常新的原因之一。如他在《羊的样子》一文中写道：

动物学家统计，牛的寿命为 25 年，羊 15 年，猪 20 年，鸡 20 年，鹰 100 年。这种统计如同在理论上人的寿命可达 150 年一样，永无兑现。本来牛羊可以活到寿限，它们并非像人那样被七情六欲破坏了健康。在人看来。牛羊仅仅作为人类的蛋白质资源存在着。屠夫也从不计较它们是否到了寿限，不像人类离退休有准确的档案依据。时至某日，它们整齐受戮，最后“上桌”。如果牲畜也经常进城，看到橱窗或商店里的汉堡、香肠和牛排之后，会整夜地睡不好觉，甚至自杀，像上千只鲸鱼自杀一样。①

我们读鲍尔吉·原野的散文会感觉到他恪守万物平等的写作立场。他的写作，似乎是在人和自然万物的夹缝中以悲悯的情怀，代自然立言，“人”不再是万物的灵长，而是万物的伙伴，也是万物的“屠夫”。他的文心是柔弱的也是坚强的，他把自然的物性与人性打通了。“读原野的散文，在那些轻巧灵动、妙趣横生、闪烁着光芒的文字背后，你能深切地感受到他的心意。他想要与万物对话，想要理解整个世界的心意，想要引领世人与自然和谐相处的心意，更想要人与人破除隔膜、陌

① 鲍尔吉·原野：《银说话》，新世界出版社 2006 年版。

生，与自然沟通的心意。这是一种平等相依和肝胆相照之心，是人对大自然包容奉献给予一切的感恩心理，更是人自身的一种谦卑心理，其内里包含着对人与自然永远和谐相处的期冀”。[①] 鲍尔吉·原野的散文，总是在司空见惯的凡俗场景中有新的发现，他似乎已经习惯于这种“发现”式的写作，没有新观点新发现的写作，在鲍尔吉·原野看来那是毫无写作意义的写作。几乎在他的每一篇作品里都有让我们眼前一亮的新亮点。如他在《乡居》中发现：“一个乡间的家展示的活力让人羡慕。就是说，当人的影子在动物中间交错闪映时，才觉出家的丰足。所谓人丁兴旺并非是一张挨一张的人的面孔，还有动物——也是家的成员，还有树木和天气。”[②] 鲍尔吉·原野的系列生态散文，立足于草根儿视野的微观叙事，但是却有让人心旌摇动的大发现。

20世纪90年代后，攫取财富的欲望开始在身体上泛滥，似乎一夜之间，各种强身健体的活动花样翻新，各种滋阴补阳的药品不断冲击着人们的视野，各种舌尖上的美味刺激着人们的味蕾，各种休闲按摩屋发出暧昧的绿光。身体是我们情感和目标经验的基础。身体决定了我们对清晰的感受发生反应的方式，决定了我们享有感受材料这一事实。但是，眼睛疲劳并不是视觉。我们用眼睛观看，但我们看不到自己的眼睛。学人对乡野花草的书写，其实也是文化休闲。只不过，他们通过文字完成对花草的把玩，通过文字来激活自身对这个烦躁社会的热爱。

“人文世界本来也是自然世界的一部分，尽管是其中的特殊的异化了的部分。人们应该是从普遍的自然律的基础上，推导出人文世界的特殊规律，然而中国传统的思维方式总是要把人伦纲纪置诸首位，然后再把它扩大成为自然界的普遍法则；于是全宇宙就都被等级秩序或品级制

① 韩文淑：《万物之思：行在云端的心念》，《当代作家评论》2018年第6期。
② 鲍尔吉·原野：《掌上流云》，漓江出版社2004年版。

所伦理化了。”①

人是自然界的一部分，由于有了它，人类经验的每一瞬间都密切配合。在身体现实存在和人类经验之间存在着因素的流出和流入，因此每一个因素都分享其他因素的存在。人体让我们能够最密切地体验自然界现实事物的相互作用。日常语言、生理学和心理学提供了三方面的证据：身体是自然界的一部分；身体为情感和感性活动提供了基础；人类经验的振动传递为其后的身体机能。作为机体中枢，人类心灵主要关注人类存在的细微琐事，不会轻易深入考虑身体其基本机能的活动。心灵不会关注人体对植物性食物的消化，而会抓住洒落在树叶上的光影。心灵滋养着诗歌。人类是宇宙的孩子，怀着懵懂的进取心和非理性的希望，就如一棵树固守其生存的单纯目标。通过这种方法，生命进而成为人类，其目标从生存进而成为多姿多彩的有价值的体验。乡土散文就是对生命家园的价值体验。这种体验是人对自身存在的反思，是对人与自然关系的深入反省。哲学的隐患在于只关注这些易驾驭的关系，而忽略了自然界的内在必然。因此，思想家拒绝处理我们内心的模糊经验，而更愿意只处理明确的感觉，并附加一个有关根本现实的寓言。我们的全部经验包括与其他事物的关系，以及将要到来的事物的新型关系结构形式。现在继承了过去，建构了未来。但是持久性和强制稳定性都是分等级的。选择属于表达。有限事物的态势制约着环境。有一种实施主体形成了自身独特的视域，植入了周围的世界。自然法则是巨大的平均效应，统领着客观世界。然而表达与平均无关，表达在本质上是个体化的。一旦平均处于主导地位，表达就会黯然失色。表达是在环境中传播最初存在于表达者经验中的事物。这不一定需要有意识的决心，只需要传播的推动力。这种推动力是动物本性中最简单的特征之一，是我们对

---

① 闫孟伟，王作印主编：《自由主义问题研究》，广西人民出版社 2018 年版。

于外部世界进行预设的最基本的证明。实际上，外部世界与我们的本性是如此紧密地相交错，以至于我们会无意识地将对于世界更生动的视域与自身同一起来。

据相关资料考证，“怀旧”一词的首创者是瑞士医生霍夫。在17世纪，欧洲君主们的瑞士雇佣兵，由于对故土无法自制的渴望而突然大哭、焦虑、心悸、失眠等。由于这个阴郁的起源，人们长时间里对怀旧没有进行真正的辨识，都以为怀旧是人老的标志，导致许多人刻意回避。直到1979年，美国社会学家弗雷德的研究，才区别了怀旧与乡愁。现在科学家认为，怀旧是一种正面的自传式记忆。是的，只要我们稍微关注一点，我们完全能够体察一种生活常识，那就是：在怀旧的情境闪回中，我们都是主角。我们会在逆境中寻找自己的闪光点。往事并不如意，我们曾经忍饥挨饿、受歧视、被欺负、倒霉、不讨老师喜欢、怀才不遇、无立锥之地，然而，故事一波三折，情形逐渐改变。现在，你鲜活地坐在往事末端，作为自己历史的主人翁，栩栩如生地讲述着。在这个过程中，我们的身心拥有了无法估价的流畅、滋润的快乐。① 乡野散文的书写，其实也是一种文化怀旧，而且这种怀旧也是对传统“乡愁”的超越，由“乡愁”转化为了“拯旧”“卫旧”，写作格调不是深沉的咏叹，而是一种激愤焦虑杂糅交织的复杂情感。

著名学人季羡林晚年多次呼吁：“我们不能过分陶醉于我们对自然界的胜利，对于每一次这样的胜利，自然界都报复了我们。”② 学人散文在对乡野的真诚书写中，软化着不断被物欲硬化的心灵，被板结的思想，拆除人为制造的人类与自然的道道藩篱，让自然与人类同声相通、同气相求。学人散文以自己的书写方式积极参与到文化生态的保护与建设中来，把乡野散文的书写推向了更加广大的空间。同时，自然乡野也

① 钟銮城：《怀旧究竟是什么意思》，《读者》2010年第2期。
② 季羡林：《季羡林谈东西文化》，当代中国出版社2015年版。

不断地参与到文化的建设中，这也是自然对人类的奉献，也是自然和人类最高境界的审美契合。比如，一本《字里行间，草木皆兵：成语植物图鉴》的书，发现所有的植物生态其实就是文化生态的具体呈现，“有些植物生态范围很广，到处可见，例如各地都有分布的白茅，人迹罕至的道路旁经常长满这种被称为‘茅草’的植物，阻塞原有的路面，必须砍伐以后才能通行，由此而产生‘茅塞顿开’的成语。另外，黄荆和酸棘都是干燥气候下的树种，生长在土壤贫瘠的石砾地或废弃地，因此产生‘荆棘丛生’‘荆天棘地’‘披荆斩棘’等成语，用来比喻处境的艰难。习惯特殊的成语，例如冬葵植株会随着太阳移动，古人以‘葵藿倾叶’来表达臣子对国君的忠心；蒲柳则是秋冬较早落叶的树种，古人用‘蒲柳之姿’来比喻身体早衰。古人观察到植物的特殊形态，将之应用到语句中来表达特殊的意思。例如葛藤是藤本植物，常攀缘到其他植物体上，‘畔葛附藤’就成为拉拢关系、趋炎附势的常用成语。飞蓬植株矮小，枝叶胡乱着生，用以形容一个人不修边幅，就称为‘蓬头垢面’；秋冬之际，飞蓬遇强风则连根拔起，所以用‘飘蓬断梗’‘飞蓬随风’‘秋蓬离根’来形容行踪漂泊不定。”乡野生态建构了生生不息的文化生态。乡野成为中国文化表情达意最丰富的文化隐喻库。回顾历史，我们会清晰地看到，无论是西方的赫西俄德、塞涅卡和卢梭，还是中国的老庄，他们对人类远古时代或曰自然状态的怀念。这种怀念是对文化生态贫瘠的感叹，也是对文化生态建设后劲儿不足的哀叹。学人李秋零感叹，“返璞归真”成为人们发思古之幽情的一句流行语。但究竟什么是人类的“本真”呢？难道真的要像伏尔泰讥讽卢梭的那样，“巴不得希望以四肢爬行”吗？那种未被文“化”的人类，人性就真的那么美好吗？学者陆玉林认为，文化是人创造的，也是用来塑造人的。因此，无论何种文化总有化人的意图，总有一定的霸权色彩。人其实并不需要被化，自然也不需要，没有文化，人类世界也不见得好，但没有文化的世界总是多些宁静，多些安逸，少些烦恼。摇篮中的婴儿就是明证。在学人胡伟希看来，文化作为人的生命存在的实现方式，是“本己”的“在场”，同时也遮蔽了人的自然本真，从原始人知道往身上最隐秘的地方盖上一层遮羞布起，无论被遮蔽的是使人产生羞涩感的东西，还是被人视为最珍贵的东西，文化也就开始了。当自然的真实被遮盖起来以后，纯粹个人的生命时空及其内蕴也就逐渐隐退，人日益地活在文化状态中，人也越来越远离生命的自然原点和个体的内在真实。文化就像一张网，使每个人都被黏在上面，每个人也就戴上了一副面具，完全敞开地表现自己不为文化所接纳，因为文化由一串串善恶交织的指令所结成。当代著名学人张立文把这种文化的冲突和融合称之为“融突”，宇宙万物融突而生新，变化而生新。云行雨施，大化流行；生生不息，变动不居。这都是文化和合体内涵变化、交感、动静的潜能，而有氤氲、摩荡之相。文化大化流行的所以然之故，是冲突融合的使然和呈现，也是冲突融合进程的描述，使冲突融合的进程清通无碍，并导向和合。① 尤其是，不断扩张的网络文化生态，也在影响着乡野文化的内涵。单单从近年来不断推陈出新的网络“热词”看，原本那种纯真的乡野表达，如“烟柳”“牧童”“炊烟”“石桥”“溪流”“白石”“田园”“村妇”“村姑”等，已经被各种富有新内涵的网络“热词”所遮蔽。如：宅、ACCN、二次元、有爱、萌控、羁中、二梗、脑补、吐槽、弹幕、鬼畜、帝吧、刷屏、高富帅、逆袭、搬砖、土豪、渣、撩、丧、单身狗、亲、钓鱼、光棍节、剁手、冒险游戏、脱光、双十一、吃土、虚拟现实、攻略、设定、代入感、电子游戏、街机游戏、角色扮演、游戏升级、生命值、经验值、电子竞技、奶、存档、结局、支线、萌化、萌点、萌萌哒、萌、属性、YY 爽、入、V 大神、白金作家、月票、打赏、坑（追更、太监、仆街）、龙套、高度幻想、低度幻想、奇幻（正统奇幻、西式奇幻）、修仙、修真、仙侠、金手指、小白、文青、穿越、

① 张立文主编：《文化圆桌》，广东人民出版社 2001 年版。

重生、粉（黑、路人）、白嫖、应援（打 CLL）、安利、字幕组（汉化组）、同人志（个人志、商业志、定制）、大大（巨巨、大手、大触）、面基、爱豆、糊、COSPLAY（场照、正片）、漫展、周边、同人、古风、广播剧、女性向、发糖、百合、耽美、腐（腐女、腐向、卖腐）、女频、男频、攻受，等等，极大地改变了传统的乡野文化表达系统，隔离开了乡野文化的表达区间，而且它以极强的传播速度，迅速占领了我们的表达领地，挤压掉了那些原本质朴的乡野文化表达范式。因此，传统乡野文化生态的恶化，不仅仅表现在现实层面，更体现在生态文化层面，乡野文化已经开始慢慢地退出中国文化表达的视野。学人乡野散文也是一种对当前网络文化生态的反击形式。乡野代表传统，网络代表现当。学人乡野散文是学人文化立场的表达，也是学人精神游走的路径选择，是学人用心灵踩出的一条独供自己散步的乡间小道。

第三节　忆旧的反刍

20 世纪 90 年代以后，随着现代化步伐的加快，代表现代文明的城市肆无忌惮地向乡土逼近。乡土正在被一点点地蚕食，乡村正在一点点被同化，乡愁正在一点点地被淡化。近年来，越来越多的学人开始了乡土散文的书写，他们从不同的视角，多侧面地描绘乡土，追忆乡土。就笔者目力所见，就有以下数种乡土散文文本：如方向明的《故乡书》（十月文艺出版社，2018 年版），郑山明的《乡愁的滋味：那年 那事 那人》（东方出版中心，2017 年版），赵珩的《旧时风物》（广西师范大学出版社，2009 年版），纪红建的《乡村国是》（湖南人民出版社，2017 年版），汤松波《大风吹过故乡》（广西师范大学出版社，2018 年版），艾平的《聆听草原》（上海文艺出版社，2018 年版），庞培的《乡村肖像》（云南人民出版社，1999 年版），刘亮程的《一个人的村庄》（新疆人民出版社，1998年版），老愚的《正午的秘密》（中国工人出版社，2003年版），汗漫的《漫游的灯盏》（百花文艺出版社，2003年版），周大新的《村边水塘》（文心出版社，1996年版），周熠的《水之湄》（文心出版社，1996年版），廖华歌的《蓝蓝的秋空》（中原农民出版社，1994年版），刘亮程的《虚土》（春风文艺出版社，2006年版），鲍尔吉·原野的《童年书》（中国民族艺术摄影出版社，2017年版），曲令敏的《消失的田园》（陕西人民出版社，1999年版），韩少功的《山南水北》（长江文艺出版社，2018年版），老愚的《在和风中假寐》（新星出版社，2012年版），老愚的《暮色四合》（新星出版社，2016年版），廖华歌的《沿着春天走》（大象出版社，2016年版），厉艳林的《地气》（人民出版社，2017年版），等等。

在众多乡野散文中，周同宾的乡野散文，一枝独秀，成为当前中国学人乡野散文书写的集大成者。我们可以周同宾散文为切片，全面透析学人乡野散文的内在文化肌理。

“周同宾的散文走入读者的阅读视野，不是靠当前那种惯常的疾风暴雨式的媒体炒作，更不是一篇打响便如套模般复制叠加。那对你来说也许是一次不期然的邂逅，是一种偶然的生命因由，你读了一篇，如饮甘露，品咂不已，你会对自己说：‘原来这么些不登堂作大雅的乡村俚语俗曲、野史趣闻，竟也能入笔成文？竟也这么般读之能开胃通肠，让人感喟？’心中颇不服气的你也比葫芦画瓢写，可总感到你难抵周同宾散文的那种憨拙古朴、通脱灵秀的韵味。”

这一段话，摘录自笔者几年前所写的读书笔记。至今为止，笔者林林总总已基本收罗完了全部周同宾的散文集子：《葫芦引》《唱给文学的恋歌》《情歌·挽歌》《绿窗小品》《皇天后土——九十九个农民说人生》《周同宾散文自选集》《古典的原野》《豆的系念》，一篇篇欣赏、把玩、品味，更分明能感受到周同宾散文的那种涵容大地、匍匐家园的执着与虔诚，无燥气，轻雕饰，深开掘，情细如丝，每一个方块字，在他的笔下，他都试着把它们嵌入生活的肌理。

在中国当代散文写作中，似乎很少能有像周同宾这样执拗地、似乎不识时务般地对农村、农民、农事这样较着劲儿地写精写透的。周同宾不只一次在书的序言或其他谈创作体会的文字中，说自己是一位“吃红薯饭长大、穿粗布衣成人”的农家子。土地之恋，已经化入他生命的血液中，他也急力想用自己的文字去吻合那乡村农人每一个真实的场景，就连那“扎根硗瘠土地”上的野花，如黄花苗、荠荠菜、勾勾秧，他也体察入微，揽而入怀。周同宾在心中根植着一位农家子的“私爱”，那就是以土地家园的坚守呵护来构筑自己的精神时空，在芥微琐屑之事之景中，来榨出他那酣梦里飞挂的涓涓清泉。

周同宾选择乡村故土作为自己写作依附的切入点，纠缠在他心中的是一个个“剪不断、理还乱”的雾团，他创作伊始，也许并没有意识到这种命运劫数二律背反的拉牵与撕扯，相反他却如惯性般运笔自如地走进了这个西西弗斯推石上山般的情感循环之圈中。我们的读者会注意到，在较早的周同宾散文中，首先坦露的是他对故园那深深的偏爱之情，在“带露的草木发出了青气，经雨的柴火发出霉味，湿润的泥土发出腥气，成熟的庄稼发出了香味”的乡味发酵中，作者梦见了自己“归园田居，在故乡的村头、地边、场院、柴门前，继续寻觅着人生的乐趣”。那“水井、饭场、夕暮、阳气”等一串串意象，都在周同宾早期的散文创作中担当了他乡村酣梦“只愿长醉不愿醒”的情感“引子”。从这时期的创作层面来看，周同宾还醉心醉情于他心目中的田园风光、稼穑桑麻，他这时期的梦还走在“铃铛”叮当作响的“乡间的小路”上。倘若仅仅从“田园歌手”的角色层面来框架周同宾这时期的散文，显然有削足适履之嫌。他浸淫乡村日久，心中镌刻的烙印以至生命的血脉都永远难以割断这条农家的“脐带儿”。站在都市的楼房阳台上，不是那种俯瞰式的把玩观照，也不是那种通常的浮泛的记忆追恋。那一篇篇激荡着生命元气的文字，哪里是蘸墨而写？这分明是真正地匍匐在故园乡土中，去掘动每一粒细小的沙泥，去掬捧每一颗或饱满或糠秕的谷粒，去亲吻塘畔沟旁的每一株野草野花，去盘起脚踝，吸着旱烟深情地聆听着每一位乡亲的心音……这种“低格调式”的写作姿态，才使周同宾的乡土散文在同类题材中独树一帜，清新怡人。也正因为有这种血肉相连、永不背叛的痴子情怀，周同宾的乡土散文也才尽把那“响在村头巷尾”的“货郎担儿”，那让人一唱三叹的“剃头挑”，那“阉牛人、阉猪人”，那“大仙杨、涩棠梨，弯腰枣”，篇篇挖掘出汩汩汁水，意象饱满憨实，文笔圆润酣畅。

长期以来，我们散文创作政治化的硬伤太深了，扎笔一写，就不由地端起训诫的架势，盯着“宏大”的题材主旨纵横捭阖，而对生活在社会底层的生命原生态，对所谓鸡毛蒜皮的乡野琐事，充耳不闻，视而不见；周同宾的散文如一把尖利的锥子，直刺自己情感的穴位，万千风物尽入笔来，不做作，不矫情；在这种速效的时代，环视当代的散文创作，周同宾那种不温不火的行文风格，似乎有悖时尚，不合潮流，但却自成一道亮丽的风景。众多的同类仍构成单一，更多的独特才构成丰富。坚守着自己情感与写作的切入点，这正是周同宾散文个性与特色的凸现。诚如他所言：“好的散文，如清茶，要让人慢饮，细细品味，而后方知余味无穷；如春雨，点点滴滴，不疾不徐，洒在人的心头，使其得到滋润、慰藉、陶冶；如絮语，使人轻松，舒舒贴贴地洞明世事，认识人生，判别生活中的美与丑，看到作者的一颗赤子之心；以情感人，以景动人，以理服人，而又不板面孔，拿架子，动声势，使读者在毫无精神负担的自然状态下，受到真善美的感化，受到艺术美的濡染。”

周同宾乡土散文的嬗变是以他的农民写真集《皇天后土》为发轫契机的。这是情感嬗变的使然。《皇天后土》获得首届“鲁迅散文奖”，这更是周同宾几十年如一日观照农民原生态的结果。我们当前的散文创作似乎还没有完全打破那与生活本真隔着的一层厚厚的硬壳。说来也怪，生活中本来水灵灵、活鲜鲜、蓬勃勃的细节，一经散文家的网筛便失去了生机活力，变得干巴巴、寡淡淡。周同宾深切地感到“眼下大家都玩得烂熟的散文似乎负载不了农民那沉甸甸的人生”，他对自己几十年坚守的乡村题材创作也倍感“都太轻太浅，俱如浮光掠影”，他也从自己那梦香情痴的幻呓中警醒。他这种自觉的嬗变，能否可以说是他对故园内核儿的探寻与质问？能否可以表征为他把自己写作的视角转换到了乡村图景的另一面？能否更进一步地说明周同宾的审美自觉已经具备了史诗般的书写意识？

在九十九位农民那实录式的生命倾诉中，读之，你会猛然有一种一锹掀开蒿草覆盖的黄土，坦露横切面的真切感，不伪饰地涂抹油彩，不做作地为人物镶上亮丽的花边儿，浑厚博深得让你休想用一言两语概括得了，平实有韵而又土得掉渣儿的话语方式，让你再为农民语言的不可剥离性而啧啧感叹。如在写一位专业户时，文字如行云流水，斧凿痕迹全无，“你别听别人说，我是专业户咧，有钱咧。那算球！我窝囊。我不算个男人，钱算啥？钱能给你笑？钱能给你睡？钱能给你生个亲儿子？越有钱，越没意思！”这脆生生原汁原味的农民语言，让长期以来那种信誓旦旦扬言已把农民农村写绝写尽的行家里手们，读此段，不知可汗颜否？

从某一方面来讲，农民的命运轨迹可以说是一部探讨中国命运发展前途的参照系。而环视我们散文家笔下的农村和农民，要么就是土里吧叽、思想滞后、灰头灰脸的寒酸相；要么就是站在都市轻描淡写地述说着小桥流水、鸡唱牛哞的浅酌歌吟；要么就是财大气粗、鲁莽无知的“爆发户”的炫富炫情。说到底，这种对乡村生活状态虚假轻浅的描摹，是一种情感上的疏离与鄙视，是患了写作上的“色盲症”，更是一种散文家情感上的冷漠“麻痹症”。在《富户》一文中，我们看不到那种惯常的吆五喝六、财气冲天的富户形象，而是从心灵深处去挖掘他们在走上富裕之路后外人难以言传的辛酸无味，“我可不想出名。俺那老头子，光想占高枝儿，光说积极话。上级一来人，就说发财呀，致富哇，给村里办好事啊，好像他的钱串子比麦秸垛还粗。说实话，俺是驴粪蛋儿外面光，别人不知道俺的难处，俺心里七股八杈的事儿多了……”。

周同宾笔下的一幅幅农民“画像”，已经完全超越了他过去的那种耽卧乡情乡景、醉饮乡风水韵的写作樊篱，他跳出栅栏，而用立体式、纵横式的目光去感悟一个个真实的、全方位的农村。在《皇天后土》的背后，我们可以清楚地看出周同宾对农村体裁散文创作的突围，这种突围是一种坚守中的突围，一种“风景旧曾谙”后的突围。他是在热爱的大限中达到了一种临界状态后的突围，这种突围的迹象，实际上我们可以从他较早创作的散文《吾土》中看出端倪，在那块“埋着先辈爷奶骨骸”的责任田中，“日头很毒，父亲弯腰狠狠地按着犁杖”的身姿，与开着拖拉机、喝着橘子汁的“来娃”犁地形成一幅色彩迥异、反差极大的图画，这两种风景不同的犁耕图，引发了周同宾那意味深长的冷峻思考，“那层层土浪，多像一页页书，那书，祖祖辈辈用犁头写成，字字行行都写着依恋和艰辛!”

突围是一种大境界。周同宾在突围的嬗变中，完成着他对故土家园的深层拷问。置身于都市滚滚红尘中的周同宾，心中也不永远都是故土那方碧水蓝天，他也和成千上万个“边缘人”一样，苦苦地寻觅着接纳城市又被城市接纳的最佳连接点。境由心造。周同宾写出的那些述说生存和生命、环境和心境的系列散文，便是这种抗争的观照。难能可贵的是周同宾在这些已被都市文人们写俗写滥的常规题材中，也能写得气韵饱满，光华绚烂，熠熠生辉。周同宾在运笔成文时，他不是“为赋新词强说愁”般地指东道西、怨三说四，而是以自我为解剖情感的轴心，“耻于滥情矫情，懒得渲染藻饰，不想着意打扮自己，把自己弄得看起来比别人高大、聪明、漂亮，只要把本来的我和我的本来的平凡，呈现世人面前，即使粗俗、卑微，那也是一种真实”。从周同宾的这段话中，我们能够把准他为人为文的脉搏，文章写到根底，不仅仅是语言技巧、生活阅历的竞争，而最终是一种人格的较量。周同宾深悟此理，也躬身践之。从他那调侃的语句，“岁月冲刷，风雨涤荡，可身上的那些土味，仍然不褪”中，说自己“一身土气”，再到《没有名片》《不会写字》《卖文为生》等诸多篇什，人情世理，全都让自己的言行去诠释、去评判。

周同宾在散文语言的调配运用上，可以看出他对文言尤其是近代明清小品的咀嚼吸收再消化，他把自己的情感、把自己对都市人群的思索，全都用一种拙朴得近乎简约的文字写尽写透，从这种对传统语言的点化之功中，我们能体察出他骨子里对时下那种半生不熟的嫁接欧式句法与造词的不屑与抗拒，他顽强地坚守着中国传统语言的洁净与纯粹。如他在写那“地处郊野”的新宅“无尘居”时，以这样历练的文字描写之，“举首望天，天似穹庐，仿佛更圆、更高、更大、更深邃……当窗读书，时常忘了自己；伏案写作，总是文思顺畅。风晨月夕，雪晴雨后，漫步中庭，伫立阳台，体悟人生，咀嚼生活”，字里行间，分明看出作者逃逸喧闹、向往静谧的人生情怀。都市的尘埃在作者洁净的文字中被悉数掸去；都市中疯长的欲望，在作者那随遇而安、谦和淡泊的达观中被熄灭殆尽。坚守与突围，始终是周同宾散文创作的出发点和归宿点，直到二者达到一种动态的平衡，这种坚守中的突围和突围中的坚守，也给周同宾散文的创作形成了一种温文尔雅、文火慢炖的风格。首先，正因为他一往情深地专注于乡村散文的开拓掘进，所以易给人一种气象不阔大、写作视角狭窄之感，这种错觉实际上若从周同宾整个散文创作轨迹上来看，他是一步步地走向一种螺蛳壳里做道场般的内域广大，他写作的镐尖全都在创作的内在天地中拓展旷达的空间；其次，周同宾散文创作的突围不是那种狂飙激进式的急转直下，而是螺旋式地上升，这从他近期的散文《故乡的井》等篇目中，可以欣喜地看出作者又尝试着从人类学、历史学、生态学等各个层面来重新界定自己的散文创作。固然，这种突围，短时期内也许不能灿烂成景，但我们深信，经过一段时间，必将云蒸霞蔚风景无限。

大地是永恒之象，世界只是大地的表面痕迹。周同宾以一位平凡的“地之子”的身份，永不懈怠地在叩问着自己，叩问着土地和土地上的家园，他的散文创作，便是这种叩问的心迹。散文正热，文体发烧，就会说胡话。周同宾是散文写作中的“另类”。他一直捣弄散文，不温不火地写着，保持着文心的从容，守护着散文的圣洁贞操。

乡土散文，多少人涉笔成文，或四季讴歌，或站在都市钢筋水泥的丛林中伫望，然后再发一通“归去来兮辞”般的感叹，兴风作雅，太浅，太甜，太隔，写来写去，乡村成了任人涂抹油彩的画布，脏兮兮，可怜怜。乡土的骨骼血脉，乡民情感深处的痛苦呻吟，乡风俗韵中的社会变迁，被作家们熟视无睹一脸不屑地过滤净了，梳理顺了，味道越来越文人化、诗意化、风景化了，文章也就愈加娇媚扭捏、酥软无骨。周同宾是乡土散文写作中的叛徒，他扭转身猛地发现，“刻意的构思，诗意的经营，精雕细琢的文字，负载不动农耕历史的迟滞，农民命运的沉重，农家生活的酸咸苦辣，纷纭复杂。”走进乡土的深处，剥离描摹，点点滴滴皆是泪，丝丝缕缕皆是情，宗宗件件皆是景啊！周同宾以笔作钢钎深钻，写作是椎心泣血的喷吐，让文字调侃的文化娱乐见鬼去吧，附庸风雅的写作惯性走开吧。他把写作，当成了一次次生命的投入，当成了使乡土丰润的助推器。很多人为何只会在乡土中摘几片桃花、吸几口新鲜的空气，然后悠然飘去，故作高深端架子，哼哼哈哈耍花腔，情感定位偏离之故也。尘土扑面的鞋跟儿走出一个个深窝子，情感篱笆墙的拆除，周同宾散文创作进入了开阖自如之大境界，不唯上不唯名不唯文，洒脱自如不拘格套，只唯情唯心地写出了真真实实的“土地梦”“乡村树”“生生死死庄稼人”“苦涩的农家饭”……题目平常，却针针入情，汁水浓烈，他在乡土中挖井掘泉，汩汩上涌的水流倾泻在每一个文字里面，“绠短不可汲深，褚小不可怀大”，周同宾豁出去了。乡土熟稔于心，爱人骨髓，笔力深刻，文字信息密不透风，一步一景，字字千钧重，他把乡土散文写成了精写成了神，写成了恢宏的一部乡土史诗。

很多人写散文，太随意，太夜郎自大，太不当回事儿，才情泛滥，篇章垒叠，文字粗糙如毛坯。一个人，一辈子能干成几件大事呢？能写成几篇“洛阳纸贵”的文字呢？文章写得好，就是写得少。当今传媒发达，文章一挥而就，酝酿发酵的少，半生不熟上市的多。周同宾，写作脾气执拗，我手写我心的定力巍峨，不媚众从俗的态度果敢坚决，文字钉在纸上，稳稳实实，像乡土原野的稼禾。在欣赏失去咀嚼耐心，人人如过江之鲫争相出位、文化快餐大行其道的今天，他的散文命运也就会曲高和寡，不会大红大紫，不会捧者如云。不错，《皇天后土》得了首届鲁迅散文奖，可人们（尤其是文艺评论界）有多少人关注呢？他的这种“原生态写作”，决定了他的作品如胚莲，待喧嚣过去尘埃落定，才有清水中嫩芽的绽放。

刘亮程散文被林贤治称为：“这是一个异类。他的作品，如同顿然隆起的一片裸呈的泥土，使众多文人学者精心编撰的文字相形失色。”但我们把刘与周的散文搁在一起品读就会发现，二者依然不能等量齐观，刘，轻飘；周，浑厚天成。刘是现代性，周具古典性。刘亮程只是在乡村田野里表演着乡土眷恋者的失落与哀叹，而周同宾却在不懈地在打捞着古典原野在现代化的洗礼中那不变的金色质地。刘的散文是诗，周的散文是史。

散文的写作没有极限，一个人的写作却有极限。阅历、才情、文路一旦形成，写来写去无非是原地踏步走的无限重复，都是模样相似的孪生姐妹。曹雪芹只能写一部《红楼梦》；路遥的《平凡的世界》越看越像其成名作《人生》的“放大版”；贾平凹散文“商州系列”凭风情取胜，其他感悟小品文靠才情博得文名，小说写作因素材家底儿的枯竭和心态的颓败越发摇摇荡荡向内收缩；陈忠实在《白鹿原》写作后才情阅历耗尽，创作走了下坡路。周同宾也难逃这种写作命运的劫数，他散文中最光华灿烂亮丽的一笔是继《皇天后土》之后收录在《古典的原野》一书的文字，《皇天后土》中的“九十九个农民说人生”，只是以散文叙述视角的改变和原生态的乡土散文语言的纪实性取胜，而《古典的原野》手脚放开，天马行空，开阔澄明，达到了他散文写作的泰山极顶。文章的成熟与作家年龄心态也密不可分。周同宾，花甲之年，沧桑阅尽，散文写作的探索锲而不舍，文章终臻成景。人老文也成精，李国文、韩石山这些小说家年迈之后，操弄散文也炉火纯青名气大震，也是此故。

读周同宾的乡土散文，就会让很多在乡土肌肤上搔痒的人心虚气短。乡土的一草一木在其笔下都可点石成金化腐朽为神奇。读之，定气神，去燥火，爽肺腑，稳心态，清凉醇厚，意味绵长，文句简短精警，含义丰赡，文脉畅顺，文气硬朗，迥异于时下那些文字稀松，语言功底浅陋瘦，汤汤水水寡淡无味面目可憎之文。翻阅古代散文，你会发现他们文体意识淡薄，写作技巧全无，厚积薄发，从容不迫，华章灿烂，如苏东坡的《前赤壁赋》、李密的《陈情表》。周同宾脱掉了束缚散文的长筒小靴，跳出了那些拘囿散文写作的“禁区”，翻越“忌讳”的栅栏，创作便活泼自由、汪洋恣肆起来。

周同宾散文的创作又启示我们天地间万事万物皆可入题为文，关键在于你的胸襟气度、才胆力识。“世事洞明皆学问，人情练达即文章”。天地之景，揽而入怀，入笔即为文章。反之“雕琢小媚”，“实不足而华有余”。如周同宾的《故乡的树》平常的题目，却写得同样枝枝蔓蔓摇曳生姿，涵纳千古，烛照万物，达到了如画家石涛所描绘的那种自由之境，“我写此纸时，心如春江水。江花随我开，江水随我起。”

文章自由吗？似乎自由写作只是一个美好的乌托邦。里里外外限制颇多，写作充其量只是戴着脚镣跳舞，时代、才情气质、眼光识见是其三核心要素。唐代人从引车卖浆到仕宦贤达、从童叟少妇到武夫豪杰皆可吟诗，时代风气熏染之故也，当代人再写也只能步其后尘望其项背，写作的时代氛围所变之故也。沈从文、汪曾祺、朱自清、冰心、鲁迅散文的语言风格，才情、气质、阅历使他们的作品个性独特，后人只可学习，但照猫画虎终难画骨呀！真正的好文章是在对这些限制因素的把握里，周同宾后期散文的大气磅礴关键就在于他障碍突破后无遮无拦的喷射。名家散文不是篇篇都有名，凤毛麟角只那么几篇，其他篇什只能是成功之前的操练，是奠基石，文字生生湮灭实属自自然然，所谓“文章千古事，得失寸心知”。

原生态的写作，使周同宾的乡土散文成为一座座历史的浮雕。文心是作文之本，文心即人心。很多人写乡土抱有一颗玩赏之心，什么农村闭塞落后呀，农民苦累啊，轻描淡写发一通感叹，洒几滴把玩之后醉心的泪水；更有甚者，把农村的奇闻轶事兜售出来变成文章抓人眼球的佐料，太假、太嫩、太浅、太滑、太矫揉造作。而周同宾把写作当成对乡土情感的皈依，心真诚文必真诚，一腔肺腑言，无数辛酸泪，句句蘸浓情，春秋笔法，秉笔直书，把笔尖儿扎在乡土的深处，文心与乡魂血脉相连，对乡土的所思所想所看全都一股脑儿地往外端，文章写到熟时是生时，技巧全无，遣词造句，起承转合，卒章显志，看不出来；什么阳面、阴暗面，这突出、那忌讳，不见了；以历史家的胸襟气魄，社会学家的深邃眼光，农学家的真诚质朴，政治家的恢宏气度，不仰视不俯视，用平视的眼光去抚摸乡村的全部，文人自身的洁净癖过滤提纯癖没了，弃绝媒体追逐的发表欲，花边儿线条没有了，浮躁轻飘甜腻之气摈弃了，凌云健笔，大大咧咧，把乡土散文写到了极致，脱胎换骨高标独立，让人叹为观止。你也许会说周同宾散文体裁路子有点狭窄，但是他知道自己的写作优势在哪儿，几十年农村生活刻骨铭心的经历，几十年对乡土凝目而望的专注思考，已经形成一团浓得化不开的情结，丝丝秧秧盘结在心，诚如他反复念叨的那句话，“故乡的黑土，粘人脚，也系人心。”故乡的水，在他心中早已发酵成酒；故乡的土地及土地上的人情风物早已熏蒸成了他咀嚼不尽的人生干粮。挣脱蛋壳，羽化而出的是精灵之鸟。修炼磨砺终结出正果。

何谓散文的极致？笔随心移，意随境迁，纵浪大化。散文写作的深浅，关键是人生阅历的储备量和情感的真诚度及思想的厚度。周同宾是个会把书读进读出的人，时下很多所谓的美文，用装腔作势的“啊、呀”句式抒情，遮掩自己知识的贫相；用故作高深的哲理来掩饰自己感觉的迟钝。前者如乔叶、赵冬、邓皓诸人的青春美文派，后者如刘烨园、王英琦、周国平之类，剥皮去骨，显出文章的贫瘠枯槁，丁点货色，空虚可怜得很，强烈的表演意识，为文造情，涂抹文化的油粉口红，终把文章写成了根雕盆景。周同宾的乡土散文如泼墨之画，不求花哨只求厚重实在，不求禅境意趣只求本真天然，他散文的题目憨俗如学校语文课上的作文，如《梦中的童年》《乡村的树》《牛的咏叹》《乡井》《苦涩的农家饭》……但在这样惯常的题目下，周同宾却能在细密厚重上显能耐下功夫，庸浅的写作者在这样的题目下哼哈几笔，在乡村的表皮上蹭出点皮质碎屑便大功告成，布巾冬烘之气弥漫，而你再读周同宾写的“同题作文”，大家手笔的阔大气象呼呼生风。试举一例，如“乡村的树”，平常人能写出多少干货，无非是掏鸟蛋捉知了捋榆钱乘凉戏玩之类，而周同宾点石成金，把“乡村的树”写成一部树史、村史、风俗史。随便摘一段，与读者共飨：“我们村的老树比老人多，树皮皴裂，如老人脸上的皱纹，枝杆弯曲，如老人佝偻的脊背。但老树比老人强壮，风吹雨打，寒暑旱涝，都能挺得住。人一老，经见的多了，就有很多故事。树一老，经见更多，就有更多故事。人有记忆，树想必也有记忆，那一圈圈年轮就是岁月的记载，已逝的一切都在其中贮存，只可惜，人不能解。人老了，爱唠叨。树老了，仍缄默，静观世事变迁，人间争斗，褒贬臧否，都在无言中。树一老，就老出了历史，老出了沧桑感，老出了高妙的境界，老出了哲学和美学的意义。”周同宾把笔铺得开又收得拢，从容有致而有内在喷涌出的张力，不散漫而有浑然天成的骨质感和节奏层次感。

周同宾乡土散文写作成功的秘诀还在于他有自己的立场有自己的散文观，不畏浮云遮望眼，他建立了自己的写作框架体系。如语言风格的追求，语言俚俗中有股爽净清雅的文气荡漾其间。很多人一辈子读书行文，终没有找到合乎自己的文风气场、文心趣味的语言美学立场，语言干涩生硬半生不熟，散文写作拾人牙慧，而周同宾在突围中化蛹为蝶，有了自己写作的营盘。他在《散文还要俗》中发出了自己的散文宣言："散文应当立即脱去唐装宋服，长袍马褂，走出王荆公的半山堂和欧阳子的醉翁亭，走出平和冲淡、清净高洁的书斋，放下架子，抓掉面子，到熙熙攘攘轰轰烈烈的尘世上，去混一混，闯一闯，让散文俗起来，粗起来，张狂起来，放肆起来，不修边幅，不施粉黛，粗手大脚，蓬头垢面，去掉书卷气，换上世俗态，染上杂色，沾上杂味，不使雅致的文辞儿，而用通俗的白话儿，即令落得焚琴煮鹤，斯文扫地也在所不惜。"周同宾和汪曾祺、沈从文、孙犁、贾平凹、周涛诸散文家一样，追求作品个性的独特，有自己散文创作的一方碧水蓝天，小气候中氤氲变幻出大风景，力求改变散文"无我"的现状，追求散文作品的不朽，克服掉如贾平凹所言的"我们常常都知道某某是著名散文家，但我们却不知道他到底写了些什么作品"的怪现象。周同宾骨子里是有这种文章是"经国之大业、不朽之盛事"的精品意识的。

乡土散文在周同宾的笔下还有多大的写作空间？他写尽了吗？没有写尽，空间阔大。《古典的原野》只是剖开了中国农村从农耕文明到现代文明转换中的横断面，在这个面上，他只抓了几个点，写作的生长点还驳杂繁多着呢。他为乡村立传的史诗仅仅只是写了序篇，散文写作成熟收获的季节也刚刚来到。他以抢救国宝的姿态和责任感、使命感，急急地开掘乡土散文的矿源。周同宾是中国当代最后一位全身心投入到古典原野的守望者，他想把真实乡土在走向现代化的嬗变之节骨眼处的种种阵痛的图景写成一幅"清明上河图"。正如林非所言："社会责任感愈是强烈的作者，必定会愈益追求散文创作厚重的分量。散文创作能不能变得更为厚重，确实是与作者的社会责任感构成正比的，如果一位作者对国家和民族毫无责任感的话，自然会沉溺在无病呻吟里面，陶醉于蜗牛壳似的欢乐与忧愁中，这样写出的散文无疑会是十分肤浅的。”这种责任感也使周同宾常处于痛苦中，痛苦是他写作的价值确证，是写作的道德良知，这是写作平静下的煎熬，他与庸常的乡土散文家拉开了距离，他更加处于孤独之中，他在拷问中大胆地说话思考；对土地，“农民对土地的占有欲，和老牌的资产者对金钱的占有欲似乎同样强烈。”对地主的再认识，“他们的思想、感情、气质、性格，对土地的依恋，对劳作的热爱，其实和别的农民毫无二致。”周同宾守护着自己思索的真诚，也刺疼了田园牧歌式乡土散文疲软的神经，散文能这样写吗？他们不敢走出那个作茧自缚的意识形态之蛹壳，而周同宾同样在印证着贾平凹的告白之词，“作家的职业是与社会有摩擦的，因为它有前瞻性，它的任务不是去顶礼膜拜什么，不是歌颂什么，而是去追求怀疑，它可能批判，但这种批判是建立在对世界对人生意义怀疑的立场上，而不是明确着什么，为单纯的功利去批判，所以作家与社会的关系永远是紧张的，这种紧张愈强烈愈能出现好作品。”（《对当今散文的一些看法》）目前，对周同宾散文的研究还太轻浅零碎，细研之，他为中国当代散文写作提供可借鉴的东西实在太多了。我们在热切期待着更多的人关注周同宾散文。

冯杰，一个异军突起的乡野散文家，他几乎揽获了台湾所有的散文奖，成为“获奖专业户”。他的乡野散文书写，迥异于同类散文家，风味独特，自成一家。

冯杰是诗家，也是个杂家，喜欢在文化的针线筐里扒扒拣拣，把那些针头线脑缝缀成一件件百衲衣；喜欢在乡土文化的旮旯里寻寻觅觅，以化腐朽为神奇之功，把文化的边角废料变废为宝甚至奇货可居；他用五谷杂粮般的文化杂面蒸糅而成的文字，升腾出袅袅的才气、土气、清气与文气，咂摸出了五味杂陈的乡土味道。评论家说冯杰是人才、是天才、是鬼才、是怪才、是奇才，可是，倘若我们品赏冯杰的书法、绘画、文字，便会发现其实他只是生活在天上人间的痴人、俗人、雅人、达人，但他自己爱说自己是个“诗人”，他骨子里对诗歌的坚守，缘于他有文化洁癖，不喜欢要弄两把刀的文痞们把好生生的文化糟蹋了，不喜欢胸无点墨只因吃了洋面包喝点洋酒而食“洋”不化的西崽们把土生土长的中国文化装弄得不伦不类，他以诗人的身份执着地守护着中国乡土文化的纯正，甚至执拗地捍卫着中国乡土文化的圣洁。文字就有了自自然然的中国做派、中国味道、中国风范。“我嘴刁眼馋，只有来写‘口味散文’，靠鼻子。”（冯杰，《说食画》，河南文艺出版社，2015 年版）

作为诗人的冯杰，喜欢用诗眼观看乡土文化，于是，他眼中的乡土，贫穷里有了富有，枯寂中有了生机，平淡中有了神奇，贫乏中有了乐趣，“《诗经》里的歌谣有‘采采芣苢，薄言采之’，说的就是我们乡下的一棵牛舌头，那是车前草呀。”这是诗眼的洞察力；“因为荆芥吃起来满口奇异的怪味，像张岱这类人的文章”，这是诗心的感受力；“优秀的肉桂就像男老师喜欢的前排女生”，“世界上没有一种植物像芦苇那样，根茎纵深，横生有节，趾爪紧紧抓住大地，好不松手。像北中原的农民。”① 这是诗情的触发力。诗人散文，不是对乡土的美化过滤提纯漂白，不是陶渊明诗句里那些与庙堂相对立的情感色彩浓厚的江湖风景，也不是诗人孟浩然、范成大、杨万里诗句里那些清浅的文人风景，更不是当代散文家笔下那些吟咏风雅拿腔捏调的政治风景，也不是文人下乡走马观花感叹一番的时尚风景。当今文人笔下的乡土，要么是蜗居都市发思乡之幽情，要么是端坐书斋发悲天悯人之感叹，与乡土“隔离”，作壁上观，浮光掠影，结果把乡土变成了风景画。

① 冯杰：《泥花散帖》百花文艺出版社 2016 年版。

作为杂家的冯杰，在生于斯、长于斯的北中原，求道于野，问道于民，见闻广博，听闻多杂，浸泡日久，发育了身心，滋补了文心，见识日长，才识日增，书香混合了泥土的芳香，儒风雅韵杂糅了乡俗野趣。布衣本色，璞玉质地，儒雅恬淡，文字里就有了乡土与混凝土、野景与盆景的重新组合，杂交而成的乡土文字就有了别样的味道。《九片之瓦》是“童年的底片，能冲洗出乡村旧事”，《在纸上飞行》中的地图上，“任何一段线条都在匆匆行走，且餐风饮露，跋山涉水”，在《一把碎银》里发现“世间每一块儿银圆都镶嵌一个传奇。就像现在每一张钞票上，都坐着上亿的细菌”。冯杰的乡土散文质地不纯，饱含了他从四面八方角角落落吸附过来的杂质，故用乡土散文界定冯杰这些不伦不类的“杂文”，有点削足适履。冯杰散文不是为评论家们量身打造的“工装”，而是自己随意裁剪出的特大号的“北中原”粗布衣。古人云文章要“凤头猪肚豹尾”，而冯杰的散文通篇都是“猪肚”，杂碎多，可以做成“猪下水宴”。每一篇文章都是百宝箱，每一句都如珍宝让人爱不释手；每一篇都是“杂货铺”，各种物件应有尽有，让你各取所需。就如他在台湾出版的《向妖怪致敬》《猪身上的一条公路》两本书，怪怪的名字里有五味杂陈的生命内涵，“细微中显见地，生活中带美学。”（叶国居，《句号中藏鬼》）冯杰是目前中国乡土散文的集大成者，把乡土散文写作推向了一个极致。

作为农家子的冯杰，乡土文化已经“化”入骨髓，成为他的文化基因，成为他精神生命的呼吸，成为他立身处世的行头，成为人们书写冯杰的一个典型文化符号，也成为人们点评冯杰文字的一个关键词。他的“人”和“文”血溶于水般纠缠在一起，所谓“人文”也。天地氤氲，时运造化，冥冥中，冯杰舍我其谁当仁不让地成了“北中原”乡土文化的代言人。似乎冯杰的每个毛孔里都喷吐着“北中原”乡土文化的生命气息，他没有随着社会身份的转换，而关闭了透析乡土的毛细血管，甚至骨子里为拥有了这样的财富而暗自窃喜，乡土是一种失而不能复得的文化不动产。在他的眼里与笔下乡土没有对抗物，只有参照物。故我们在冯杰的文字中找不到“落后”“守旧”“陈腐”等文化批判的芒刺，看不到那种道貌岸然地把文化血统分为正统或者边缘的生硬界定，乡土文化是“阳春白雪”与“下里巴人”的混合体。在《亲爱的猪头肉》一文中，作者直言“吃猪头肉需要勇气，须先放下架子”，而且“这案头操劳猪头肉实在是有点像写文章，面对一堆有用的教材，一级作家能摆弄出一篇妙文，如苏东坡苏老师，三级作家弄不好仍是一堆杂碎，如我等作协会员。这世上干何事都需要功夫与技巧”。冯杰把乡土文化看成一面“照妖镜”，照出了文化里的狐媚妖影，也把乡土当成了“点”，向四周不断地延展，直达乡土文化最能触及的社会文化边界。他写配种站里的“五头狼猪一辈子配了多少母猪，恐怕连它们自己也数不清。它们不会像北中原某些官员有才华雅兴，能写做爱日记、做记录。狼猪是功臣，在造福乡梓”①。冯杰把乡土文化当成确认身份的辩护词。乡土文化是一切文化生长的总根系，冯杰不把乡土文化做成都市橱窗博物架上的根雕，而是要为乡根松土浇水施肥，要为乡土文化编写一部生命辞典，这部辞典里有人有物有鬼有妖。万物有灵，冯杰要为乡土文化招魂，让那些渐渐淡出我们视野的乡村记忆复活，回到我们如今无聊无味无趣的生活中来，以此作为“用来抵抗寒冷的一种工具”②。在冯杰看来，乡村的草垛“用桑叉隆起来了，一座一座如浑圆的蘑菇，田野的乳房，其实它更是乡村夏天麦子的陵墓，麦子死了，一生精华被榨干，只剩下干枯的肢体，就像乡村无依靠的老人，最后的结果都聚拢在一起叹息”。在冯杰眼里，“盐以固体的睡相入眠，醒来时，它变成液体，就是水，还是泪。只有它能梦到我正在梦盐，盐能看到盐的内容。花开花落，花落还复花开。在盐的一生里，从液体到固体，从

① 冯杰：《田园书》，河南文艺出版社 2012 年版。
② 冯杰：《在西瓜里跳舞》，海燕出版社 2015 年版。

固体到液体，从灵魂到肉体，从肉体到灵魂，而世上生命何尝不是一次盐的再生与翻版？像是灵魂的轮回，用手指蘸一下，灵魂也是咸的”①。冯杰乡土散文超越了一般乡土散文单纯的写景、抒情、叙事、议论，而是当成有血有肉的乡土生命美学来深度呈现，不是回忆回望咏叹，而是复活、复原、复生、复命；不是观赏把玩回看，而是要咀嚼品尝反刍。冯杰在乡土文化里获得精神的滋养，获得生活的蕴藉。

作为才子的冯杰，文字里有回味悠长的文化味道。这些“杂拌儿”式的文化，没有川菜的麻辣，没有鲁菜的香浓，没有粤菜的生猛，倒是有河南豫菜特别是“北中原”的合菜、扣碗、状馍、火烧、杠子馍、捞面条、玉米糁糊涂的特点，大味必淡，不呛鼻子，不辣眼睛，不扎喉咙眼。那些稀奇古怪的知识，弄不清是冯杰从哪儿踅摸过来的，是从书本上抄下来的？不像。是道听途说过来的？不是。是从野史民俗中讨来的？似乎都不一定，可能是从冯杰那博闻强识的记忆库存中随意调取出来的。据他考证，“革命斗士的风采也与豆腐有关。豆腐一时成了革命道具。金圣叹最后说：黄豆与胡椒服，有豆腐味。瞿秋白临刑前从容写道：中国的豆腐世界第一。豆腐刚柔并济，老子写《道德经》时豆腐尚未出笼，如果有，老子一定热爱豆腐。《道德经》体现的就是豆腐精神”。冯杰文字里有才子的倜傥风流，这种风流是他运笔的风流，是他玩趣味的风流。“作为才子的冯杰，在这个物欲横流的实用主义时代，他的不拘常规、恃才傲物性情是藏在骨子里的。”②。冯杰骨子里对乡土文化的固守，缘于他才子般的文化自信。他游走在诗书画文里，倒也是一番文化自足的惬意与洒脱。一本诗书画集《野狐禅》，最能见出冯杰天不拘兮地不羁的文采风流，在《水浒新传》里，发现董卓与蔡京，“一个玩刀、玩枪杆子，一个玩笔、玩文化，都不影响两人一同把政治

① 冯杰：《九片之瓦》，作家出版社 2016 年版。

② 墨白，冯杰：《驴皮记·序》，河南人民出版社 2016 年版。

弄大发。今人是先把政治弄大，再转过头玩一些雅事，穿上一件外套”。在《思有邪》里借钟馗之口，认为“当今世上，各个领域，有多少冠冕堂皇的专家、方家、行家、官家在别人不可取代的岗位上胡说八道，其实，个个欠打”①。冯杰胸中的不平之气往往在文字的不经意处一吐为快。他借文字浇心中块垒。

作为横跨城乡交叉地带“两栖人”的冯杰，在他那没有田田荷叶的“荷草堂”书屋里，在诗文字画里安妥灵魂，在煮文烹字中大隐隐于市。他的散文就有了别样的乡愁，一种素朴而又深远的古典式的乡愁。“冯杰写的这些草木，根扎得如此之深，扎到了汉诗的源头，扎到了汉文化的古风古韵里。”（刘海燕）在飞速地时代快进中，冯杰喜欢往后撤，撤到典雅的文化视域中，在慢条斯理中慢工出细活，把那些生锈的乡愁打磨擦亮。“朴拙中带有淡淡的涩味，如其笔下的青柿子。”（刘军）对于蟋蟀，“有愁的只是听蟋蟀的人，给这小小生灵绑上八十斤重的乡愁，无法起飞”。对于水井，“现实里平均百人在折腾一口井，到现在，时光终于超越了井，短短十来年时间，人们废掉了井，宣告它的无用、滞后。从此大地布满了枯井，它们最后像熬干的油灯，再也发不出亮光。许多井都睁着一个个干枯的眼睛，注视着天空，它知道，世上每一口井原本都是可以在天空飞翔的”（《九片之瓦》）。就连他的文字也难逃被文化消费的命运，也许这是一个永恒的悖论，文化不是案头的清供，而是在消费中不断地被延展。但是，消费其实也是对文化的耗损，往往会在有用无用的感性抉择中磨损掉那些无用而有生命意义的文化材质。冯杰乡土散文就是这种矛盾斗争的产物。“矛盾是智慧的代价”（钱钟书），这也是冯杰乡土散文最强劲的生命力，也是冯杰乡土散文最有文化价值之所在。这是冯杰的文化宿命，也是包括乡土散文在内的一切乡土文化的宿命。冯杰打开了“北中原”乡土文化的通道，

① 冯杰：《野狐禅》，河南美术出版社 2015 年版。

我们在窥探中也有了不是复制而是再造的一个个“我的”北中原。北中原活在了每一个读者的心中。我们都是为乡土散文“借尸还魂”的人，都是乡土文化的“巫人”。

乡野散文，是对消逝的乡野田园的凭吊，一种生命的缅怀。随着中国现代化步伐的加快，乡野会呈现出不同的文化形态，乡野散文的抒写也会呈现出不同的书写范式，而且乡野也会成为现代化进程中的精神起搏器，因为城里住的是人，乡野住的是神。

参考文献

1. 流沙河：《晚窗偷得读书灯》，新星出版社 2015 年版。

2. 止　庵：《惜别》，上海人民出版社 2014 年版。

3. 王充闾：《国粹：人文传承书》，北京大学出版社 2017 年版。

4. 管笑笑：《莫言小说文体研究》北京师范大学出版社 2016 年版。

5. 程遂营：《程遂营讲六大古都》，河南大学出版社 2015 年版。

6. 康　震：《康震讲苏东坡》《康震讲欧阳修、曾巩》《康震讲柳宗元》，中华书局 2018 年版。

7. 张德明：《诗想的踪迹》，四川文艺出版社 2017 年版。

8. 罗振亚：《与诗相约》，四川文艺出版社 2017 年版。

9. 何　弘：《2015 河南文学作品选 · 评论卷》，大象出版社 2017 年版。

10. 刘华杰：《博物致知》，湖北科学技术出版社 2016 年版。

11. 韩石山：《我觉得自己更像一个卑劣的小人》，河南文艺出版社 2017 年版。

12. 梁　鸿：《历史与我的瞬间》，上海文艺出版社 2016 年版。

13. 李敬泽：《会议室与山丘》，中信出版社 2018 年版。

14. 孙绍振：《演说经典之美》，福建教育出版社 2017 年版。

15. 范　曾：《灵智之果》，中央编译出版社 2012 年版。

16. 余世存：《微观国学》，人民文学出版社 2018 年版。

17. 叶嘉莹：《与诗书在一起》，生活 · 读书 · 新知出版社 2016 年版。

18. 祝　勇：《非典型面孔》，生活 · 读书 · 新知出版社 2010 年版。

19. 罗志田：《道大无外：校园与社会》，社会科学出版社 2016 年版。

20. 刘梦溪：《七十述学》，生活 · 读书 · 新知出版社 2018 年版。

21. 黑　陶：《烧制汉语》，东方出版社 2016 年版。

22. 南　丁：《经七路 34 号》，河南文艺出版社 2017 年版。

23. 王充闾：《两个李白》，长江文艺出版社 2018 年版。

24. 王彬彬：《新文学作家的修辞艺术》，上海人民出版社 2017 年版。

25. 赵奎英：《语言、空间与艺术》，北京大学出版社 2018 年版。

26. 王彬彬：《顾左右而言史》，江苏凤凰文艺出版社 2018 年版。

27. 孙　郁：《椿园笔记》，海天出版社 2018 年版。

28. 祝　勇：《为什么唐朝会出李白》，上海文艺出版社 2018 年版。

29. 张　炜：《陶渊明的遗产》，中华书局 2016 年版。

30. 祝　勇：《故宫的文物之美》，人民文学出版社 2018 年版。

31. 流沙河：《书鱼之小》，现代出版社 2012 年版。

32. 梁　衡：《我的阅读与写作》，北京联合出版公司 2016 年版。

33. 胡竹峰：《中国文章》，山东画报出版社 2018 年版。

34. 张远山：《告别五千年》，西北大学出版社 2002 年版。

35. 刘梦溪：《中国现代学术要略》，生活 · 读书 · 新知三联书店 2018 年版。

36. 汗　漫：《南方云集》，百花洲文艺出版社。

37. 流沙河：《庄子闲吹》，中信出版社 2010 年版。

38. 流沙河:《流沙河诗话》，新星出版社 21012 年版。

39. 流沙河:《含笑录》，海南出版社 2007 年版。

40. 沈佳仁，沈枕:《趣味水浒：江湖社会众生相》，河南文艺出版社 2014 年版。

41. 王大海:《诚实使生活美丽》，长春出版社 2001 年版。

42. 谢有顺:《成为小说家》，北岳文艺出版社 2018 年版。

43. 孙　犁:《书衣文录》，人民文学出版社 2013 年版。

44. 南　帆:《理解与感悟》，华东师范大学出版社 2014 年版。

45. 吕思勉:《中国通史》，中华书局 2015 年版。

46. 韩毓海:《伟大也要人懂：少年读马克思》，中国少年儿童出版社 2015 年版。

47. 韩毓海:《伟大也要人懂：一起来读毛泽东》，中国少年儿童出版社 2016 年版。

48. 韩毓海:《重读毛泽东：从 1893 到 1949》，中国少年儿童出版社 2016 年版。

49. 陈　晋:《读毛泽东札记》，生活 · 读书 · 新知三联书店 2009 年版。

50. 鲍鹏山:《仰望星空》，福建教育出版社 2016 年版。

51. 鲍鹏山:《白居易与〈庄子〉》，复旦大学出版社 2017 年版。

52. 鲍鹏山:《孔子归来》，新星出版社 2017 年版。

53. 鲍鹏山:《永恒的乡愁》，长江文艺出版社 2016 年版。

54. 鲍鹏山:《孔子如来》，岳麓书社 2015 年版。

55. 鲍鹏山:《历史的多维透视》，京华出版社 2007 年版。

56. 鲍鹏山:《鲍鹏山评水浒》，红旗出版社 2012 年版。

57. 鲍鹏山:《风流去》，中国青年出版社 2009 年版。

58. 鲍鹏山:《中国人的心灵：三千年理智与情感》，复旦大学出版社 2009 年版。

59. 鲍鹏山、王骁：《附庸风雅：第三只眼看〈诗经〉》，重庆出版社 2006 年版。

60. 鲁枢元、刘锋杰：《新时期 40 年文学理论与批评发展史》，浙江文艺出版社 2018 年版。

61. 袁勇麟：《当代汉语散文流变论》，上海三联书店 2002 年版。

62. 范培松：《散文脉络的玄机》，广东人民出版社 2016 年版。

63. 郑明莉：《现代散文理论垫脚石》，广东人民出版社 2016 年版。

64. 王兆胜：《新时期散文的发展向度》，广东人民出版社 2014 年版。

65. 王充闾：《只愿胸次有江湖：王充闾谈散文》，广东人民出版社 2017 年版。

66. 李文莲：《新时期散文的生命意识》，人民出版社 2017 年版。

67. 王剑冰：《散文时代》，河南文艺出版社 2009 年版。

后　记

一代学人总是有一代学人的命运。学人在历史的洪流中，要么激流勇进，要么折戟沉沙，起起伏伏，潮起潮落。我们有充分的理由记录、描述他们命运的轨迹。学人研究成为当代学术研究的热点，方家们从不同的视角审视当代学人不同的心灵图景，真实地呈现他们挣扎中的焦虑、徘徊中的苦闷、奋进中的彷徨。作为一名学人，平素我最偏爱阅读他们的散文，因为，以我之偏见，与学人大块头的学术论文及专著来相比，学人散文更能呈现其独特的生命情趣、独有的生命情怀。因为所谓的正史往往在强调其群体意义的同时，会忽略掉他们作为生命个体的存在意义，甚至会风干他们的文化才情，会模糊掉他们清晰的面影。

学人散文研究不是为他们树碑立传，而是要证明他们个性化的存在，要梳理其作为社会良知代言人的角色定位。如果说，先秦诸子百家学人是中国轴心时代的中流砥柱，那么，汉代的辞赋大家、魏晋南北朝的清谈志士、隋唐的诗坛俊杰、宋代词人的文采风流、明清时代的文人风雅、近代学人的振臂高呼、现当代学人的迷惘探索，都在传承着学人的道统与学统，是他们构成了中国学人的中坚力量。而引发我孜孜以求探索的兴趣点就是他们赖以维系的生命信条为何这么坚韧有力？他们言之凿凿、誓死捍卫的文化操守缘何这么圣洁崇高？他们在与时代的推推搡搡、与社会疏密远近的纠缠中，为何这么般“剪不断，理还乱”？我发现，这里面有太多的丝丝缕缕、蔓蔓秧秧的关系；这里面有太多值得我们探讨的文化玄机谜底。

学人散文研究，其实也是在研究自己。作为一名常常以学人自居的“教书匠”，我更有感同身受的生命体悟。我时常为自己及身边的学人们唏嘘喟叹，在“著书只为稻粱谋”中，我们自甘于精神的堕落；在著书只为“职称谋”中，在由“思想家”到“学问家”的概念式游戏的转换中，我们悄无声息地变成了卖弄兜售自身库存的那一丁点学问的小商贩儿；我们津津乐道于权力意志下分得的那杯残羹冷炙，成为利益的孱头、权力的奴仆，成为书斋里革命的滑头主义者，成为“告别革命”的遁词，成为“纸上革命”的傩戏。在铜墙铁壁的自我围困中，我们乐不思蜀，闭目塞听般地做一场场虚假的“逍遥游”。我也是唐·吉诃德，我无处宣泄这种萦绕于心的苦闷与焦灼、困惑与愤懑的情绪，我也只能在键盘的敲敲打打中，麻木地把敲打键盘的声音当成从枪膛（其实是胸膛）射出的“嗖嗖”的子弹声。甚至，我在各种一地鸡毛般生活零碎的乱景中，在奋笔疾书的写作空隙中，在几乎被耗竭殆尽甚至全部被抽空的写作中，我时常产生写作的荒诞感、虚无感、滑稽感。但是，我依然珍惜这些在键盘上用笨拙的“二指禅”敲打出的文字。年龄已过知天命之年，我平心静气地接受命运的安排，一切随缘，一切随性，“天要下雨，娘要嫁人”，由她去吧！

2019 年 3 月 15 日于郑州东区龙子湖畔